警視庁監察官Q

鈴峯紅也

朝日文庫

本書は書き下ろしです。

目次

警視庁監察官Q

序

大台ヶ原《おおだいがはら》を源とし、吉野の香りと花びらを運んで紀伊水道へと抜ける紀ノ川《きのかわ》は、万葉の頃から二度、大いに荒れ狂って流路を変えた。

梶取《かんどり》辺りで蛇行し、土入川《どうにゅうがわ》から和歌川へと向かっていた流れは、やがて本流を水軒川《すいけんがわ》から大浦へと移し、明応地震（一四九八年）の折、海岸の砂丘を破壊して和歌浦へ注ぐようになったという。

そのたび、あまたの命が翻弄《ほんろう》されただろうことは想像に難くない。

けれど命は、絶対に弱いものではない。たとえひとときの、ひとつの命はか弱くとも、石清水《いわしみず》の一滴が集まって溜《た》まり、流れることによって川であり大河となるように、命も連綿と続くことによって意味を得る、脈となる。

その昔、紀ノ川の河口近く雑賀五搦《さいかごからみ》の地に、郷《ごう》とも呼べない小さな土地があった。北を流れる紀ノ川の気紛れにより、明応の大水によって田畑の大半を流れに沈めた郷だ。古くは式内社日前国懸《しきないしゃひのくまくにかかす》神宮領であったにもかかわらず、河道の変遷《へんせん》によって切り捨てられ、戦国時代には名前さえなくなった幻の郷だった。

そこにも、ささやかな命は絶え間なく存在した。

絶え間ないことは、それだけでひとつの強さだろう。

人は大地に向かって汗しながら命をつなぎ、草木は種を落として紀ノ川べりに新しい色を付けてゆく。

置き捨てられても忘れ去られても、河が河である以上止めどないのと同様、命も命である以上、生きることをやめない。

岸辺の命たちは河と戦い、河に寄り添う。

必死であれば、懸命であれば、河は奪うだけでなく、恵みももたらす。

さて、恵みをどう活《い》かすかは、岸辺に生きる命たち次第だ。

古誌に曰《いわ》く、幻の郷は、やがて江戸初期の地図にふたたび名を得る。土地に生きる者たちにとって、これは悲願だったという。

紀ノ川の河口近くの、ささやかな地。

その土地の名は、有本《ありもと》と言った。

第一部　爆薬

《C４は、そう、君が言うように、たしかに十六キログラムと少しあった。そこからまず、印西《いんざい》の教団を離れるときに、少しだけ置いてきた。爺《じい》さん連中のお遊び用にね。クッキー十数個、だったかな。一個百グラムだから、一キロちょっと、大した量ではない。その後、本当に私はお金に困ってね。足がつく可能性はあったが、五十個を〈カフェ〉の、というか、ブラックチェインのあの女に売った。そう、あの、二年前に自分の買ったC４でクルーザごと吹き飛んだあの女だ。

それから一昨年、十五年か。別のグループにも三十個売った。どうにもあの頃は、星の巡りが悪かったようだ。ちょっとした活動資金にも事欠く始末でね。それで、やむにやまれず売った。

けれど、悪いことはできないね。だから君が我らが北の共和国から派遣されてきたんだろ?

けど、いや本当に君でよかった。これは、以前君に話した通りだが、もともと近いうちに、私は君を正式に呼ぶつもりでいた。君が、次の時代の私だ。このことに変わりはない。

まあ、君でなかったらと考えれば冷や汗ものだが、少し前向きに考えよう。逆に、これで堂々と、君はこちらにいられるわけだ。その間に、私が知る限りの知識とテクニックは惜しみなく伝えようじゃないか。

えっ。そうかい? ふっふっ。君のことだ。たしかにもう、たいがいは理解しているだろうがね。ただ、共和国本国も暗闘がひどいが、日本も闇は深いよ。この国には世界の闇がひしめいている。交通整理が必要なくらいにね。

——で、こちらの手にマザーが送った以外のクッキー、え、マザーとはだって? ああ、十和子《とわこ》のことだ。知らなかったかね。中林《なかばやし》十和子。私の前任者で、教団から〈カフェ〉までをすべてを牛耳《ぎゅうじ》り、私物のように扱っていた馬鹿な女。

おっと、横道に逸《そ》れたね。そう、その十和子が送った以外のクッキーがあると、それを共和国側にリークしたのは、趙英浩《チョヨンホ》、あいつだね。

そうか。やっぱりね。あの若造、このところノガミの四番目辺りと結託して、なにかと調子づいてるようだ。上手く立ち回ってるつもりだろうが、未熟だね。運がない。運がないと言うだけで、それは未熟の証《あかし》だ。

ただ問題があるとすれば、共和国側が十キロと言ってくるのは想定外だった。そんなものを、わざわざこっちから送らせてまでして、一体なんに使うつもりなんだろう。たかだかC４の十キロすら買う金を抑えているんだとしたら、暗澹《あんたん》たる気分にさせられる。昔のような潤沢《じゅんたく》な活動資金は、もう永久に絶望的なんだろうかとね。

ま、それでも今は従うしかないいんだが、見てわかる通りだ。掻《か》き集めても、もう手元には七十個しかない。三十個足りない。

はっはっ。そこで、はたとブラックチェインの分を思い出したんだ。だから、そう、メールの文章はね、いいかい。

『少々お待ち下さい。とある場所に預けてある物を、すべて引き出します。利子はつきませんが』

で、いい。そう、共和国側には送っておいてくれたまえ。

えっ。ふざけ過ぎてやしませんかって？　ふん。こんな文章くらいで、ふざけていると目くじら立てる連中は、もう私以上のロートルだ。放っておけばいい。それに――お！　そうだよ。そういうことだ。よくわかってるね。そう、怒るくらい、気に留めてもらって忘れさせないのがポイントなんだ。文章的には、すべて、それが重要でね。

だから、そう。共和国に送るのはこっちで精製し、十和子が送った、あのC４の残りなんだ。あのC4なんだ。それ以外は考えないし、考えられない。違う物を送って成分を分析されたら、また次を言われる。これで最後、これ以外にはない。そうきちんと理解してもらわないとね。

二年前のクルーザの爆破。見た限り一キロ、十個。あれはそれくらいの爆発だった。まだ四十個、欠けても三十個はあるだろうと踏んだ。

だからね、伝手《つて》を辿《たど》って調べさせた。

ふっふっ。ビンゴだったよ。三十六個あると報告が来た。

私もこの国に永い。ありとあらゆるところに諜報《ちょうほう》の手を持つ。いずれその、ありとあらゆるところの名前くらいは、私が本格的に引退するときに教えようと思うが、基本は自分の手で作ることだよ。まあ、これは釈迦《しゃか》に説法かな。

なんにしても、クッキー三十六個はちょうどいい数だった。安心したよ。

確認ができたから、正式に仕入れを発注した。今回はね、いつもの奴だけじゃないよ。金は掛かるが、〈トレーダー〉にも発注した。背に腹は代えられないからだが、成功報酬だけなら、使うべきだろうと思ってね。いわゆる保険だ。どっちが運んできてもかまわない。わたしは、速やかに適量を共和国に納入できればそれでいいんだ。

え、〈トレーダー〉を知らないって。

――それはちょっと、勉強不足だね。そんなことじゃ、無能の烙印《らくいん》をすぐ押される。早死にするよ。

どんなに気をつけていたって我らが北の、偉大なる三代目の気まぐれな粛清《しゆくせい》は二十四時間、年中無休なんだからね》

一

二月も中旬になると、都内には梅の便りも聞こえてくる。窓越しなら陽射《ひざ》しも暖かくなり、ブラインドを上げたくなる。

そんな日の、午後二時過ぎだった。

警視庁警務部人事第一課のフロアにも、梅の香りがしそうな麗《うら》らかな陽射しが差し込んでいた。

「うわっとっと。これとこれでもオーバーしちゃうわけ？」

小田垣《おだがき》観月《みづき》は、自分のデスクで領収書と格闘していた。

フロアの最奥に近い辺り、パーテーションで仕切られた一角の中の、そのまた奥まった辺りだ。

「こんなに呑《の》んだの、誰よ」

マッシュボブの髪に指を差し、取り敢《あ》えず呟《つぶや》く。

呑んだのは当然、情報交換と称して連日、正体を失うまで呑んだ自分だ。それは痛いほどわかっている。

唸《うな》っていると、誰かが観月のデスクの前に立った。

「おい、小田垣。いつものことだが、真顔で唸るな。気持ちが悪い」

顔を上げる。立っていたのは、髪を油で固め、銀縁眼鏡をかけた優男《やさおとこ》だった。今年でたしか五十七歳になる、参事官兼人事一課長の露口《つゆぐち》だ。キャリアの警視長だが、切れるという印象はない。どちらかと言えば愚直にして、抜群に使える能吏《のうり》だ。

「なんです？　いつものことなら、特に言わなくてもいいじゃないですか」

「言っても直らないから言っている。――ん？　日本語が変か」

「少し」

「そうか。そうかな。まあいい。何度でも言う。お前は女の子だぞ。女の子は、女の子らしくしろ」

三十二歳の観月に女の子などと言うのは、今や露口くらいのものだ。

観月は周りを見回した。

幸い、部下は全員出払っていて誰もいない。

「セクハラですよ」

声に少々、気分として怒りを乗せた。けれど、

「ん？　そうか。だが、事実だぞ」

露口には通用しない。跳ね返される。

「顔立ちは悪くないんだ。背格好だってこう、シュッとしてる」

「少なくとも、セクハラではないな。だから小田垣」

「それ、褒《ほ》めてます？」

露口は身を、観月のデスクの上に乗り出した。

「唸るな。表情を作るのが苦手なのは、これは仕方ない。ただ、唸るな。パーテーションの向こうにまで聞こえるような唸り声を上げるな、ということだ」

いけない。洩《も》れていたようだ。

「おっとっと。それは」

観月は慌てて立ち上がった。

マッシュボブの髪、長めの手足、目が大きく愛らしい顔立ち。けれど――。

だから、どうした。

これが観月の、自分に対する率直な感想だった。

高校のときから変わらない髪型は、人によっては人気お笑い芸人の、〈蛍《ほと》ちゃん〉のようだと笑う。長めだと言われる手足も、そもそも一六七センチの上背からすると分相応で、比率からすれば短いかもと自分では思っている。

顔つきも瓜実《うりざね》型で目が大きく、整っている部類らしいが、いまだに初見で二十三歳以上に見られたことがない。

その第一の要因は自他ともに認めるところの、色気のないボーイッシュだから、らしい。

「以後、気をつけます」

観月はデスクの向こう側で腕を組み、なにがあっても譲る気配のない露口に頭を下げた。

勝ちに満足したか、露口は思い出したように手を打った。

「ああ。それはそうと」

本当に思い出したようだった。

露口は、中央合同庁舎第二号館の方を示した。二号館は国土交通省の一部も入居しているが、旧内務省系の総務省と警察庁が主に使用している。

「あっちでお呼びだ」

「お呼び？　どこがでしょう」

と聞けば、二十階の官房と露口は答えた。長官官房だ。

「ああ。久し振りに、あの人ですか」

長官官房には会計課や給与厚生課もあるが、呼び出しを受けるわけはない。

二十階で観月を呼ぶとしたら、間違いなく長島敏郎《ながしまとしろう》警視監だ。

約二年前、山梨県警本部に勤務していた観月は極秘裏に、ある事件の後始末を担当させられた。

大学の先輩でもある小日向純也《こひなたじゅんや》が〈暗躍〉した、ブラックチェインに関わる事件だった。

ブラックチェインとは日本国内で非合法活動に手を染めた、黒孩子《ヘイハイツ》の結社のことを指す。一人っ子政策によって中国に生まれた、無戸籍の子供たちのことだ。

小日向純也率いる、警視庁公安部公安総務課庶務係分室、通称J分室がそれを壊滅に追い込んだ。

県警本部の警備部は公安部門を含む。観月はキャリアとして、山梨県警本部の第二警備課長の地位にあった。

――世に出すな。カク秘だ。

カク秘。マル秘の上。最上級極秘事項。

そんな厳命とともに、事件そのものを県警本部に押しつけてきたのが当時の警視庁公安部長、長島だった。

このときは連絡だけだったが、その後、年が明けた十五年の一月には、長島本人がいきなり山梨県警本部に現れた。

「お前か。東大の小日向ファンとやらを、二年次ですべて束ねたというのは」

細面の、隼《はやぶさ》の目をした大人だと観月は認識した。のちに、石に匪《あら》ず、転《てん》ず可《べ》からずから、匪石《ひせき》とあだ名されている男だと知る。

緊張は覚えたが、観月はそういう感情があまり顔に出ない。それどころか、表情で物を言うのは苦手だった。

そうですがと答えると、匪石はなにかを確かめるように頷《うなず》いた。

「アイス・クイーンか。なるほど、面白い面構えだ」

「はあ」

なるほどと言うからには、わかっているようだ。

観月に備わったものも、欠如しているものも。

「いずれ帰京する際の部署は、俺の方で考える。ふっふっ。ファンを束ねただけでなく、本人をずいぶん動揺させたとも聞くが」

「えっ。まあ。――あの、そんな情報、どこから」

遠くはないが、近くもない話だ。

「俺だってな、お前らの遠い先輩だ。あの学舎にはいくらでも伝手はある」

どんな伝手かは知らないが、信頼性はあまり高くないようだ。

「お前は俺が考える、いずれ小日向対策のひとつだ。それなりの部署を用意しよう。その代わり、駒にも盾にもなってもらおうか。よろしくな」

そんな言葉を残し、あわただしく長島は去った。

バタついて有無を言わせぬ初対面となったが、言っている内容はなんとなく、わからなくもなかった。

純也は観月にとって、最初はただの大学の先輩だった。日本有数の複合企業KOBIXの創業者一族にして、小日向和臣《かずおみ》衆議院議員の次男にして、銀幕の大スター、故芦名《あしな》ヒュリア香織《かおり》の血を引く、トルコとの美貌のクウォータだとしても、だ。

警察庁に入庁し、警備局警備企画課に勤務し、ビッグデータに触ってから、少し純也に対する認識は改まった。

世界的最重要警戒人物、ダニエル・ガロアの影が、どうにも純也にはついて回っているようだった。

もっとも、確たる証拠はなにもない。ただ、データはその匂いだけを濃く発していた。

長島が小日向対策、と口にしたとき、だから特に逆らいもしなかった。

長島の声に、〈私〉ではなく〈公〉を聞いたような気がしてしまったのは事実だった。

そうしてこの年の十月、長島は自分の昇進に伴い、本当に観月を関係部署に据えた。

観月の異動自体は時期的に順当なものだった。

けれど、長島の意向が働いたものだということは聞かなくともわかった。

なぜなら長島は今、警察庁長官官房首席監察官であり、呼ばれた観月は、警視庁警務部人事第一課、通称ヒトイチの監察官室に所属する管理官だった。

「じゃ、行ってきます。——あっと、そうそう。どうせ行くなら」

監察官室のパネルドアに手をかけ、思い出して観月は自席近くの小型冷蔵庫に寄った。中に納まっている白い箱からなにかをふたつ取り出し、ひとつをポケットに入れ、ひとつを露口に渡した。

「参事官も。おひとつどうぞ」

「おお。すまんな」

いつものことだ。露口は悪びれもせず受け取った。待っていた観もある。

ひとつだけですからねと念を押し、観月は監察官室を後にした。

小田垣観月は一九八四年に和歌山県の紀北《きほく》、和歌山市の有本に、小田垣義春《よしはる》・明子《あきこ》夫妻の一人娘として生を受けた。

観月の父義春は日本屈指の高炉メーカー、KOBIX鉄鋼和歌山製鉄所の総炉長、いわゆる所長だった。

父も母も、まず代々が紀ノ川べりに生まれ、育った一家だった。

有本にはそんな家庭が多かった。

土地に生まれ、土地に死ぬ。

土地柄だろうか。それが一番の幸せだと、有本に生まれた者は、語り継がれる古老の話や紀ノ川を渡る風のささやきに聞き、わかっていた。

観月は小さい頃から、ほとんど病気らしい病気もせず元気に育った。すこぶるやんちゃな少女だった。

才気煥発《さいきかんぱつ》、と言い換えてもたしかによかったかもしれないし、夫婦はそんな一人娘の成長に目を細めた。

有本にある由緒正しき若宮八幡神社の境内《けいだい》も、観月にしてみれば格好の遊び場だった。朝夕、この若宮八幡の境内には体操だか、観月もテレビで見たことのある太極拳だかに大人たちが集まった。

観月は大人たちにも、その体操だか太極拳だかにもよく親しみ、馴染《なじ》んだ。

関口のおっちゃん、関口のとっちゃん、関口の新ちゃん、関口の兄ちゃん、川益《かわます》のおっさん。

とにかく有本には、気は荒いが真っ直ぐな関口姓が多かった。そして、大抵KOBIX鉄鋼和歌山製鉄所に関わる仕事に携わる人たちだった。

関口のとっちゃんなどは総炉長である父義春の部下、製鉄所の第二高炉長だった。

——おっちゃん、おはよう。

——ほいよ。おはようさん。

——とっちゃんたちも。

――おお。お嬢。おはようさんよ。

和歌山製鉄所総炉長の娘は、面映《おもは》ゆいが地元ではやはり、お嬢だった。

やがて観月は、中高一貫の紀ノ川女子学園に入学した。ソフトテニス部に入った。

有本で過ごした日々は、つくづく幸せな時間だったと観月は今でも思う。

途中、小学校から中学へ上がる頃、ほんの些細《ささい》なアクシデントがあった。

それで喜怒哀楽のうち、喜と哀の感情にバイアスが掛かった。けれど、なにも問題はなかった。

初対面の長島も口にし、広く本庁内にも警察庁にも知られている〈アイス・クイーン〉とは、そもそもソフトテニスで全国に名を馳せて以降、高校二年からのニックネームだ。称号に近い。

観月は紀ノ川と人々に温かく見守られ、真っ直ぐに育った。

なにより――。


警視庁本部庁舎から中央合同庁舎第二号館は地下の駐車場からでも行けるが、観月は地上が好みだった。風があり、街路樹も皇居の堀も緑もあり、空が見えた。

二月は午後になると庁舎の向こうに陽が傾き始めるが、二号館の正面側は三時過ぎまで西陽を綺麗《きれい》に受ける位置だった。はるかな西の向こうには、紀ノ川が流れ、有本があった。

パチンと、耳元で懐かしいあの音がするような気がした。

自分で指を鳴らしてみた。

パチン。

観月が高校一年の秋、爺さんたちの体操に、鮮やかにして本物の太極拳で混ざってきた若い男がいた。

いや、若いといっても、男は観月よりちょうど十歳年上だった。

それが、磯部《いそべ》桃李《とうり》という男だった。

出会いの日、出会いのとき、

――へえ。

面白そうに覗《のぞ》き込まれた。

――不思議な目をしている。いや、心かな。

喜と哀にバイアスが掛かっていることを、初めて他人に言い当てられた一瞬だった。

朝の日課の若宮八幡の境内で、磯部は気がつくと観月のすぐそばにいて、耳元で指を鳴らした。

パチン。

――何度かやってると、心が柔らかくなるかもしれない。心のテンションを解き放つリラクゼーション。やってみようか。

たしかに少し、感情が動いた気がした。

——え。あ。うん。

淡い恋心。

それが初恋、だったかもしれない。

ただし、哀しみはない。よくわからない。

これは、三十二歳になった今も同じだ。

そんな昔の感傷に浸っていると、桜田通りに宅配トラックのクラクションが響いた。

「おっとっと」

観月は両手で頬を叩いた。

合同庁舎の正面入口を、うっかり通り過ぎるところだった。

「感傷？　感傷ってなに？　桃李に？」

観月は呟き、西陽に目を細めた。

磯部桃李。

観月の心と仲良しの爺さんたちを、和歌浦を越えて海の向こうに連れ去った、ハーメルンの笛吹きもどき。

寒くはないが、かすかに体が震えた。

西陽の当たる街路に吐き捨て、観月は足早に中央合同庁舎に入った。

「冗談じゃない」

二

観月は合同庁舎の二十階に上がり、真っ直ぐ首席監察官室へ向かった。

観月も東大卒のキャリアだ。かつては、同じ二十階にある警備局警備企画課に勤務もした。勝手知ったるフロアと言えた。

扉の前でいちおう、身だしなみはチェックする。

部下にはズボラなだけでしょうと一笑されるが、黒のパンツスーツにソリッドカラーのスリム・タイは、自分ではトレード・マークだと思っていた。

(チェック、ＯＫ)

上着のボタンがひとつ取れ掛かっていたが、ひとつだけならノー・プロブレムだ。

ノックを二度、する。

「警視庁の小田垣です」

「入れ」

突き刺すような硬い声がした。少し高く、それでかえって鋼の冷たさを感じさせる声だった。

「失礼します」

西陽を背に受ける執務デスクの向こうで、長島敏郎警視監は濃淡をつけた影だった。なにかを読んでいるようだったが、動かない影は木像に等しかった。

「お呼びだと聞きましたが」

わざと靴音高く観月は寄った。

リズミカルな響きが、執務室に生気を吹き込んだ。

近づけば、右側頭部に染めていない白髪が見えた。

昔より少し、増えているか。

手元にあるのは、なにかの検査結果のようだった。

ファイルの表紙にあるＮＲＩＰＳとは、科学警察研究所のことだ。

長島は紙面から顔を上げ、おそらく老眼鏡だろう眼鏡を外した。

「小田垣。この前、八王子のスクラップ工場で殺人事件があったのは知っているな」

いきなり本題かとも思うが、出会った頃からそんなものだ。かえって長島らしいともいえる。

老眼鏡を掛けた顔だけは初めて見た。

「はい。概要だけなら」

一週間ほど前のことだ。刺殺だった。

一般には公表されていないが、殺されたのは警視庁刑事部刑事総務課の、内山《うちやま》という四十代の警部だ。

「たしか、その前はサイバーの技術調査にいたとか」

警部以上の賞罰はヒトイチの管轄だ。だから知っている。

「その内山はな、口中に物騒な物を噛《か》んでいた。胃の中にもだ」

C4だった、と長島は続けた。

コンポジションC4。プラスチック爆薬のことだ。

「はあ。――――えっ。胃の中にもってことは、食べたんですか。その内山警部は、C4を」

「そういうことになる。しかも、食ったのは爆発物マーカーのないC4だ」

一九九一年、国際爆薬探知条約によってマーカー、つまり探知物の混入が義務化され、以前の製品の破棄が義務化された。日本も一九九七年から批准《ひじゅん》している。

マーカーがないということは、密輸か密造ということを言外に意味する。

長島は目を通していたNRIPSのファイルをデスクに投げた。

「研究所の連中は、どうしてこうチマチマとした文字やグラフが好きなんだろうな」

言いながら目頭を揉《も》む。

「科警研の分析結果だ」

言われた以上、手を伸ばす。

「拝見します」

長島が怪訝《けげん》な顔をした。

「書いてある意味がわかるのか」

「――いえ」

だろうなと、長島は椅子に深く背を預けた。

「成分としては、テロリストのC4と呼ばれた物だ」

テロリストのC4。現行品より遙かに威力の強い、セムテックスHのことだと知識としては知る。

たしか三百グラムもあれば、旅客機が落とせるという。

「さらに詳しい配合を言えばな、間違いなく、お前も関わったC4だった」

「なるほど」

言いながら細かな文字とグラフを眺めたが、すぐに手を止めて顔を上げた。

「え！　私もってことは、あれですか。山梨の」

いきなり話が自分につながってくるとは思わなかった。

それで、思わず声が大きくなった。

だ。

「騒ぐな」

長島は眉間にしわを寄せた。

ブラックチェイン事件。

自分が絡むC４と言えば、約二年前のそれしかあり得なかった。甲府勤務時代のことだ。

――先輩の後始末をしろ。

自分の後輩でもあるだろうにと思いながらも、長島の命令である以上粛々と従った。

第二課の係ひとつを極秘裏に動かし、元サバイバルフィールドだという場所から、黒孩子の死傷者を搬送した。

と同時に、たしかに、油紙に包まれたクッキー形のC４を三十六個、計三・六キロ引き上げ、そのまま県警本部の保管庫に収蔵した。

十四年九月のことだった。

その後また長島から連絡があり、保管庫のC４を警視庁の公安部に引き渡したのも観月だ。

翌十五年、春先のことだったと覚えている。

このとき長島は、

――小日向のあの分室にも、自分の尻くらい最後まで綺麗に拭いてもらわんとな。

などとデリカシーのないことを呟き、観月を大いに憤慨させた。

ちなみに、このときJ分室から受け取りにやってきたのは、猿丸俊彦《さるまるとしひこ》警部補だった。

猿丸はC4を段ボールごと公安部長室に持って行き、秘書官である金田《かねだ》警部補を大いに慌てさせたと、これは後で聞いた話だ。

「どこかに同じ物がまだあったということですか」

「どこかと言うか、まだと言うかな」

長島は口籠《くちごも》った。

「とにかく、すぐ外二《ソトニ》に所管を移した。多少強引だったがな」

「ああ。外二。まあ、仕方ないでしょうね」

外二、公安外事第二課は中国、北朝鮮を対象とする部署だ。

ブラックチェインが所持していた物と同配合のC4が絡む以上、外二が出てくるのは妥当だろう。

「みんな、お前くらい事態に寛容だと助かるが」

「それ、褒めてますか?」

長島の口元がわずかに綻《ほころ》んだ。

「で、私はなんで呼ばれたんでしょうか」

「そう。それで、だ」

長島は椅子を軋《きし》ませた。

「おそらく、これはお前の関わったＣ４だ」

「それはさっき伺いました」

「そうではない」

長島は首を振った。

「そのものズバリの、お前が関わったＣ４。Ｊ分室の猿丸が運んだ物。そういう公算が高いのだ」

「まさか」

さすがに観月も動揺する。

顔には出ないが――。

「そう俺も思いたいがな」

立ち上がって、長島は窓辺に向かった。

空《から》の椅子が軋みを長く伸ばしながら、ゆっくり半回転する。

「今の皆川《みながわ》から連絡があった」

今の皆川とは、現警視庁公安部長の皆川道夫《みちお》警視長のことだろう。歳はたしか、長島と同じはずだった。

「こっちにあるはずのＣ４だ。刑事総務にも問い合わせたらしいが、誰もその行方を把握していないらしい。保管の記録もないと。だから現在のところ、所在がまったくの不明なんだそうだ」

「……不明、ですか」

次から次へと驚かされる。

それでも顔に出ないが――。

いや、こういう場合、顔に出ないのはありがたい。

「そう。だから皆川に宣言されたよ。公安は手を引くとな」

「――どういうことでしょう」

「あのＣ４に破棄処分の決裁をしたのは、当時の俺だ」

爆破物及び危険物は、いずれ保管期間を過ぎた後、陸自に送られて破棄処分になる。

これは通常の取り決めだった。

「だから、俺の責任でなんとかしろということらしい。キナ臭さでも感じ取ったものか。皆川は昔から、肝っ玉の小さい男でな」

長島は振り返った。

「ただ、言われなくともこれは俺やお前の案件で、つまりは監察の案件だ」

「紛失ということは、地下の押収品倉庫からですか」

「それすらすでに判然としない」

「なぜです？」

「〈ブルー・ボックス〉と言ったか。あれの運用が正式に始まった」

「〈ブルー・ボックス〉？　ああ、なるほど」

「理解したのか？」

「ええ。保管の記録がないということは、こっちかあっちかもわからない、とか」

「飲み込みが早いと助かる」

「それって、褒めてますよね」

「ちなみにな、殺された内山は、〈ブルー・ボックス〉に出向中だったらしい」

「――なるほど」

証拠物件集中保管庫、通称〈ブルー・ボックス〉。

その運用が検討され始めたのは、平成二十五年だった。

大きな事件が発生すると、捜査本部が置かれた署には千から二千の証拠品が運び込まれる。結果、警察署内に証拠品が溢《あふ》れ返るという事態がこれまでも頻発した。

証拠品や押収品の度重なる紛失の原因も、ひとつはそこにあるという市民オンブズマンの調査結果も報告された。

平成二十二年には、法改正により殺人事件等の重要事件の時効が撤廃されていた。

このことにより、未解決事件の証拠品も、基本的には解決するまで保管しなければならなくなっていた。

実際、重要事件の時効が撤廃されてすぐ、全国の小規模警察署では悲鳴が上がった。笑い話ではなく、休憩スペースにまで証拠品や押収品が置かれる始末だった。

そこでようやく、警察庁も重い腰を上げた。民間のロジスティクス会社や倉庫業者への、保管管理の全面的な委譲を検討し始めたのだ。

このことに対する警視庁としてのひとつの答えが、〈ブルー・ボックス〉だった。

有識者会議も含めた様々な検討の末、前年二十八年初頭に、警視庁は民間から巨大な倉庫を借り上げた。そこにロジスティクスとセキュリティの技術を導入し、七月から集中保管のテスト運用をしていた。

そうして半年が過ぎ、先月から正式な運用を開始したということは、観月も知っていた。

「けど、意味がわかりませんね。そういう紛失や不備が起こらないためのシステムなんじゃないんですか？」

長島は頷きながら、椅子に戻った。

「正論過ぎる正論だ。俺もそう思っていたが、この件で初めて知った。正式運用が始まったと同時に、どこも早い者勝ちとばかりに〈ブルー・ボックス〉に押し寄せたらしい。搬出も搬入も手続きは後回しだとか。まず動け、まず持っていけ。所轄はどこも手狭だからな。署長以下、そんな号令を掛けたらしい。そのせいでな、押収品や証拠品はグチャグチャだ。わけがわからなくなっている」

「ますます意味がわかりません。そうならないための民間委譲ではないんですか。そもそも、半年もテスト運用してたでしょうに」

「テストなど所詮、机上で弄《もてあそ》ぶ、理想や夢や希望と変わらんということだ」

「――夢や希望ですか。ファンタジーですね」

「それにな」

多分に皮肉のつもりだったが長島は聞かず、デスク上にわずかに身を乗り出した。

「すでに起こった不備や紛失を、この際、有耶無耶《うやむや》にしようとする輩《やから》も、ま、いないわけではない」

「おっと。そこまでいくと、ファンタジーもメルヘンに昇格ですね」

「真顔で言うな」

「申し訳ありません。ファンタジーともメルヘンとも縁遠いもので」

「現実の前には、すべてが吹き飛ぶということだ」

長島からたしかに、溜息《ためいき》が聞こえた。今度は観月が聞かなかった。

「搬入搬出について絶望的なのはわかりましたが、セキュリティは?」

「万全、と言いたいがな。まあ、行けばわかる。当然、外部委託で」

キング・ガード、と長島は言った。

観月は腰に手を当て、一度天井を仰いだ。

「ベタベタの天下り先じゃないですか。それこそ壮大なファンタジーから荒唐無稽《こうとうむけい》のメルヘンさえ素通りして、ぐるっと回って、もの凄《すご》く矮小《わいしょう》な現実ですね」

「真顔で言うなと言った。――いや、わかってはいるつもりだが」

一瞬目を細め、長島は両手を広げた。

「すいません。複雑な表情は苦手です」

そんなつもりも自覚もまったくないが、真剣になればなるほど、表情が動かなくなる。それが観月だ。

「アイス・クイーンか。言い得て妙だな。それで、Qとも呼ばれているとか。いや、毛嫌いされているとか」

「監察ですから」

かえって観月は胸を張った。

「まさか首席は、他人に好かれているとでも？　ただし――」

Qはいい意味でも悪い意味でも、観月を端的に言い表すニックネームだ。

「クイーンとQは、必ずしも一致するものではありませんので」

「まったく」

椅子に背を預け、おそらく長島は諦め顔だった。

「小日向といいお前といい、どうして最近の後輩どもはああ言えばこう、と言うか、ひと言多いと言うか……いや、それが時代の流れか」

「いえ。特に時代にも流行にも乗って生きてるつもりは――。ああ、首席の年齢のお話ですか」

「そういうことだ。だから、小難しい話は若いのに任せようと思ってな」

〈ブルー・ボックス〉、と長島は続けた。

「一班専従で、全権をお前に任せる」

「おっと。丸投げですか」

「そうだな。ただ、丸投げは全幅の信頼とイコールであり、上司の務めだと認識している」

「あれ。――今度こそ、褒めてます？」

聞かないとわからない。自分の表情同様、人のそういった感情を測るのも苦手だ。

そうだそうだと長島が両手を広げる。

「できるな」

「やれと言われれば」

「やれ。お前ならできる」

長島の語気が厳しいものになった。

あからさまになれば観月にもわかる。了解です、と背筋を伸ばした。

「ついでに〈ブルー・ボックス〉、お前の手の上に載せてこい」

「――それも、丸投げですか」

「そうだ。そして、これはお前にしかできない」

「それって」

なにを言おうとしているのかは明らかだった。

わかってはいるつもりだが、と最前、長島は言った。

そのわかってはいることに付随する能力のことだ。

「超記憶、だったたな。ハイテクとアナログの隙間。お前は甲府でも、俺の前でそう言った。今まさに、〈ブルー・ボックス〉はその間《あわい》にある。お前の場所だろう」

「了解、です」

わかれば、長居は無用だった。

長官官房など、いても楽しい場所ではない。

長居しても、観月の好物の和菓子や緑茶は出てこない。

「ああ。そうそう」

それで観月は思い出した。

ポケットから透かし模様の入ったビニル包みを取り出し、長島のデスクに置いた。監察官室の冷蔵庫から持ち出してきたものだ。

「なんだ。これは」

一瞥《いちべつ》するだけで、長島は手を出さなかった。

「見ておわかりになりませんか。どら焼きです。しかも、名店のこしあんですよ」

「いや。そういうことではない」

「では、なんでしょう」

「なぜ持っている。いや、なぜ今ここに置くかということだ」

「――よくわかりませんが。お嫌いですか」

「そういうことではない。どういうつもりだと聞いている。少なくとも今まで、ここに呼ばれた奴で、ポケットからどら焼きをひとつ出して、俺にくれた奴はいない」

「ああ」

ようやく理解できた。

「今日はバレンタインですから」

「ほう」

それでも長島は、どら焼きに手を出さなかった。本当に嫌いなのかもしれない。

「バレンタインに、剝き出しのどら焼きひとつか」

「美味《おい》しいですよ。では」

すぐ作業に取り掛かります、と頭を下げて、観月は長島に背を向けた。

三

観月はそのまま、警視庁本部庁舎に戻った。

ざわつくホールを横切り、中層階用のエレベータに乗る。

警務部人事第一課があるフロアは、十一階だった。警視総監室や副総監室、総務部長や警務部長の執務室もこのフロアだ。

なにやら、キャリアの匂いの濃いフロアではあった。

「ただいま」

観月は自分に与えられたデスクの、窓を背負ったキャスタチェアに勢いよく座った。

室と言っても名ばかりで、監察官室は警務部人事第一課の、一番奥まったところをハイ・パーテーションで仕切った空間だ。

監察官室は首席監察官の下《もと》、四人の管理官がいて、その下に係長がいた。首席監察官は警視正で管理官は警視、係長は警部だ。係長の部下には、主任の警部補と巡査部長からなる実働部隊が配されている。

役職と階級はほかの部署と同じだが、監察官室にはひとつの特徴があった。

たいがいの室員が、公安上がりだか、崩れだか。

色々な意味で〈猛者《もさ》〉を相手にする、警察の中の警察。それが監察官室の役割だ。海千山千には、一騎当千で当たる。

これは観月のテーマにして、監察官室全体のモットーだった。

「お疲れ様です」

席に着くなり、そう言って濃く淹《い》れた緑茶を出してくれたのは、係長の牧瀬《まきせ》だった。

牧瀬広大《こうだい》。私大出の三十歳で警部は、優秀だからだ。所轄の経験を経て警察庁警備局に出向し、警部昇任と同時に警務部監察官室に配属となり、現在三年目だった。大学時代は柔道で、七十三キロ級の国際強化選手でもあったという。

短髪で細面はシャープで、百八十センチを超える筋肉質の身体《からだ》はたしかに男らしい。

庁内に女性ファンも多いようだ。

ただし観月にとっては、頼れる部下であることは間違いないが、その辺の評価はよくわからない。

なんといっても観月は、小日向純也と磯部桃李という、悪魔と天使を知っている。

取り敢えずどちらが悪魔で、どちらが天使かは措《お》くとして。

緑茶を置く牧瀬の後ろから、

「管理官。官房の方の首席に呼ばれたって聞きましたが」

と張りのある声が掛かった。主任の時田《ときた》健吾《けんご》警部補だ。四十四歳は牧瀬の班では最年長だが、一見だと牧瀬と同じくらいの歳《とし》にも見える。

それはそれで、公安で培《つちか》った時田の武器かもしれない。

「そうね。今から話すけど」

観月は壁の時計を見た。

ほぼ三時ちょうどだった。

「じゃ、補給しながらっすね」

言ったのは、巡査部長の馬場《ばば》猛《たけし》だった。名前負けで身体は細く、二十八歳のくせに幼いが、持っている雰囲気は悪くない。

監察という業務はどこへ回っても喜ばれるわけもなく、殺伐としがちだ。

喜怒哀楽のはっきりした馬場は観月と対照的に、身をもって監察官室そのもののガス抜き役を務めている。

「馬場君、補給って言わない。お三時、あるいはお八つ」

「そうそう。お十時、お三時。どっちも八つ刻《どき》ってね」

立ち上がって近くの冷蔵庫に向かったのが森島《もりしま》和人《かずと》警部補だ。

「あ、そうだ。森島さん」

「へいへい。わかってますよ」

同じ警部補だが時田が主任なのは四歳年長だからで、能力に遜色《そんしょく》があるわけではない。森島もフットワークの軽いベテランで、やはり頼れる存在だ。

ただひとつ心配があるとすれば、毎年健康診断で再検査の葉書がついてくることだろうか。摂取カロリーと体形には、問題が大いにあるようだった。

森島は冷蔵庫から白い箱を取り出した。

先程観月が二個減らしたどら焼きの箱だ。

どら焼きの名店、神馬屋《じんめや》いま坂《さか》のこしあん十個入り。

本当は冷やさずそのままで食べたいが、昨日森島に頼んで買ってもらい、今朝持ってきてもらったものだ。仕方がない。

神馬屋は、東武東上線の下赤塚《しもあかつか》からすぐのところにあった。森島が住む官舎から近いので、ときおり無理のないところで買ってきてもらっている。

「森島さん、一個よ」

「うえっ。わざわざ買って来た役得は無しですか」

森島はすでに、両手にひとつずつを持っていた。この四人からなる牧瀬班の中では、森島は一番の甘党だ。

「この間の健診、またお札付きだったでしょ。それに、絶対昨日、自分の家の分も買ったでしょ」

　買ったかなぁと、笑って森島は素《す》っ惚《とぼ》けた。妻と森島によく似た娘ふたり、全員が甘党だということは人事記録からの延長で知っている。

「だから一個だけは勘弁してあげるって言ってるのよ。それに、なんたって今日は、バレンタインデーですからね」

　ビニルを切り、ちょうど口に運ぼうとしていた牧瀬が踏み止《とど》まった。

「なに？　係長。その変な動き」

「いえ。あの、もしかして、これがバレンタインデーなんて」

　牧瀬が不思議なことを言った。

「えっ。まさか。そんなことはさすがに」

　馬場がおかしなことを追随する。

「そうよ。なに言ってるの。甘いじゃない」

「甘いって。またあっさり言ってくれますが、甘けりゃいいってものでも。なあ、馬場」

「当たり前です。手作り以外は認められません」

「いや。それはそれでどうかと思うけどよ」

　馬鹿話はさておき、観月はひとつ取って席を立った。観月とちょうど正反対の位置にあるデスクに向かう。

「監察官。おひとつ、いかがですか」

「ん？」

顔を上げたのは、この部屋のトップである首席監察官、藤田進《ふじたすすむ》だった。四十七歳の警視正で、署長経験者だ。物腰が柔らかく言葉遣いも丁寧だが、切れる。思考と決断のタイミングは、いつも鮮やかにして抜群だった。

監察官室内では、監察官と言えば首席のことを指す。観月たちは管理官だ。首席という言葉は滅多に使わない。使うときは、長官官房の首席監察官を指す。

「なにか、バレンタインとか聞こえましたが」

藤田はデスクの上で両肘を立てた。

「お気になさらず」

観月は右手でどら焼きを差し出しながら左手を振った。

「日頃のご愛顧に感謝して、です」

観月は警視だが、署長は小規模署でも警視、大規模署になると警視正になる。腹を探られて喜ぶ署長はいない。庁内でも同じことだ。課長は警視以上となる。

こと警務部監察官室では、警視という階級は所轄や本庁内を調査するための最低限のチケットだ。

署長経験者の警視正という首席監察官を後ろ盾にして、初めて業務が可能になる。

「じゃ、いただきます」

藤田は笑って受け取ってくれた。

「ところで、お返しはなにがいいですか」

そうも聞いてくれる。有難いことだ。

「いえいえ」

「そうはいきません。監察官室は特に」

多少、面倒臭いところもあるが。

「では、甘い物。出来ればこしあんで」

そう言うとさすがに、藤田の笑顔が多少引き攣《つ》った。

「あんこ返しですか。やりますね」

「いえ。それほどでも」

そんな会話で自席に戻る。

牧瀬たちは思い思いの場所でどら焼きを食べていた。

白い箱に、残りが三つ。

それは誰も手を出さない、観月の取り分だった。

「じゃ、始めるわよ」

ひとつ目のどら焼きのビニルを切り、観月は長島から聞いた事件の概要、指示の内容を話し始めた。

甘い物は別腹と言う人もいる。森島などはその口だろう。はたから見れば観月も同じかそれ以上で、おそらく大の甘党ということになる。

が、実際には違う。

さっき馬場が言った〈補給〉とは、観月に向けた言葉なのだ。

――ハイテクとアナログの隙間。〈ブルー・ボックス〉はその間にある。お前の場所だろう。

長島はそう言った。

超記憶。

感情のバイアスと引き換えに得た能力だが、サヴァンとは違う。興味の指向性はない。意識して見たモノを、おそらく生きている限り記憶し続ける。それが観月の能力だった。

もちろん履歴書などの特技欄に書くものでもなく、知る者はそう多くないが、長島や藤田、牧瀬班は全員が知っている。

だから馬場は、〈補給〉と言った。

観月の超記憶は普段の生活においても、視覚から入る情報にその傾向は顕著だった。

脳は栄養分を常に希求した。燃料切れになると、ひどい偏頭痛が起こったりする。〈補給〉は文字通り、糖分の補給だった。

観月が好むのは、ダイレクトで手軽な砂糖だ。中でもあんこが好きだった。特にこしあんだ。

痩せの大食いではないが、結構食べる。〈補給〉する。

それでこしあんに行き着いた。

つぶあんは、食べ続けると胃に重い。

「えっ。爆薬がない、ですか」

言ったのは牧瀬だが、さすがに驚きは全員同じだった。

馬場などは、手からどら焼きを取り落とした。慌てて拾って口に入れた。二秒半くらいか。

セーフだと観月は思った。

「そういうこと。ただ、現状から正確に物事を言うとすれば、ないかどうかさえわからない、が正しいかしらね」

観月は三個目のどら焼きのビニルを切りながら、おもむろに電話に手を伸ばした。

「まず、順路通りに辿《たど》っていきましょうか」

内線のナンバーを押す。掛ける先は、J分室だった。

――はい。

鈴を転がすような声が聞こえた。

J分室の事務方、大橋恵子《おおはしけいこ》という才媛だ。その昔は一階の受付に座っていて、大勢のファンがいたらしい。たしかに、同性の観月から見ても美貌だと思う。

なにがどうと詳しくは知らないが、山梨のブラックチェイン事件に少なからず関わり、その後J分室に異動になったらしい。

多少の興味から人事第二課の人事記録を見たが、なにも書かれてはいなかった。

なにもとは文字通り、なにもだ。

そもそもJ分室員は全員、すべての記録が白紙だった。

公安総務課庶務係分室とは名ばかりで、警視庁のすべての業務から切り離された部署。

それが、J分室だった。

「監察官室の小田垣です。猿丸さんはいらっしゃいますか」

――ああ。管理官。

同じ本庁舎内だ。純也の後輩として、大橋と二、三度の面識はあった。いつも花を抱えていたような印象だ。

――警部補は、今日はまだです。

「まだって時間じゃないと思いますけど。来るんでしょうか」

きませんね。

　──とは思います。一度は顔を出さないと、私が文句を言いますから。でも、確約はできませんね。

「そうですよね」

　来たらでいいので、と連絡をくれるよう頼んで、観月は受話器を置いた。

「どうします」

　緑茶を飲みながら牧瀬が聞いてきた。

　全員がどら焼きを食べ終わっていた。

「そうね」

　観月は三個目の残りを口中に放り込んだ。

　いくつか、監察としての初動の指示を出した。

　殺された内山の人事記録を確認することはもちろんだ。

　その他、預貯金等の口座の動きを警信（警視庁職員信用組合）に問い合わせ、携帯・固定を問わず通話履歴を各電話会社に照会し、必要と思えば家族の行確も念頭に置く。

「まずはいつも通り、そんなところかしら。ああ、ただ」

　牧瀬には捜一と外二から、念のためそれまでの捜査情報を取らせる。

「適当にね」

　監察に話をしても得にはならず、むしろマイナスばかりだというのが一般的な認識だ。

だから、どこへ出向いても煙たがられる。

「あんまり本当のことは言ってくれないだろうし、場合によっては隠されるから」

観月以外の全員が立ち上がった。

「わかってます。上手くやりますよ」

牧瀬に、特に気負った様子はない。この辺が、やはり前職が公安ということの利点か。

いい方に腹が据わっている。

逆に、

「で、管理官。その、猿丸さんの方はどうします?」

逆に、公安だったからこそ、こっちの方が始末に負えないかもしれない。

「ああ。係長たちはやりづらいでしょ」

「まあ、多少は。それでも私は少し離れてますが、主任やモリさんはあの人が外事のとき、時期がモロにかぶってんじゃないですか」

牧瀬は視線を時田たちに動かした。

「かぶってるって言えばね。ただ、あの人はまあ、公安の中でも別格に近かったから」

「そうそう。切れるなんてもんじゃなかった」

時田も森島も苦笑いで頷く。歳も若く、前職が組対の総務だった馬場だけがわからない顔だ。

「いいわ。私の方でやるから」

手を打ち、観月も立った。

「おや。どちらへ」

牧瀬が聞いてきた。

観月はよくひとりで動く。露口参事官辺りはあまり好ましく思っていないようだ。

それで、牧瀬が小言を言われるらしい。

部下としてというか、お世話係として、だ。

「六階へね。仁義ってヤツ」

「六階ですか」

「そう」

歩き出してから、ふと思い出して観月は振り返った。

「監察官。勝呂《すぐろ》刑事総務課長のとこに行きますので。一報、先に入れていただけると助かりますが」

奥から、了解でぇすと声が掛かった。

牧瀬もそれで合点がいったようだ。

「OKが出たら、まず地下の保管庫から総ざらえだから。覚悟しといてね」

牧瀬は即座に頷いた。

勝呂孝義《たかよし》刑事総務課長、五十五歳。

勝呂は、殺された内山の直属の上司というだけでない。

刑事総務課長という役職は、〈ブルー・ボックス〉を含む、内部・外部保管庫の総責任者でもあった。

四

警視庁本部庁舎六階の皇居側ウイングには、刑事部長室と刑事総務課がある。科捜研が入る警察総合庁舎への連絡通路もここだ。

観月は真っ直ぐ、刑事部刑事総務課の課長室へ向かった。

まだまだ女性警察官の比率は少ない。本庁のフロアではさらにそれが顕著だ。

パンツスーツ姿の観月が歩けば、上背のこともあり際立って目立った。

無遠慮な視線を無視し、敢えて靴音高く課長室の前に立った。扉は開け放たれていた。

勝呂はデスクにいた。決裁書類に判子を押しているようだった。

扉を、形ばかりにノックした。

「勝呂課長。監察官室の小田垣です」

ポマードで固めた七三髪の、分厚いセルロイド眼鏡が一瞬だけ机上を離れた。

観月に向くが、すぐに興味を失ったようでまたデスクに落ちた。

「失礼します」

藤田からの連絡は入ったようだと、まずはそれを認識する。

刑事総務、捜一、捜二の課長は警視正だ。いかに監察でも管理官でしかない観月では、直接の罪科でもない限りアポなし面会はなかなか難しい。

観月は勝呂の前に立った。

口を開き掛けるが、相手の方が早かった。

押印の手を止めることなく、勝呂は低く割れた声を出した。

「特捜を動かそうとしたら、外事に止められたと部長から聞いた。来るとしたらそっちかと思っていたが。監察で、しかもアイス・クイーンのお出ましとはな。事態はそんな方向か」

「特捜、ですか」

刑事総務課には部長の特命事件捜査をもっぱらとする刑事部特別捜査係、通称刑事特捜がある。エリートの集まりだ。

「ああ。仲間が殺《や》られたんだ。そのくらいは当然だろう。刑事部の面子《メンツ》もある」

判子を押し終えた書類を束ね、決裁済みのケースに入れる。

見る限り、まだその倍は残っていた。

「お忙しいようですので端的に。――C4はどこでしょう」

「ふん。無礼千万な外二にも聞かれた。答えは同じものになる。いや、同じものにしかならない」

新たな書類に伸ばした手を、勝呂は止めた。

「そんなもの知るか、だ」

「知るかって。課長、それは」

「小田垣。分任保管管理簿も証拠物件出納表も、今じゃデータでオンラインだ」

勝呂は観月に最後まで言わせなかった。

「俺は大して詳しくない。で、そういうのの責任者だった内山が死んだ。あいつは、そういうことのためにサイバーから来たんだ」

「ああ。なるほど」

「ここの下になけりゃ、葛西《かさい》の保管庫だろう」

「えっ。葛西?」

「上が俺に押し付けてきた、例の集中保管倉庫だ」

「ああ、〈ブルー・ボックス〉。あれ、葛西なんですか」

「そうだ。その全部も内山に任せていた」

「全部とは」

「全部は全部だ。移行の話が出てからな、統一のバーコードからナンバリングから、その全部を任せてた」

椅子に背を預け、勝呂は眼鏡の下から目頭に指を差し入れて揉み上げた。

だいぶお疲れのようだ。

もっとも、警視庁本部庁舎内に、楽ができる部署などない。

「ハイテクを支えるのは、アナログだ。振り分けていいことはなにもない。かえって手間を増やすだけだ」

「なるほど」

「二年になる」

「そんな前から」

「それくらい掛かることだったんだ。——お前、聞き返すくらいだから、葛西に行ったことはないんだろう」

「ありません。近々、本当に近いうちに一度は」

「まあ、本来なら監察には必要も興味もないところだろうが」

眼鏡のズレを直し、勝呂は片頬を吊《つ》り上げた。

「本当にデカいぞ。行けばわかる」

笑った、ようだった。

「そうですか。ご教示、有り難うございます」

「なんだ、その木で鼻を括《くく》ったような反応は。本当に詰まらんな、お前は」

「申し訳ありません」

表情を作るのはやっぱり苦手だ。

だが、和歌山の父が見たら、

――おう。昔よりずいぶん、表情が豊かになったな。

そう言うに違いない。

こういうものは、相対評価だ。少しずつ少しずつ、心を動かすたびに柔らかくなる。

「……ふん。そうか。そういう顔だったな」

「ご理解いただけて助かります」

「褒めてはいないが」

普段から無表情だと承知しているからといって、観月の能力を知るということではない。

つんとお澄ましのアイス・クイーン。高飛車。上から目線。

そんな印象が庁内の職員全体に浸透していると馬場に聞いたことがあった。

「話を戻しますが、課長。先ほど、ここの下になけりゃと仰《おつしや》いましたが、Ｃ４は間違いなく、ここの下にはないんですか」

「C4だけに限らず、TNTだろうとトカレフだろうとシャブのパケットだろうとな」

勝呂は右の人差し指を立て、観月に突きつけた。

「知るか。そんなひとつひとつのことを、どうして覚えてる。俺は神様じゃない」

「はあ。そういうものですか」

「なんだ。不服そうだな」

「いえ。けれど、課長は管理監督者ではいらっしゃいますよね」

「だからどうした。じゃあ、C4は俺のせいか。ハサミ一本、証拠品と名がつけば紛失盗難は俺のせいか」

紛失はいざ知らず、盗難だとしたらあなたの責任でしょうと思うが黙っておく。

表情を作るのは苦手だが、こういうときには便利だ。

「まったく、どいつもこいつも勝手ばかりだ。俺のキャリアを、悪意を持って終わらせようとしているとしか思えん」

特にあの〈ブルー・ボックス〉だと、勝呂は机を叩いた。

「テスト運用の頃は利用の順番も決められ、スムーズだったと聞いている。クレームもなかったはずだ。それが、本運用になってひっくり返った」

「それは」

「警察庁の分、検察庁の分までな。頼まれて上の連中が、いいわいいわでGOサインを出した。言質《げんち》にとって、連中は勝手に搬入を始めた」

特に検察庁、と勝呂はぼやいた。

検察庁は地下三階に証拠品保管庫を持つが、たしかに手狭だとは観月も聞いたことがあった。それで、警視庁に委託を打診してきたらしい。

一点一点がバーコードで管理され、東京ドーム五分の一ほどのスペースに、大きい物は倒壊した建物や鉄骨から、小さい物はキャッシュカードまでを保管していたという。

「それだけでもゴチャゴチャだが、負けじと所轄も本庁も動き出した」

「え。本庁もですか。でも、管理監督者は課長ですよね」

「置いとくだけはな。だが、触れるわけでも処分できるわけでもない。本来の権利者は入れてきた部署だ。そこの証拠品であり、押収物だからな」

言われればわかる。

「それらが一気に、〈ブルー・ボックス〉に」

そうだと勝呂は頷いた。

「そんな状態で責任者がいなくなった。逆フン詰まりっていうかな。収納は遅々として進まない。所轄は署長、警察庁や検察庁は課長レベルで文句を言ってくる。こっちは、まったくのお手上げだ」

「そうですか」

まだ実際に目にしたわけではないが、とにかく大変そうだというイメージだけは出来た。

「ま、そういうことだ」

勝呂は次の決裁書類に手を伸ばした。伸ばしてつかんだ書類の束をこれ見よがしに振る。

「これもあれもだ。しなければならんことが多すぎて、かえって俺はなにも知らない」

「わかりました」

観月は背筋を伸ばした。

「では、これから監察で触ります。よろしいですね」

「勝手にしろ」

もう、勝呂は観月を見なかった。

有り難うございますと軽く頭を下げ、観月は刑事総務課長室を後にした。

五

観月は十一階に戻った。

パーテーション向こうの、監察官室の雰囲気がなんとなく違った。

入室すると、案の定だった。

牧瀬班だけでなく、在室の課員ほぼ全員の顔が少し緊張していた。努めて意識しまいという〈意識〉が、一点に向かっている感じもあった。

いつも通りなのは、馬場を含め数人しかいないようだ。

藤田首席監察官は不在だった。

「よう。係長にはいちおう、許可もらって待たせてもらってたぜ」

空いているデスクで、キャスタチェアに座ってくるくると遊んでいる男がいた。

観月に向け、小指のない左手を上げウインクする。

――ないことで、つながってるってこともあるんだな。

昔、そんな言葉を聞いたことを思い出す。

鼻筋が通って唇は薄く、無精髭《ぶしょうひげ》に酒焼けのテノールが似合ってはいる男だ。

ただし、ときおり口の端を吊り上げる微笑《ほほえ》みはあまりにも冷淡に見えた。

それさえなければ観月も本人が望むように、ときにいい男ですねと褒めてやるくらいはやぶさかではない、と思っていた。

男は警視庁公安部公安総務課庶務係、J分室の猿丸俊彦警部補だった。

四十七歳だということだが、一瞥しただけでも、身体のどこにも弛《たる》みがないことはわかった。

「相変わらずのお澄まし顔と、マッシュルーム頭が、可愛《かわい》らしいね」

猿丸が、どこに心があるのかわからない顔で笑った。

「連絡を、とはお願いしましたけど。いきなりですね」

「つれないところがまたいい」

「聞いてます？」

観月は自分のデスクについた。

「聞いてるよ」

猿丸は両手を広げ、肩をすくめた。

「けど、なんたってよ、監察官室からの電話だぜ。うちの恵子ちゃんからすぐに連絡が来た」

牧瀬が運んできた緑茶で、観月は谷中《やなか》福丸の黒糖まんじゅうを食べる。

「ありがと」

小さいからひと口でいける。もちろんこしあんだ。

「恵子ちゃんがいきなりよ、なにかしたんですか、だってよ。ま、信用がねえのは昔からだがな。電話の向こうで目が吊り上がってるのがよくわかったぜ。ちょうどそんとき、俺ぁ日比谷にいてよ。今日はこのままバックレてとも思ってたんだが、一度は来ますよねって念も押されちまった」

どうでもいい話だったが、らしくない饒舌《じょうぜつ》にも聞こえた。

「へっへっ。先回りされて、ぐうの音も出ねえってやつだ。ま、そんな呼吸になるくれえ、恵子ちゃんとも長い付き合いになるってことだがな」

案外、四方山話《よもやまばなし》の態《てい》を装いながら、人が捌《は》けるのを待っているのかもしれない。

猿丸の後方で牧瀬が湯飲みを振った。

猿丸の分をどうするか、ということだろう。

牧瀬たちも、猿丸がいては作業が進まないに違いない。

手持無沙汰に見えた。

「ああ。猿丸さん、ストップ。ちょっと待って下さい。――係長」

観月は先に牧瀬を呼んだ。

「課長のＯＫは出たわ。勝手にしろって。つまり、勝手にしていいってことよね」

「まあ。勝手の程度によると思いますが」

猿丸の口笛が聞こえた。

「なかなか、いい呼吸だねぇ」

取り敢えず無視すると、まず牧瀬が立ち上がった。

「ＯＫが出たならＧＯですね。了解です」

出来る部下とは、有り難いものだ。時田も森島も後に続く。

馬場も、出来る部下ではある。面倒臭そうにしながらも立ち上がる。

「じゃあ、お願いね。私も後で──」

「いえ、結構です」

言いかける観月を牧瀬の大きな手が制した。

「こんなことに管理官の頭ぁ使っちゃ、もったいないんで」

管理官の頭、つまりは超記憶のことだ。

「そう。じゃ、とにかく、現物第一で。ああ、段ボールやケースにこだわらないで。一個を大事に探して」

おおっすと頼もしい返事が三人から返り、馬場が森島に小突かれる。

観月は壁の時計を見た。

この日の先約までは、まだ十分に余裕があった。

「ああ。管理官。今日は、例の女子会でしたよね」

顔と目と、壁の時計。

一瞬の動作を見て取ったようだが、やはり牧瀬は優秀だ。想起と判断が早い。

「あら。よく覚えてたわね」

「まあ。色々と強烈でしたから」

牧瀬はかすかに笑って鼻を搔《か》き、係長らしく部下に率先して出て行った。

よろしく、と男たちの背にエールを送り、観月は猿丸に向き直った。

出来過ぎるほどの公安マンは、ひとまず大人しく待っていた。

「黒糖まんじゅう、いかがです？」

「いらねぇ」

「じゃあ、コーヒーでもお淹れしましょうか？　お好きでしたよね」

「結構だ。自分の居場所で、最高のが飲めるからな。それで」

猿丸が椅子で足を組んだ。

声に温度とでもいうものがあるなら、一気に冷えた感じだった。

「山梨のＣ４が、どうかしたかい」

「あら。よくおわかりで」

そんなもので観月は動じない。

黒糖まんじゅうをひとつ、口中に放る。

甘さが観月の全身に浸透し、温かさが脳を柔らかく解《ほぐ》す。

「悲しいことだが、今の俺と君の接点は、ほかに思いつかないもんでね」

「前置きがカットできるのはいいですね。腹の探り合いは好きではありません」

「ほう」

猿丸は目を細めた。

「俺と探り合うってのかい。その若さで」

「歳でするものですか？　お望みなら」

すぐに、いやと猿丸は首を振った。

「普通は経験でするものだと思うがな。君とは無理だ。止《や》めておこう」

「物分かりがいいのは助かります。同じようなことを、官房の首席に言われてきたばかりなので」

猿丸は薄く、冷たく笑った。

「それで、たいがいの要点は見えたようなものだが。――聞こうか」

足を組み替え、それから観月が説明し終わるまで、猿丸は微動だにしなかった。

やがて――。

「内山？　そうかい。死んだのは内山ね。口の中にも。ふうん」

天井に向ける目に光が見えた。情の機微には疎《うと》いが、人より観察眼はあるつもりだった。

「なにか？　心当たりでも？」

「ん？　いや。特にはねえよ。ただ、あの日よ」

「あの日？」

「君から受け取ったＣ４をよ、ここに運び込んだ日だ」

「ああ」

観月はもうひとつまんじゅうを食べた。

緑茶が美味《うま》い。

甘さが解せば、渋さが引き締める。

「あの日、部長室に運ぼうとした足でな。俺はそのまま地下に降りた。っていうか、降りさせられた」

「怒られたんですよね。金田警部補に」

「そう。前代未聞だってな。それで、首根っこ摑《つか》まれるようにしてな」

「そりゃそうでしょう」

「だから、地下に降りたのは金田も一緒だ。そんで、地下の保管庫でC４を渡したのが内山だった。サイバーから来たばかりって言ってな。実地研修だとかって、地下の保管庫番してた。そんなことを思い出した。それだけだ」

「それだけ、ですか。本当に？」

「本当に、だ。まあ」

膝を叩いて猿丸は立ち上がった。

「俺を調べたいなら好きにしろ。なにも出てこねえけどな。ただ、こっちはこっちで気にしとくよ。なにかあったら、連絡する」

観月は下から見上げた。

絡んだ視線を先に切ったのは、苦笑いの猿丸だった。

「そんな怖い顔で見るなよ。照れるぜ」

「地顔です」

「ああ、そうだったな」

猿丸は窓の外に目をやった。

五時を過ぎていた。

二月の五時過ぎは、もう暗い。

「ただよ。老婆心で言うとすればだけどよ」

声が一段と冷えた。

「放っておけ。触るな」

窓に映る猿丸が、別人に見えた。

「そう約束するなら、こっちで動いてやってもいい」

「――心当たり、あるんですね」

「知るか。ねえし。あっても言わねえし」

「そうですか。じゃ、聞きません。時間の無駄でしょうから」

それがいいと言って、猿丸は表情を緩めた。というか、別のスイッチを入れたというのが正しいか。

「ところで、さっきそっちの係長が、今日は女子会、とかなんとか言ってなかったか」

「あら。聞こえてました」

「聞こえてたさ。そういう楽しそうなことには、進んで乗る主義なんだが」

両サイドの鬢《びん》を撫《な》でつける仕草は、こういうときのオジサンの定番らしい。

前に誰かに、あの世代は軒並み、ロッケン・ロールなんだと教えられたことがある。

いまだに、意味はよくわからないが。

「別に、私は構いませんが」

猿丸は指を鳴らし、そのまま前に突き出した。

「じゃあ、決まりだ」

「ただ、加賀美《かがみ》署長がなんて言うか」

突き出したままの指先が虚空を迷走し、ポケットに収まった。

「悪い。用事を思い出した。また今度だ」

「残念です」

顔には出ないが、少し面白かった。

加賀美の名を出せば、きっと猿丸が尻尾を巻くだろうことはわかっていた。

「おい。まったく残念がってねえだろ」

「わかりますか。ええ、面白がってます」

「ちぇ」

全然わかんねぇぞと捨て台詞《ぜりふ》を残し、背を丸めて猿丸は監察官室を出て行った。

六

本庁舎の地下二階から三階に掛けて、証拠品及び押収品保管庫は何ヵ所かに分散している。

理由は単純で、庁舎内にそんなに大きな部屋がないからだ。

いや、正確にはないわけではない。あるにはある。

ただ、広い部屋を倉庫や保管庫に割り当てられるだけの数として持たないという、お家事情は間違いなくあった。

警視庁本庁舎も、欧米のそれと比べればあからさまに貧相だ。

利便や最新、先進といった美辞麗句は、国土の狭さ、首都の矮小《わいしょう》さを誤魔化す飾りでしかない。

「ここからいこうか」

部下三人を引き連れ、牧瀬はまず地下二階にある、ひとつ目の保管庫に入った。

照明はもともと、さほど多くない。それを時流の波に乗ってLED化したせいか、広がらない光が所々で真下に落ちている。

全体としては、以前より間違いなく暗い。

そして――。

「ぐわっ」

入った瞬間の馬場の感想がすべてを物語った。

狭いといっても、さすがに四畳半や六畳間といった話ではない。百平米はあり、棚やキャビネットが図書館のレベルで林立している。

しかもそれが、おそらく〈ブルー・ボックス〉への移行の影響で、見るからにとっちらかっていた。

馬場の感想は、まさにそのことに対するものだろう。

紙ゴミのような物やビニル袋が通路の至る所に散乱していた。

段ボールもそこここに転がるが、封をしたままの段ボールはやはり、中になにがしかの保管品が入っているということで間違いないだろう。

自分本位、関わった物だけ持ち出せばあとは関係ない。そんなひん曲がった根性を現状が物語っていた。

「だからってわけじゃねえだろうけど」

牧瀬は目を細めて呟いた。

根本からひん曲がったスチル製の棚が見えた。

近くの照明下のきらめきは、割れたキャビネットのガラス片だろう。

ひとつ大きく息をつき、

「じゃ、始めますかね」

と牧瀬は腕捲《うでまく》りしながら言った。

となりで森島もやるかと、こちらも同じく腕捲りだ。

ただ眺めていても、物事はなにも前に進まない。

そして、おそらく同じような状態の保管庫があと五部屋はある。

「それにしても、これじゃあ管理官はいなくてよかった。係長、正解だね」

時田が離れたところで、足下を気にしながら言った。

それにしても薄暗い。

「そうっすね」

超記憶は、言うなれば一枚一枚の鮮明な写真なのだそうだ。その気になってはっきりと見えさえすれば、東京ドームの観客席から一人の人物を捜すことも、その一枚で可能らしい。

対して、この倉庫で何気なく開けた段ボールの景色も、画素は違っても一枚は一枚だ。

何気なく見る分には流せるらしいが、薄暗さは敵だろう。見るつもりにならざるを得ない。

集中してなにかをした後、必ず観月はひどい偏頭痛に襲われる。

それが表情からうかがえないのが、牧瀬たち部下からするとつらいところだ。

森島以外、牧瀬たち三人は決して甘党ではないが、胸焼けしてもで笑ってあんこを食うのは、そんなところに理由がある。

しばらく、四人とも作業に没頭した。

普段は別だが、今は馬場の鼻歌がなんとなく作業にはいいリズムだった。

ひと部屋目が終わっても、C４らしき物は見つけられなかった。それどころか、重要だと思われる証拠品や保管品の類《たぐい》もあまりない。

移行がそれだけ進んでいるか、あるいは、どさくさ紛《まぎ》れに誰かが持ち出したか。

「係長」

ふた部屋目で牧瀬がそんなことを考えていると、鼻歌が途絶えて馬場の声が聞こえた。

飽きてきたようだが、いいタイミングだ。

単調に同じことを繰り返すと、当たり前のことだが集中力は途切れる。最悪の場合、途切れた感覚すら失ったまま漫然と進む。

休憩なり、気分転換なりはどんなときでも必要だ。

「なんだ」

手の埃《ほこり》を叩《はた》きながら牧瀬は聞いた。

「係長の言ってた、管理官の例の女子会ってなんすか？」

作業を進めながら馬場が聞く。こういうところは律儀《りちぎ》だ。

「ああ、あれか。気になるか」

「へへっ。いちおう。女子会って聞いちゃうと」

馬場がこちらを向いた。時田も森島も手を休めていた。

自然と、小休止の流れになった。

「ま、女子会っちゃ女子会だが、あれは管理官同様のな、女性の警察庁入庁組の集まりだ」

つまり、キャリア女子の会。

無言で首をすくめた時田と、うわっと叫ぶ森島の驚きはほぼ同時だった。

ふたりは当然、キャリア女子の怖ろしさを知る年代だ。

「へえ。そんなのがあるんすか」

興味津々なのは、若い馬場だけだった。

「あるっていうか、うちの管理官が警察庁に入ってきてから始まった呑み会らしい。任地が山梨のときも続いてたって聞いたな。研修とかのよ、こっちに出てくる機会に合わせて、その頃からだいたい、月に一度の割合だとさ」

「月イチですか。結構頻繁っすね」

「情報交換会も兼ねてりゃそんなもんでいいペースだろ。今となっちゃ上も下もいて、年齢の幅も広いぞ。ポイントは、全員が独身ってとこだが」

「うわあ。いいっすね」

馬場はあからさまに喜んだ。これも、若いからだろう。

ただ……。

「いやこれがな。イメージに水を差すようだが」

言っておかなければならないことは、言わなければならない。

そうしないと逆に、後で馬場に恨まれることにもなりかねない。

理想と現実は、乖離《かいり》する。

「あんまり夢想するなよ。そんなにいいもんじゃねえぞ」

「またまた。だって、女子会でしょ」

「いや。いいもんじゃねえっていうか、ありゃあ、かなり悪いもんだ」

「へっ？」

馬場が目を丸くした。

「あれ。係長、もしかして、行ったことあるんすか」

「ああ。二度、な」

　一度目は観月との初見の日。二度目はたまたま同行で、少し遅くなって直帰の日。

「え、二度も」

「二度も、じゃねえ。二度と、って思うような場所に、二度行っちまった」

「――それでも、羨ましいっす」

　まだ食い下がる夢想野郎に、牧瀬は強い目をひた当てた。

「だったら、次があったら代わってやろうか」

「えっ」

　さすがに馬場も、ようやくわかってきたようだ。

「……凄いんすか」

　牧瀬は深く頷いた。

「あれぇ、妖怪の茶会だ」

　馬場だけでなく、時田も森島も唾を飲み込んだ。

　一瞬の静寂。

　場所が場所なだけに、百物語のようになった。

　ＬＥＤの照明が暗い。

「まあいい。さて」

牧瀬は大きく手を叩いた。

「気分転換は終わりだ」

いや、気分転換になったかどうか。

「今日中に終わらす。いや、終わるまでが、今日ってことで」

おお、と時田と森島が同意する。

うへぇと気分が萎《しお》れるような声を上げたのは、酸《す》いも甘いもこれからの、馬場だけだった。

七

妖怪の茶会は午後七時に、いつも通り洒落《しゃれ》た場所で始まった。この日は北青山のイタリアン・バーだ。

適当に呑み食いし、すべてがテキトーになった辺りで場所を移す。これが九時半過ぎだった。

渋谷に出て、チェーンの居酒屋に腰を落ち着ける。

そうして、この辺りからがこの女子会の本番だった。

──最初から居酒屋じゃ、その辺のリーマン、それもオヤジ連中と変わらないでしょ。私らは、ワインから入るわよ。ワインから。

という加賀美晴子《はるこ》のモットーを守り、最初は小洒落た店を選ぶ。が、

──たとえ、最後は変わらないとしてもね。

と続くモットーの通り、本当に変わらなくなる。というか、超える。

それがこの、警察庁キャリア女子の呑み会だった。

リーダー格の加賀美晴子警視正は現在、第一方面本部で赤坂署の署長だ。四十一歳だが、近いうちの警視長への昇進が有力視されている。

いずれ女性初の警視総監。

加賀美はその、最右翼だった。

加賀美は観月にとっては、警察の上司であると同時に、東大テニスサークルの先輩でもあった。

観月が警察庁に入庁してすぐ、わざわざ会いに来てくれた初めての女性キャリアが加賀美だった。

──すまないね。私の目が届かなかったサークルをさ、きれいに掃除してくれたんだってね。

会いに来ていきなり、そんなことを言いながら頭を下げた。

これが加賀美との付き合いの最初にして、この呑み会の始まりだった。

東大に入学した観月はまず、サークルを選んだ。

中高の六年をソフトテニスに打ち込み、高校では三年間日本一を譲らず、二年生になってからはアイス・クイーンとも讃《たた》えられた。

その反動もあってか、大学では硬式テニスをやってみたかった。もちろんハードな体育会としてではない。

誘われるままに、希望に即したテニスサークルに入った、つもりだった。

サークル名は、ブルーラグーン・パーティーだった。略してただ、パーティーと言った。

入部してすぐ、パーティーの怪しさに気付いた。チャラチャラした男が多く、東大以外の女子大生がやけに多かった。しかも女子はほぼ一年生ばかりだった。

パーティーは他大学も巻き込んだ、ナンパ系のサークルだった。

新歓と称した千葉県白子《しらこ》での合宿で、早くも男たちは本性を剝《む》き出しにした。

だが、酒にも睡眠薬にも観月は負けなかった。

というより、最初からわかっていたから気をつけた。ほかの女子にも注意を促した。

観月は大暴れした。女子は大喝采で、自分達も勇気をもってラケットを振り回した。

すると、首謀者たちになにも言えず、唯々《いい》諾々《だくだく》と従っていただけの男連中が決起し観月に追随したのだ。

地元の警察も介入し、首謀者たちのこれまでの悪行は露見した。

大学はサークルを廃止することを望んだが、やり直したいとする者も多かった。

ここで、好むと好まざるとにかかわらず、一年の初めにしてサークルの大改革を成し遂げた観月は、大学との折衝を託され、部長に選出された。

アイス・クイーン。

揺れず動かない、泰然とした風情も全員に認められたらしい。サークル内にささやかなファン・クラブまで出来たようだ。

あとで聞けばだが、そういえばマッシュボブを真似《まね》した子が男女を問わず何人もいた。

そうして、すべてに決着をつけた直後だった。

構内を歩いていると、突如、木の上から拍手が聞こえた。観月は、人の存在にまったく気づかなかった。

——君が、小田垣観月君かい？

梢《こずえ》を鳴らし、飛び降りてくる影があった。

すぐに、一緒にいたサークルの友達だけでなく、近くにいた何人かの女子学生があからさまな嬌声《きょうせい》をあげた。

——少し遅れたけど、白子での一部始終、その後始末の全部、見させてもらったよ。やるねえ。

これが、小日向純也という先輩との出会いだった。

どうやらパーティーに対し、独自に動いていたらしい。

——最初は、ベンチャー・クラブってとこの連中から聞いてね。そいつらが部室代わりに使ってるゼミ室の隣がさ、パーティーの奴らの溜《た》まり場だったんだ。

そこで、首謀者たちの悪さ自慢を聞いたらしい。

——特に別所《べっしょ》って奴がさ、聞いた以上、そのままにはしておけない。小日向、なんとかしろ、だってさ。お前ならなんとでも出来るだろって、まあ、出来るんだけどね。

と言って片目を瞑《つぶ》って見せ、純也は猫のように笑った。

周りの女子が、純也の一挙手一投足にキャーキャーと騒がしい。

——それにしても、君。

いきなり、近くに純也が顔を寄せてきた。

猫のような微笑みの、どこまでも整った端麗な容姿が、吐息が掛かるほどに目の前だった。

女子の歓声が、次第に悲鳴に近くなってくる。

——不思議な目。いや、心かな。

純也のささやきは、初対面の磯部とまるで同じ言葉だった。

観月を見透かす、二人目の男。

言葉は同じでも、印象は桁違《けたちが》いだった。

クウォータの風貌に感じる中東の匂い。さらに、圧倒的な男の匂い。彫りが深く、眉が濃く、少しウェーブの掛かった、長めの黒髪。

すべてが磯部とは正反対だった。

ただ、目の奥に潜む影のようなもの、全身から立ち上る危険な薫《かお》りのようなものは、磯部と純也はよく似ていた。

脳裏で磯部と純也が重なり、過去と現在の差によって磯部が吹き飛んだ。

胸に小さな、熱が生まれた。

また少し、感情が蘇《よみがえ》る気がした。

二度目の恋、だろうか。

よくはわからないが、もたついていたら、また両手の隙間から逃げるかもしれないと思った。

見回せば、周りに人はさらに増えていた。

にもかかわらず、純也を熱い眼差《まなざ》しで見ながらも、遠巻きにして騒ぐだけで誰も近寄ってはこなかった。近くにいたサークルの友達などは、逆に後退《あとずさ》って離れる感じだ。

それが不思議だった。
彼氏と付き合うことの喜びも、失恋の哀しみも、観月にはまだ実存として遠い。
恐いものはなにもなかった。
だから、一歩前に出た。
――あれ。
純也がその分、意外そうにして後退った。
もう一歩前に出た。
――先輩、いい男ですね。私とお付き合いしてくれませんか。
公衆の面前で、ど真ん中のド直球。
それも、はにかんだり笑顔を振りまければまだしも、真顔だ。
女子の悲鳴が渦を巻いた。
――いや。僕は今は、まだいろいろと複雑でね。
純也は頭を掻きながら、苦笑いを見せた。
――いつでもいいです。待ちます。
――えっと。うーん。そうだねえ。
この〈告白〉の一連はある意味、東大でひとつの伝説になった。
友達連中も、

――小日向先輩のあんな余裕のない顔、後にも先にも私、初めて見た。

――そうそう。目を丸くして、本当に戸惑ってたわよね。

――以来、先輩はミィちゃん、苦手よね。

これは、コンパの席で必ず出る話題だった。

観月はまったく気にしなかったが、〈告白〉以降、観月のことを目の敵にする純也フリークが続出した。

ここでも、好むと好まざるとに関わらず、降り掛かる嫉妬を火の粉的に振り払っているると、いつしか純也ファンを束ねる、不動の位置にいた。

気がつけば、Ｊファン倶楽部と名前も付いていた。

これが、大学二年の春のことだった。

八

大学時代の純也のことを、加賀美は知らない。

ただし、観月のことは話に聞いて知っていたようだ。

それで、入庁したての新人の前にわざわざ自分からやってきた。

――すまないね。

と頭を下げ、ブルーラグーン・パーティーを作ったのは、実は自分と仲間たちなのだと加賀美は言った。

――何度かはOGとして合宿とかにも顔は出したんだ。それが、忙しさにかまけるようになってから、腐ったみたいでね。

悔しさを滲《にじ》ませ、よくやってくれた、じゃあ呑みに行こうと、それが警察庁キャリア女子による呑み会の始まりにもなった。

ただでさえ目標定員に届かない、警察の女子職員の比率は十パーセント内外だ。さらに女子のキャリアとなると数えるほどしかいない。必然的に、寄り集まるようにもなる。

二度目の女子会のとき、加賀美が連れてきたのが、今観月の正面に座る増山秀美《ますやまひでみ》だった。出身大学は京大だが、加賀美とは馬が合うという。三十七歳の警視正で、現在は警視庁の生安部生安総務課長だ。

そして加賀美の正面、観月の隣にW大卒の山本玲愛《やまもとれあ》が座る。二十七歳の警視で、現在愛知県警察本部警備総務課に課長として出向中だ。

この三人に観月を加えた四人、カルテット《Quartette》が女子会のフルメンバーだ。ときに観月か山本が抜けることはあるが、恐ろしいことに加賀美と増山はほぼ十年間、ちょっとした遅刻はあるが無欠席だ。

長官官房で長島に言った、クイーンとQは必ずしも一致するものではないとはこういう意味だ。

もっともまた、これだけでもないが。

「あのクソボケ本部長の野郎」

加賀美が奥歯を軋《きし》ませた。

この本部長とは警視長である、第一方面本部長のことにして、いつもの愚痴だった。

「たいがい人のこと無視しやがって」

力一杯に噛み締めた口元から綺麗な白い歯が覗く。

銀縁眼鏡に引っ詰め髪で杓子定規な風情があるが、髪を解いて眼鏡を取ると、いきなり妖艶になるともっぱらの噂だ。体形もグラマラスで、一見するだけだと独り者なのが不思議なくらいだ。

絶対バツ一でいけるとは昔増山が言ったことで、それがバツ二、いやバツ三でも納得できると年々数が変わっている。

ただし、そんな数がいくら変わっても独身であることに違いはない。

「見てやがれ。近々並んでやる。並んだらこっちのもんだ。あたしのターンだ」

眼鏡の奥で目に炯々《けいけい》とした光が灯った。

お待たせしましたと女性店員が酎ハイのジョッキを運んできた。

加賀美の前に置く。

おら、と加賀美が空のジョッキを差し出すが、それだけで店員は身を縮めた。

加賀美が独身なのはおそらくこの、男にも勝る威圧感と、口の悪さに因《よ》ると観月は思っている。

「ああ、大丈夫大丈夫。嚙み付きゃしないから」

増山が店員に笑顔で片手を振る。

スポーティな体形でショートカットで、増山は加賀美とは対照的だ。

独身なのは、極端に飽きっぽいからだと本人は断言する。

「なにが嚙み付きゃしないだよ。だいたい秀美はさあ」

「署長。ゲソくわえながら、ゲソで人を指すの止めてくれませんか?」

「ん? 駄目かい」

「似合い過ぎてて、恐いですかね」

「そうそう。オジサン過ぎます。私たちの未来かと思うと、ちょっと」

遠慮会釈なく、加賀美にこう言ったのは山本だ。加賀美や増山に新人類という、古い言葉で納得されている。刈り上げで丸顔で丸眼鏡で、玲愛というキラキラネームを持つ。

本人にはコンプレックスのようだ。

「ほう。玲愛。よく言ったな」

加賀美が目を細めたが、山本は平然としたものだ。

「言いますけど、玲愛とは呼ばないでください。署長、それ、私の頼んだ手羽先ですけど」

　肝が据わっている。

「いいじゃないか。手羽先なんて、玲愛は名古屋で食べ飽きてるだろ」

「飽きてたら頼みません。玲愛は止めましょう」

　いつもの仲間と、いつもの会話。

　これが実は、北青山のイタリアン・バーのときから口調も内容も大して変わらない。ワインをひとり二本分くらい吞んで、メガジョッキでビールを三杯ずつは吞んで、その後勝手に日本酒やら焼酎やらを、一升を目指して吞んでも、だ。

　観月もそのくらいまでなら、なんとなく吞めた。

　だから十年前に、この女子会が始まったのは、加賀美と増山の吞みに観月が付き合えたからだとも言える。

　それが今はさらにひとり、戦力が増えている。

「そういえば秀美さん」

　観月は、自分で頼んだモツ煮に箸を伸ばした。

「この前、なんか暴れてませんでした？」

「ん？　どこで？　どのこと？」

増山は頬杖で観月を見た。空いた手でゲソをつまむ。

「ああ。一回じゃないんですね」

「そうね」

「地検の、山形《やまがた》って言いましたっけ」

観月はモツ煮を口に運んだ。

「山形？　ああ、あの坊ちゃん検事ですね」

話を受けたのは山本だった。増山がそちらを見て、かすかに鼻を鳴らした。

「あんた。よっぽど好きだね」

山本は今度は、手羽餃子を食べていた。

「名古屋、愛、ですね。それより、坊ちゃん検事、どうしました」

「うん。大したことじゃないけど。うちの経六のさ、外為違反関係だけど。特捜部が同じ相手を狙ってたみたいでね。ネチネチ下らないことばっか言って着手にGO出さないからさ、殴ってやった。グーで」

「ああ。やっぱり」

増山はそういう女だ。

モツ煮が普通に美味い。

「へえ。やりますね。どうなりました」

テーブルに身を乗り出して山本が聞いた。

「泣き出した」

シレっとした顔で増山は言った。

「へ。泣いた？」

「そう。ただ泣いてた。ずっと。それで終わり」

「着手の件は」

「駄目ね。泣き止まないんだもの」

「馬鹿らしい。だから子供っていやですよね。あーあ。なんか、結婚したくなくなっちゃうなあ」

「おいおい。話の方向はそっちじゃねえだろうが」

加賀美が突っ込みを入れ、山本が舌を出した。そのまま、顔を観月の方に振る。

「観月さんも、最近はどうです？　なんか楽しいこと、ありました？」

「ん？　おっと。うん。そうだね」

聞かれてまず、加賀美に言っておかなければならないことを思い出した。

「ああ、署長。長島首席からの話の関係で、今日猿丸さんに会いましたよ」

「――なにそれ」

加賀美の目が光る。

その昔、ふたりになにかがあったという噂を知るのは観月だけではない。

増山がなぜか、深く頷く。

「なにっていうか。通常監察の過程で話を聞いただけですけど」

「なにもされなかった?」

「それ、二年近く前にも聞かれましたけど。山梨にいたとき」

「そうだっけ? で、なんの監察。あいつ、ヤバいことした?」

「署長。なんか楽しそうですね」

「さぁてね」

加賀美は空《そら》っ惚《とぼ》けながら手羽餃子をつまみ、また山本に怒られた。

「C4です」

ためらいもなく観月は言った。

監察の業務にも殺人事件にも関わることではある。本来なら特に扱いに注意すべき情報だが、このカルテットは別だ。互いが互いの情報提供者であり、捜査協力者としての認識は堅く、信頼は絶大だ。

なんといっても、年次も所属もバラエティに富む、警察庁女性キャリアの集団なのだ。

庁内に、これ以上強力なネットワークは望むべくもない。

観月は端的に、長島からの情報を開示した。

こういうときはさすがで、全員が集中して聞いているのがわかった。

「それで猿丸さん、女子会って聞いて来たがったんですけど、署長の名前出したら一瞬で離れていきました」

「ふん。蝿《はえ》かよ、あいつは」

頬杖で聞いていた加賀美は、立て膝だった。

「でも、そう。放っておけ、触るなって？　動いてやってもいいだって？　ふん。面白いじゃない」

ゲソを噛みながら呟く。

酔っ払いオヤジの戯言《ざれごと》に似て、居酒屋に実によく馴染んでいる。

「やってやろうじゃないのさ」

ゲソを噛み切り、加賀美が鼻を鳴らした。

「あいつに出来てあたしに出来ないことなんて、ほとんどないもの」

なにか、燃えていた。

やはり過去に燃え尽きないなにかがあり、今でも消え残るなにかがあるようだ。

「ほとんどって、少しはあるんですね」

「あるわよ」

「なんです？」

「手を出した相手を泣かすこと。これは、あたしにはできないね」

なぜかまた、増山が強く頷く。

「あ、じゃあ私も調べてみましょうか」

山本が手を上げる。今度は手羽元を食べていた。

「お願い」

観月が言えば、加賀美がジョッキを掲げて、愛知からってのはいいねと言った。

「公安ってのは、近場のガードは特に固いから、結構遠いところからの探りが効くんだよね。手薄っていうかさ」

「わかりました」

山本は、結構出来上がり始めているようだった。

「じゃあ、それで。諸々、お願いします」

観月が頭を下げれば、加賀美が箸先で塩辛をつまんだ。

どこまでも渋い。

「私は次のときの、これでいいや」

「了解です」

これは、女子会恒例のバーターというやつだ。

観月が依頼を引き受ける場合は、それが太刀魚《たちうお》の握りか伊勢海老料理になる。

太刀魚は故郷和歌山が全国一の漁獲高を誇る名物で、伊勢海老は同じく全国三位だ。

「じゃ、私はこれで」

増山が持ち上げるのは、デキャンタの赤ワインだ。

「わらひあ、ほれで」

にこやかに山本が、口から鳥の骨を出す。

みな、頼もしくも明るく賑やかだ。

同じキャリアでも男と違い、年次が飛ぶこともあって、互いに出世競争の相手にならない。

それどころか女子は女子、庁内ではそれだけで助け合いの対象にさえなりうる。

ただそのこととは別に、この女子会に加わるには、それ相応の覚悟が間違いなく必要だろう。

この夜もこのあと、加賀美の号令でカラオケに流れ、順調に快調にいつも通り、午前零時を過ぎてからボルテージをさらに上げまくった会のお開きは、午前三時を過ぎた頃だった。

九

翌朝は雲ひとつなく澄み渡る、清々《すがすが》しい朝だった。

観月はいつもの時間に、いつもの顔で平然と登庁した。

これは、観月だけに限ったことではない。女子会の全員が、間違いなくそうなのだ。

愛知の山本玲愛などは二十四時間営業のカフェで朝を待ち、品川から始発ののぞみで名古屋に向かったようだ。そのまま本部に出ると言っていたが、それはさすがに若いというか、強者《つわもの》だ。

毎月の女子会は、翌日あるいは翌月への英気と活力を養う場である、というのが主催者である加賀美のモットーだ。

加えるなら、あの程度で業務に差し障りがあるヤツはグループに要らない、というのもモットーには暗黙の了解として付記される。

どれほど呑んでもいい。暴れてもいい。何時まで愚痴を垂れ流してもいい。

ただし――。

女子会の翌日こそ、万全の状態での定時登庁をすること。

これが、女子会参加者全員に課せられた毎回の義務であり、資格審査だった。

牧瀬などが、この女子会を妖怪の茶会と言う理由の大部分はここにある。参加させられたときの話の濃さや愚痴の危うさに、目眩《めまい》がしそうだということもあったようだが。

「うーん。気持ちのいい朝ね」

庁舎前で朝陽に目を細め、観月は怖ろしいことを口にした。

体調は、万全だった。

十一階の監察官室に上がると、ソファや連ねた椅子の上で牧瀬たちが寝ていた。

「ご苦労様」

囁《ささや》きだけ振り掛ける。

寝ているということは、地下保管庫での作業が終わったということだ。終わらないのに惰眠《だみん》を貪《むさぼ》るような部下達ではない。観月は牧瀬たちに、全幅の信頼を寄せている。

無理に起こさないように、新聞やいくつかの書類を抱えて十七階の喫茶室へ向かった。

まだ早い時刻の喫茶室に、人の姿はあまりなかった。朝陽だけが席を埋め、賑やかだった。

ブレンドと、チーズケーキ。

書類に目を通して二十分も経っただろうか。

喫茶室に入ってくる三人の男たちがいた。

口髭を蓄えたひとりが見知った顔だった。

今は公安外事第一課、通称外一《ソトイチ》の金田清《きよし》警部だ。

その昔は長島公安部長別室の秘書官で、つまりは山梨から本庁に運び込んだ、ブラックチェインのC４のことを知る男だった。

先に気づいた金田が目礼をした。観月も返す。

金田たちは観月から離れた席に座った。

連れのふたりはアイスコーヒー一杯で、座ってから十分もしないうちに立ち上がった。

ブレンドコーヒーの金田だけが残った。

いいタイミングかもしれない。

観月は自分から金田に近寄った。C４を運んだときのことくらいは聞いておきたかった。

「やあ。お久し振りです」

「そうですね。どうぞ、そのまま」

立ち上がろうとする金田を手で制し、

「ちょっとだけいいですか」

と聞いた。

「え？　ええ。あまり時間は取れませんが、それでもよろしければ」

「本当にちょっとです。ご迷惑は掛けません。けれど、ただの世間話にはなりません。その辺、ご留意ください」

　そんなふうに断り、観月は対面の席に座った。

「今は小田垣、管理官でよろしいんですよね。そっちの絡みですか」

「そう思っていただいて結構です」

「監察のお世話になるようなことは、今のところしていないつもりですが」

「皆さん、そう仰います」

　金田は余裕をもって頷いた。

　その口元に髭は見慣れなかったが、なんというか、猿丸の無精髭より格段に清潔感があった。

「実は――」

　長島からの情報開示も、もう四度目になった。

「ええ。そのときは間違いなく、猿丸さんとそのまま地下に持っていきました」

　金田は遅滞なく、当時のことをそう断言した。

「受け取りはたしか刑事総務課の、内山っていう警部補でした」

「――内山警部補、ですか」

　内山の殺害は秘されている。事件に関係がないのなら、百パーセントの事実ということになる。猿丸も同じことを言っていた。

ただ、確認は必要だ。

「よく覚えてますね。お知り合いですか」

「いえ。その前も後も、あまり証拠品や押収物と関係のない仕事をしていますので」

金田は笑った。

前は公安部長室別室の秘書官、後が外一ということだ。

「けれど、当時は同じ警部補でして。その後ちょうど半年くらいでした。警部昇任試験の合格が一緒だったもので、印象には残ってます」

「あ、そうなんですか」

全階級比率の三十パーセントが警部補で、それが警部になると六パーセントと一気に減る。観月が所属する警務部人事第一課も対象は警部以上だ。警部補までは人事二課が担当となる。

警部補が出来るのは各種令状請求までだが、逮捕状の請求まで出来るようになるのが警部だ。

昇任するとき、たしかに印象に残るとしたらこの境界線か。

「その後、内山警部とは」

「なにも。そのほかには、特に知ることはありません。――あの」

「はい？」

「Ｃ４の行方にその内山警部が関わっていると。これは、そういう監察なんですか」

こういう場合、にっこり笑ってなにも答えないという方法もＴＶの刑事ドラマなどでは見る。スタイリッシュだと思う。

出来る人間の対応としてやってみたいが、観月はそういう表現が苦手だ。

必然として、

「答えると思いますか」

という、誰が聞いてもつっけんどんでドライな反応になる。

「なるほど。アイス・クイーンと噂されるわけだ」

金田は肩をすくめた。

「管理官は、そういうスタイルですか」

スタイルではなく地、というか、生き方にさえ影響しているが、余談なので多くのワードは割かない。

「そうです」

そんなものでいい。

なるほどと言って、金田は残りのコーヒーを飲み干した。

「で、管理官。他には」

「いえ。特には。ただ、そうですね。今私が一番気にしているのは、C４そのものではなく、その移動経路、ロジスティクスの関係ですかね」

嘘ではない。思っていることをそのまま口にする。

「そうですか。よくはわかりませんが、それが監察なんでしょうね。ま、なにか手伝えることがあれば言ってください」

「ありがとうございます。その折りはよろしく」

観月が頭を下げれば、金田がそれではと席を立った。


観月は十一階に戻った。登庁してから一時間以上は過ぎていた。

牧瀬が起き上がるところだった。

時田と森島も、もぞもぞと動き始めていた。

馬場は、観月が立っている場所からは姿が見えない。

「ああっと。早くはないすけど、おはようございます」

立ち上がって牧瀬が大きく伸びをした。

牧瀬の身長は百八十センチを超える。おそらく今の監察官室で一番でかい。

それが目一杯に伸びをすると、さすがに威圧感も存在感もある。

「起きた？」

「はい」

時田と森島も起きあがった。

デスクの向こうで椅子の連結が不自然に揺れ、瞼《まぶた》を腫《は》らした馬場が顔を出す。

「馬場くん。おはよう」

「ふぇ、いっし」

意味不明な声を発し、もう一度沈む。

「おら」

牧瀬が一番手前の椅子を蹴る。

デスクの向こうで揺れが連鎖し、最後には、

「ふぎゃっ」

と声がして、おそらく馬場が床に落ちた。

取り敢えず、全員が揃ったことには違いない。

「係長。ブツは」

「ありませんでした」

余計な飾りのない簡潔な言葉だが、それでいい。

牧瀬がなかったと言えば、なかったのだから。

「そう。じゃ、ひと息ついたら、車の用意をして」

「ああ。行きますか」

「そうね」

観月は、マッシュボブの毛先を揺らした。

「監察官」

声を張る。

自席で藤田が、ゆっくりと顔を上げた。

「〈ブルー・ボックス〉へ行ってきます。話、向こうに通しておいてもらえますか」

りょーかぁいと、少し間延びした返事が返る。

藤田らしくない感じがした。

もしかしたら——。

試しに、声を掛けてみた。

「監察官。昨日は深酒ですか。ほどほどにしといてくださいよ」

また、りょーかぁいと、藤田から予想通りの答えが返った。

十

〈ブルー・ボックス〉は葛西にある。

正確には東京メトロの駅と、葛西臨海公園の中間辺り、中左近《なかさこん》橋の近くだ。管轄は葛西署になる。

午後二時半を回って、森島が運転する白いワンボックス・カーが〈ブルー・ボックス〉に到着した。

「よぉし。着いた着いた」

ワンボックスから降りた観月は、背を反らせて大きく伸びをした。

本庁を出たのは午前だった。十一時を回った頃だったか。

桜田門から葛西までは、混んでいたとしても二時間は掛からない。

実際、近くに来るまでは順調だった。

「管理官。昼飯は、向こうに着いてからでいいですか」

そんなことを助手席の牧瀬に聞かれたほどだ。

それが、〈ブルー・ボックス〉まであと五百メートルになってまったく動かなくなった。渋滞だった。

「なに？　こんなとこで、これ、なに渋滞？」

観月の不満に馬場が飛び出し、三台前まで聞き込みをしてすぐに戻った。

「〈ブルー・ボックス〉渋滞です。ちなみに前の軽は築地署の刑事組対で、その前のバンは西新井《にしあらい》の生安、その前の大型には、助手席に町田《まちだ》の警部が乗ってました」

唸るしかなかった。

行けばわかると勝呂刑事総務課長に言われた、〈ブルー・ボックス〉のゴチャゴチャに突入しているようだった。

観月たち一行は搬入のためではないが、渋滞の列に甘んじて連なった。

すでに監察という名の業務は、始まっていた。

「それにしても」

全身をほぐしながら、観月は〈ブルー・ボックス〉を見上げた。

「笑っちゃうほどデカいわね」

なるほど、これも勝呂には聞いていたが、現実が想像を超える、〈ブルー・ボックス〉はまさにその典型だった。

真四角三階建てのRC構造で、一辺の長さが約百五十メートル。やけに縦にも大きく見えるのは、一階部分に二階相当の高さがあるからだろう。図面で見ても全高はGL（グランドレベル）から十四メートルあった。

容積としては、二月に大規模火災を起こしたOAサプライヤの工場をさえ、やや上回るサイズだ。

外壁はRCの上に鋼板パネルで化粧を施し、一メートルピッチでブルーの横ラインが入っていた。当初からの色ではないらしい。

もとは全体にブライトグレーだったという。

この倉庫は、特に警視庁用に作ったわけではない。いざ竣工の段になって、警視庁による一棟借りが決まったのだ。だから急遽《きゅうきょ》、警視庁用に塗り替えたと聞いた。

誰がどう決めたか知らないが、遠くから見るとブルーの分量が多い。

それで通称、〈ブルー・ボックス〉になった。

ゲートから真正面は乗用車が三十台は停《と》められる駐車場になっており、建物の周りには周回道路が巡らせてあった。

その周回道路すら、大型トラックが倉庫内に搬入することを考えてか、やけに広い。かえって外を走る都道の方が見窄《みすぼ》らしいくらいに狭く見える。

都道側の歩道と敷地の境界線は二・四メートルの高い鉄柵で仕切られ、出入口はいま観月が立つゲート一カ所だけだと、来る途中で敷地図と配置図は確認してあった。近くで見ると鉄柵は華奢《きゃしゃ》だが、全体に赤外線センサーが張り巡らされているようだ。

まるで、要塞だった。

(これを手の内にしろと。扱えと。まったく、人使いが荒いったらないわね)

一番手前に確認出来るセンサーに、マークが見えた。

吼《ほ》えて噛み付く金色の獅子《しし》。

キング・ガードのロゴだった。

手懐《てなず》けるか、先に噛み付くか。

身がわずかにだが、引き締まる思いではあった。

ワンボックスに部下を残し、助手席の牧瀬がゲート脇の守衛詰所に向かった。入場者名簿に全員分の氏名を記入するためだ。観月もついて行った。

ゲートには、車両を感知して地面から突き出してくる自動ボラードが設置されていた。イスラエル製の特殊鋼だという。

ボラードとは、地面から突き出した杭のことを指す。

過激なテロにも阻止効果の高いこのハイセキュリティ型ボラードは、ゲート脇の守衛詰所で車両を確認してから解除の操作をするらしい。

記入と確認を済ませないと、たとえ小日向総理大臣が訪れたとしてもボラードが降りることはない。

「こんにちは」

牧瀬は証票を開いて見せながら周囲をたしかめた。

詰所の軒天《のきてん》には、三百六十度をカバーする赤外線カメラアイが取り付けられ、ゲート周辺はそれで監視されているようだった。

実際にそれで足りているかどうかは、今の段階ではわからない。

「ええと」

五十絡みの守衛が老眼鏡を掛け、たどたどしい手つきでＰＣを操作した。

キング・ガードの制服はイエローが基調だ。胸に赤い縁を取った、例の獅子のワッペンがある。

差し出された書類に牧瀬が記入を始めた。本庁警務部と書き、あとは氏名の羅列のようだった。

「ああ。はいはい。午前中に滑り込んできた珍しいヤツの」

「珍しいですか」

牧瀬が人数分の入場証と、カード・キーらしきものを受け取りながら聞いた。

「そうですね。だいたい、運び出しの段取りの方が先でしょうから、その場その日で連絡してくるってのは、なかなかね」

「それはそうですよね」

牧瀬の後ろから観月が顔を出した。

「これからこんなパターンで、何度となくお邪魔することになると思います」

相手はキング・ガードの人間、つまりは民間人だ。第一印象に気をつけなければならない。

観月は今でも、外向きには笑顔も泣き顔も〈作る〉。昔は作ってばかりいた。

外と内の境界線は東大に入学して以降、現在に至るまでずいぶん曖昧《あいまい》だ。

「よろしくお願いしますね」

丁寧に頭を下げ、表情筋を全体的に上げる。

童顔がこういう場合、いい方に働くのは経験済みだった。

「おや。こりゃまた、可愛らしいお嬢さんだ」

まずまず、成功だろう。

ゲートのボラードが音を発して下がり、森島のワンボックスが場内に入ってきた。

観月は詰所から離れた。

「警部さんも、こんな可愛らしい部下がいて羨ましい限りですねえ」

「いや。上司はあっち。管理官ですから」

「ああ。――えっ！」

いつものことだ。特に聞くべきポイントはない。

「森島さん。こっち。係長も乗って」

ワンボックスと牧瀬を呼ぶ。

駐車スペースに入れる前に、まずは一周しておきたかった。

ゆっくりと場内の周回道路を巡る。至る所に【徐行】の標識があった。

建物の裏側には、鮮やかな黄色に塗られたプレハブがあった。建設時にゼネコンが使用していた現場事務所だろう。そのまま塗り替え、現在はキング・ガードの事務所兼仮眠所になっているらしい。

〈ブルー・ボックス〉は基本的には、その辺にある倉庫と設計は一緒だ。

ただし、大型車がそのまま入ることが出来るシャッタの入口が、各面に四カ所ずつ切られていることは圧倒的な違いだった。

各辺に切られたシャッタは現在すべて開いていて、中には運搬車両が入り、場所によっては入り切らない大型トラックが周回道路にはみ出し、

――退《ど》け。邪魔だぁ。

――うるせぇ。手前ぇ、どこの署だ！

など、怒号も罵声も、クラクションもよく聞こえた。

一周してまず確認出来たのは、この二点だった。

「なんとも、凄いもんですね」

そんなことを呟きながら、正面側に出た森島は駐車スペースにハンドルを切った。

建物への出入口も、正式という意味では一カ所だけだった。

駐車スペースの正面、建物のゲートに一番近い角に、ささやかな雨除けの張り出したエントランスがあった。

葛西署の制服警官がふたり、立ち番をしていた。

駐車場に車を停め、観月以下全員が辺りを思い思いに眺めた。

「たしかに、ここの警備を警官で賄《まかな》おうとすれば、十人やそこいらで済む話じゃないっすね」

馬場が呟く。いや、馬場でも思わず口をついて出る。そんなレベルということか。

周回道路に出て車両を誘導する者、物品を運び込む警官を手伝い、場所を指示する者、クレーンなどの機器を扱う者。

所轄の制服警官も何人かは混じっているが、黄色い制服ばかりがやけに目立つ。しかも多い。

ざっと見ただけでも各シャッタの内外に二、三人。道路の誘導に四、五人。フォークリフトで走っているのが少なくとも五人。全部で四、五十人はいるに違いない。

それが二十四時間を三交代だと考えると、

「そうね。これだと、所轄に課を立ち上げても間に合わないかもね」

いや、葛西署は署員数で三百七十人程度だが、事務も考えれば、まるまる葛西署が必要かもしれない。

近くでまた、クラクションが聞こえた。

制服警官とキング・ガードの人間が走り回っているが、それでも捌きれない数の運搬車両が並んでいる。しかも、すべての車両に、少なくともひとりずつは警察官が乗っている。

クラクションにも遠慮はなかった。

「まったく。近所迷惑とかは考えないんですかね」

時田が耳を押さえてぼやいた。

「ま、それでも、これがずっと続くわけでもないでしょうし」

牧瀬が先頭に立って入口に向かった。

制服警官に証票を見せる。

入口は基本的に、〈ブルー・ボックス〉総合管理室への入口だ。

逆に言えば、管理室以外へはどうとでも行けるということでもある。

牧瀬が見せた警部の証票に、制服警官が敬礼する。

基本的に、警視庁から職務で外に出るとき、先に立つのは牧瀬の役目だ。観月が前に出ることは滅多にない。

雑な敬礼を返し、牧瀬はカード・キーを扉のリーダに翳《かざ》した。

壁付ではない。次世代型の、しかも両面型というやつだ。

エントランスから入った中には、狭い閉鎖空間と階段しかなかった。

壁際に据えつけられた階段は、かえって気持ちがいいほど一直線に最上階まで駆け上がっていた。

階段は急勾配で、簡易なスチール製だった。いやでも、倉庫の機能優先であることを思い知らされる。

壁の向こう側には、倉庫としての一階が広がっているのだろう。

「さて、行きますか」

牧瀬が階段に足を踏み出した。

観月が続いた。

建屋は三階建てだが、階段に踊り場らしき場所は三カ所あった。

一番最初の踊り場。

高い一階の天井部分から、吊られるように倉庫内に張り出した中二階。

そこがまず目指すべき、〈ブルー・ボックス〉の総合管理室だった。

十一

中二階の踊り場も、中に入るにはカード・キーが必要なシステムになっていた。周到なことだ。

牧瀬は解錠して内開きの扉を開けた。

いきなり喧騒《けんそう》の直中《ただなか》に出た。

「ほう」

思わず声が洩《も》れた。

扉の中は、右手は一階の天井付近を、左手は部屋の前面を周回するようなキャットウォークだった。床面はエキスパンドで、どちらも落下防止の手摺《てすり》がついている。聞こえてくる喧騒は、だからダイレクトな一階倉庫内のものだ。

「うわ。上から見るって、面白いわね」

手摺から身を乗り出すようにして観月が覗き込む。

観月は、なんにでも興味を持つ上司だ。そのおかげでかすかな表情の変化を、最近ではだいぶとらえられるようになったと思っている。

だが特に本人に言いはしない。これはささやかな、牧瀬の自負だ。

「管理官。危ないですから、あまり乗り出さないでくださいよ」

OKという声を聞いて、牧瀬は部屋前面のキャットウォークに踏み出した。スチール製のエキスパンドは音がよく響いた。

部屋は腰高から上が全面の窓だった。中には事務机やキャスタチェア、PC類が設置されていた。

ヘッドセットをつけたスーツ姿の男がふたりいた。小太りの若い男と痩せた年嵩《としかさ》の男だ。

事前確認で、ふたりのことはわかっていた。

若い方は内山の部下で、稼働前からこの〈ブルー・ボックス〉に出向している、二十七歳の小暮健太《こぐれけんた》巡査部長だ。

そしてもうひとりの年嵩の方は、本運用が始まってすぐに、内山と小暮に足される形で出向となった四十五歳の、高橋直純《たかはしなおずみ》警部だった。

小暮はPCに向かっていたが、高橋とは目が合った。

ネクタイを緩め、少し苛《いら》ついた様子だった。髪も乱れている。

牧瀬は軽く会釈したが、無視された。いやな感じだった。

キャットウォークは歩幅の感じで七メートル、いや、四間か。部屋の外を回る形で左に曲がった。

そのままドン突きまで同じような距離を歩けば右手が、倉庫内に降りる階段になっているが、曲がってすぐの部屋側に外開きの扉があった。

またカード・キーシステムになっていた。

目の高さに、総合管理室のプレートが付いている。

牧瀬は解錠して中に入った。

「――って言ってんだろうがっ」

いきなりヘッドセットに向かって怒鳴る、野太い声が聞こえた。間違いなく高橋の声だ。

　さっきから怒鳴っていたのだろう。

　部屋の防音設備は、なかなかのものだった。

「すいませんが」

　牧瀬が証票を出そうとすると小暮が顔を上げ、高橋が片手を上げた。

「ちょっと待っててくれ。手が離せない」

　上げた手でそのままヘッドセットを押さえ、高橋が言った。

　ゲートからの連絡で、本庁警務部の連中が上がってくるとはわかっていたようだった。

　高橋はまたヘッドセットに向け、

「おい。キング・ガード。所轄に舐《な》めたこと言わすなっ。つけ上がるってよ、何度言ったらわかんだ、手前《てめ》えは！」

　怒鳴り倒した。

　牧瀬は高橋の視界に無理やり入った。

「お気になさらず。強引に押し掛けたのはこちらです」

「そうだな。しばらく勝手にやってくれ」

　いちいち癇《かん》に障《さわ》る部分はあるが、引き下がる。

　怒濤《どとう》の現状が、高橋の目を吊り上げているのは間違いないだろう。

高橋はＰＣデスクの小暮に近づき、画面を指差した。

「今の小平署《こだいら》のよ。そっちじゃ最終的にデッドスペースができるだろうが。置くならこっちだ」

「あ、はあ」

「なんでぇ。シャッキリしろ。あと半日もすりゃあ交代だ。帰れねぇけど、寝られるぜ」

そんな会話を聞くともなく聞きながら、牧瀬は部屋を確認した。

管理室の内部は、三十畳くらいはあるだろうか。

Ｌ形に二面、倉庫の中に向いた窓からは、一階のすべてが見渡せた。その内側は不必要なほどの事務机で埋め尽くされ、デスクトップＰＣの大きなモニタが三台、ノートＰＣが同じく三台載っている。

ドアと真反対になる壁面、つまりエントランスにつづく階段がある方には、監視カメラと直結しているのだろうモニタが据えられていた。デュアルディスプレイのクアッドモニタだ。一台が五十インチはありそうだから迫力がある。それぞれが外と一階、二階、三階の様子を映し出しているようだ。

もう一方の壁には書棚が四連結で置かれ、冷蔵庫が一台、三人掛け対面の応接セットがあり、ハンガーラックがあった。

設備の大物としてはそれくらいで、ふたりで使用するにはいささか広すぎるかもしれない。

（いや。三人だったな）

ハンガーラックに掛かっているコートは二着だったが、ハンガーは他に十本くらい掛かっていた。

ただし、コートが掛かっている木製のハンガーと同じ物はもう一本だけだった。あとはその辺の百円ショップででも買い集めた来客用に違いない、雑多なものだ。

木製の、三本だけ上質なハンガー。

〈ブルー・ボックス〉の巨大さに圧倒されていたが、一週間ほど前に担当者のひとりが殺されたことを牧瀬は思い出した。

「うぅん。壮観ね」

一階を見渡すガラス窓の内側に立って、観月は腕組みで仁王立ちだった。

実際、景色に関しては牧瀬も同感だった。

野球のグラウンドが四つ入ってまだ余るような広さだ。見渡せるが、警備監視としてこんな場所から最奥まで見渡そうとする者も、実際にキャットウォークを使って一周しようとする者もいないだろう。

パイロンなどで仕切られブロックに分かれた一階は、サスペンション式の天井クレーンが建屋の四方向に一基ずつ配され、重量物用のトップランニング式Wクレーンがど真ん中に据え付けられていた。

他に、突き出しのジブクレーンまでが各シャッター口付近の壁際に適宜配されている。奥側の両隅には大型のリフトが見えた。三階まで貫いているに違いない。重量物もいけそうだ。ずいぶんパワーがあるように見えた。

牧瀬には、大手の鉄工所と遜色《そんしょく》ない設備に思えた。

見る限りフォークリフトが十台は忙しそうに、アームになにやらの固まりを乗せて走っている。

応接セットに牧瀬が座り、三人の部下が座った。

観月は窓際で姿勢を崩さず、一階の様子を眺めて立ったままだった。

牧瀬の脳裏に危険信号が灯った。

観月は思考すればするほど、無表情を深化させる。ようは雑事に頓着《とんちゃく》しなくなるのだ。そうなると、表情と極めて密接な関係にある言動もぞんざいになる。

そんなトラブルがよくあった。

やがて高橋がヘッドセットを外し、小暮、と声を掛けてから応接セットに寄ってきた。

牧瀬が代表して立ち、証票を提示した。

「監察官室の牧瀬です」

「刑事総務、係長の高橋だ」

「小暮です」

疲れた表情の高橋と小暮が並んで立った。

「監察だそうだな。いきなりで悪いが、茶も出さねえよ。課長から聞いてなきゃ、会うのだってゴメンなんだ」

「これは、嫌われたもんですね」

「いや、監察だからってんじゃねえ。ここはな、毎日が戦争でよ。だいたい、見てみろよ。このモニタ」

示されてクアッドモニタを見る。

先ほどから牧瀬も、たしかに違和感があった。

広さの割に、映像が少なかったからだ。

「あとからあとから棚が増えたり、不便だってんで動かしたりな」

だから監視カメラの、数も位置の変更も追いつかねえと高橋は嘆いた。

「ま、お偉いさんが机の上で好き勝手に考えるのはいつものことだけどよ」

計画からいけば刑事総務課としては、所轄の葛西署と本庁の混合の、しかも定時体制でふたり組の五組を回すはずだった。

それが、蓋《ふた》を開けてみればまったく足りなかった。

所轄に応援も増員も頼んだ。シフトを回してくれたが、それでも十人が限界だった。

「そうしたら、上はまた勝手に通達を出した。本来、収納はこっちの仕事だったんだ」

運び込みは、フィニッシュまで持ち込む側の責任。

そんな通達だったらしい。

「ああ」

牧瀬は頷いた。

「ようは、勝手に持ってきて勝手に置いていけ方式、ですね」

「そういうことになる。ただな、そんな勝手を本当に許してたら、グチャグチャになる。収蔵品をリストにしたり、置き場を二次元CADに落とし込んだりするなあ、やっぱりこっちの仕事だからな。置き場の指示はこっちで出してる。だから上も下も、二十四時間態勢のチェックと誘導で、所轄の十人が走り回ってるよ。民間警備の連中もな。お陰でこっちも飲まず食わず、寝ずだ」

隣を見て小暮の肩を叩く。

「こいつがな」

ちょうどそのとき、ヘッドセットにランプが灯った。

「ああ?」

高橋が出る。

すぐこめかみに、青筋が浮き上がった。

「馬鹿野郎っ。脅されてんじゃねえや。——いい。文句があるなら、こっちに上がって来いって言ってやれ」

怒鳴る。

総務課でも、さすがに刑事部だ。迫力があった。

「こんなんだ。やっぱり、内山がいねえのは痛え」

溜息混じりに高橋が向き直った。

「あいつぁ、データ処理能力も高くてよ。その上で」

「警部職だったと」

観月が口を挟んだ。

いつの間にか、窓から離れてソファの近くにいた。

高橋が目を細め、物珍しげに見た。

「そうだ。そうじゃねえと、勝手に持って来やがる奴らの中に偉いのがいると、抑えが利かねえ。そのつもりで最初から偉いのを連れてくる馬鹿もいるんだ。姉ちゃん。わかってんじゃねえか」

笑うが、観月は相変わらずの無表情だ。高橋は鼻白んだようだった。

あっ、と小暮がモニタを眺めて奇声を上げた。

「係長。下、また勝手に置いてこうとしてるのが。行ってきます」

身体付きに似ず、素軽い動作で小暮がキャットウォークに出、左に走ってそのまま一階の倉庫内に下りていった。

「これまでに収蔵された物品、ああ、内山さんが仕切ってた頃という意味ですが、そのチェックはどうなってます？」

牧瀬が話を引き取った。

「この状況で、出来ると思うか」

「え。まさか、やってないなんて」

観月が口を挟んだ。

「ちっ」

高橋は頭を掻いた。

「言うのは簡単だがな。毎日毎日、その日の品物で手一杯だ」

「ちなみに、その頃の物品はどのくらいあるんですか」

「さてな。ただ、この間視察に来た、都議会常任委員会の連中の資料にゃ、テスト運用だけでも十パーセントは埋まったって書かれてたな。うちの広報部発表でな」

「え、十パーセント。もうですか。この馬鹿デカい倉庫が」

牧瀬は思わず、窓ガラスの外に目をやった。振動しながら大きな音を立て、Ｗクレーンが動いていた。

高橋もつまらなそうにそちらを見た。

「それどころじゃねえよ。感覚だが、今はもう三割は埋まってんじゃねえかな。しかもよ、順番に詰めて置いて行ってるわけじゃねえ。種別だけは聞いてスペースやブロックはこっちで指示するが、そもそも証拠品と押収品の区別はしねえ。持ってくる方が区別してねえんだ。仕方ねえ」

「それじゃ、あとが面倒でしょうに」

これも観月だ。高橋が血走った目を向ける。なかなか、沸点は低いようだ。

「あとのことなんか知るか。現状を流すだけで手一杯だと言ってるだろうが。第一よ」

すでに収納された物品を調べたり検証しに来る者もいるが、捜査上の秘密を理由に他人に知られるのを嫌う連中が多いという。

特に公安、と高橋は吐き捨てた。

だから、今のところ監視カメラは入退出メインで、中は全体監視のみということだった。

そもそも、監視カメラをチェックする人手も時間もないという。

搬入はゴチャゴチャ、人の出入りは身元がはっきりしていれば素通し。

なんにしても、緩い。

「ザルね。ザルだわ」

「！　んだと」

観月の独り言を高橋は聞き咎《とが》めた。

足音荒く、観月の真正面に立つ。

背の高さは同じくらいだった。

「お前ぇ、なんなんだよ。さっきからグダグダとっ」

怒鳴るが、観月は動じない。

動じないどころか、無表情が無関心にも見える。

「収蔵物のリストと、位置の二次元マップ。それと警備側から、出入りのリストを提出して頂けます？」

「聞いてんのかよ！　だいたい、なんで俺がそんな物まで用意しなくちゃいけねえんだ。忙しいって言ってんだろっ」

「ああ。わかりますけど、そっちが仕事ならこっちも仕事ですから」

「――おい。お前ぇ」

高橋の声が一段下がった。

「人にものを頼むんなら、ちょっとくらい愛想良くしろよ。薄気味悪ぃぜ」

「おっとっと。すいませんね。うちの管理官が」

さすがに牧瀬は割って入った。

高橋は一瞬、怪訝《けげん》な顔をした。

「管理官？　誰が。——えっ」

牧瀬は観月を促した。

ぶつぶつ言いながらも、観月は牧瀬越しに高橋に向けて証票を出した。

「そちらの課長には好きにしろって許可貰《もら》ってます。だから、大いに好きにさせてもらいますので」

証票を覗き込み、

「なんだあ」

高橋は仰《の》け反《ぞ》った。

「け、警視！　警視がなんでっ」

「高橋係長と同じ。押さえよ。偉そうにする人用の」

「か、監察の女警視っていやぁ、あれか。アイス・クイーン、キャリアの」

「部屋と各種データにリスト、今日中によろしく」

高橋は絶句した。喉が鳴った。

それにも無頓着に背を返し、観月はまた窓に寄った。

「きょ、今日中？　しかも部屋、です、かね」

「ええ。明日からこちらも交代で詰めます」

観月は見もせず、腕を部下の方に伸ばした。

「主に、彼と彼が」

馬場は、俺ですかぁとひと文句言う。

牧瀬は呼吸で受け、高橋に頭を下げた。

「そういうことなんで。あ、あと、カード・キーを五人分。よろしくお願いします」

高橋は呆れ顔で天を仰ぎ、今度こそなにも言わなかった。

十二

翌日の、午前九時半だった。

「遅れました」

大振りのショルダーバッグを斜めに掛けた牧瀬は、重そうなリュックを背負った馬場を連れてゲート前に到着した。

それで、全員がそろった。

「ううん。ちょうどね、私も今来たばかり。主任が手続きしておいてくれたみたい」

先に到着していた時田と森島が、それぞれ牧瀬と馬場に入場証を差し出した。

観月と時田と森島は直行で、この日は〈ブルー・ボックス〉のゲート前に集合だった。現場ではすでにトラックが列をなし、喧噪が始まっていた。クラクションも排気ガスも凄まじい。

だから車を使わず、現地集合にしたのだ。

年齢と体力の問題で、牧瀬と馬場が本庁から必要な物を持ち出してきた。

といって、時田や森島が手ぶらというわけではない。

「じゃ、行きましょうか」

観月がまず歩き出した。

「ああ、可愛らしい管理官さん。おはようさん。本当に、よく来るようになるんだね」

昨日と同じ守衛がガラス窓を開けて声を掛けてきた。

仲代益男《なかだいますお》、五十二歳。前日のうちに確認済みだった。

「ああ。おはようございます。そうね。仲代さん、特にこの、ショルダーとリュックのふたりを、よろしく」

観月が笑顔を取り繕って頭を下げた。

(まあまあかね)

その脇を通り過ぎ、牧瀬はショルダーバッグを揺すり上げた。

観月の場合、笑顔の硬さと柔らかさには気温も関係する。

二月の九時半過ぎ、気温十四度前後なら、そのくらいでまあまあだろう。

牧瀬は先頭で総合管理室に入った。昨日の二人がいた。

「あれ、交代したんじゃ」

牧瀬が聞けば、したぜ、と仏頂面の高橋があっさり言った。

「あの後、俺は三時間くらいで交代して、今日は定時に出てきた。こいつは夜中に夜勤のオペレータと代わって、今さっき叩き起こしたところだ」

「起こした？」

「ああ。こいつはここで寝泊まりだ。ここは二階に、シャワーも仮眠室も完備されてる。うちの課長も言ってなかったか。こういう作業は振り分けていいことはなにもない。かえって、手間を増やすだけだと」

牧瀬は背後を確認した。

観月はなにも言わなかった。

なら、肯定だ。

「ああ。言ってましたね」

「だから、ほぼこいつなんだ。それでも内山がいたときはずいぶん楽だったが。今じゃ二日に一遍、確実に作業が減る夜中にオペレータが来るだけでな」

「……それで大丈夫なんですか？」

牧瀬は聞いた。純粋な興味だ。それで小暮に、なにがしてやれるわけでもない。

「大丈夫かってもな。おい」

高橋は、まだ寝惚《ねぼ》け眼《まなこ》の小暮に顔を向けた。

「昨日はどのくらい寝たんだ」

「――七時間、ですか」

ぼそりと言った。

声はまだ起きていないようだが、まあ、七時間も寝られるなら――。

大丈夫ですねと牧瀬が言うより先に、

「そうか。そんくらい寝れば、また三十時間くらいはいけるだろ」

と、高橋が言った。

開きかけの牧瀬の口はふさがらず、別の言葉が出た。

「なんか、ブラック企業みたいですね」

ははっと小暮は薄く笑った。

「警察は基本、ブラックでしょう」

納得していいかは微妙なところだが、ブラックですねとは馬場もよく口にする。

馬場も小暮も同じような年齢かと思えば、牧瀬も大して歳は違わないが、まったく今の二十代はという言葉を使いたくなる。

「お願いした部屋はどこでしょう」

牧瀬がひとりで浸っていると、後ろで観月の平らな声がした。間違いなく真顔だ。

「ああ。行きますかね。別に、特になにを準備したわけじゃありませんが」

高橋が、分厚い封筒を抱えて先に出た。牧瀬が続いた。

部屋は総合管理室から右方に出て、階段で二階に上がったところだった。

二階には規模は桁違いだが、ほぼ本庁の地下と同じような光景が広がっていた。

少し照度を落としたＬＥＤ照明の下、どこまでも続くキャビネットの列。所々に簡易デスク。

壁沿いに、①から⑫までナンバリングされた小部屋があった。

「ここだ」

牧瀬たちが案内されたのは、一番手近な①だった。広さは二十畳くらいか。

事務机とキャスタチェアが四セット、あるのはそれだけだった。天井の照明は倉庫内よりは明るい。

「ほれ。リスト」

高橋が机の上に封筒を置いた。重い音がした。それはそうだろう。ほぼ七カ月分の人の出入りのリストだ。

「ゲートの警備はきっちりやってくれてる。リストは団体でも代表者だけでなく、全員の氏名を記入させてるからな」

それは確認済みだ。昨日牧瀬も書いた。

「それと」

高橋は胸ポケットから何本かのＵＳＢスティックを取り出した。

「各種データだ。ＰＣは？」

「あ、はい」

馬場がリュックを置き、中からタブレット型のＰＣを出した。

牧瀬も同様に、ショルダーバッグから一台を取り出す。

「特に回線はないぞ。電話もネットも。必要なら下のＬＡＮに入るのはいいが」

高橋はここで、リストの封筒に手を伸ばす観月に向き直った。

「責任は一切、負えません。それでもよろしければ、ご自由に」

「わかりました」

観月は顔も上げずに答えた。

高橋は牧瀬を見て、肩をすくめた。

じゃ、あとはよろしくなと言いながら、早々に高橋は出て行った。

ドアが閉まると、全員がそれぞれの荷物を下ろした。

作業の準備を始める。

観月がリストを開き始めた。一ページずつめくっていく。

適当にパラパラとめくっているだけに見える、が――。

「へえ。刑事司法制度の未来を考える諮問《しもん》特別部会も来てるんだ」

「あ、そうですか」

長ったらしい名前だが、牧瀬も知っている。

厚労省の事務次官冤罪《えんざい》事件を契機に設置され、捜査・公判の適正化改正案を諮問する会議だ。会員は二十六人の有識者で構成され、当初は会議三十回をもって改正案の提出を予定されたが、長ったらしい名前同様に、今なお視察・会議を繰り返し、まだ答申案の提出にも至っていない。

「こんなとこも来てるんじゃ、この〈ブルー・ボックス〉の場所って、非公開って言っても誰でも知ってるんじゃないの」

正論にして正解だろう。

「ま、そりゃいいんですけど」

牧瀬は視線を泳がせた。

観月の呟きとリストをめくる速さが、相変わらず合っていなかった。

こんなとこと言いながら、ページを繰る手はすでに十数ページは先に行っていた。

そのズレは牧瀬などの常人には理解できるわけもなく、見ていると、言い方は悪いが気持ちが悪く慣れるものでもなく、目眩《めまい》がしそうだった。

「あ、古畑正興《ふるはたまさおき》だって。これって総監じゃない」

手を止めることなく、次にはそんなことを観月は言った。

「あら、物好きなんだか暇なんだか。二カ月の間に三回も視察に来てるわ。——へえ、ここの係長も言ってた、都議会常任委員会なんて月イチペースよ。なんか目の敵《かたき》って感じね」

誰もついていけるわけがない。

牧瀬たちは牧瀬たちで、それぞれの準備を進めた。

「じゃ、三階を見てくるわ」

やがて、観月の声がしてすぐにドアが開閉した。

牧瀬は腕時計を見た。

「十五分か」

動き出したということは、チェックを済ませたということだ。

一日百人として、七カ月で二万人を超える。実際にはもっと多いだろう。諮問特別部会や都議会団、警視総監と取り巻きなどはそれだけで、少なく見積もっても二十人から三十人の集団になる。

観月はたかだか十五分足らずで、そのすべてを記憶野に納めたのだ。

「三個ですかね」

森島が悪戯《いたずら》気に笑った。

「いや。四個はいくだろうよ。なあ、係長」

時田が自分のバッグから紙包みを取り出した。

それは昨日、〈ブルー・ボックス〉からほど近い船堀に住む時田が、俺の出番だなと自ら宣言して買ってきた物だった。

牧瀬が持参した置時計が、ショルダーバッグの中で涼やかに鳴った。

「馬場。十時だ」

牧瀬は、早くも一本のUSBスティックをPCにつなぎ、データをロードしていた。

どうやら、収蔵品のリストのようだ。

「え？」

「出たとこにコンビニがあった。お茶買って来い」

「あ。はい」

馬場と入れ替わりに観月が帰ってくる。三階の〈一瞥《いちべつ》〉は済んだようだった。

「あら。主任。気が利くわね」

「へっへっ。久し振りですよね」

時田が開いた包みの中身は、船堀の名店、鹿埜《かの》の美味そうな塩大福だった。

十三

それから五日間、牧瀬と馬場の職場は完全に〈ブルー・ボックス〉だった。

いや、牧瀬に関しては住居も、だ。

持参の置き時計の涼やかな音色で起き出すと、まず洗面所で顔を洗う。

「うっす」

「あ。お、はようございます」

だいたい二日に一度、ここで同じ〈ブルー・ボックス〉の住人の小暮と出会う。

小暮は二日に一度、交代が来たときにまとめて寝る感じだが、牧瀬は日中の休憩時間と始業前の二時間の睡眠で耐える。

馬場は毎日帰した。牧瀬は人事第一課の係長だ。あまり、部下に就業規程を逸脱する指示も命令も出せない。ただでさえ馬場は、警視庁はブラックだとよく騒ぐ。

ふたりのときは二階から三階の分を進め、馬場を帰した夜には朝に掛けて、毎日牧瀬は一階のチェックをひとりで進めた。

昼間の喧噪の中では、一階に手出しできないというのが大きな理由だった。

夜中はさすがに、時間によってはなにも動いていない空隙《すきま》さえあった。

一階の確認は夜中が最適だった。だから必然的に、帰れなくなった。作業は捗《はかど》った。毎朝、まず顔を洗ってから買い置きのなにかを食い、身支度を整える。それから礼儀として中二階に顔を出し、高橋に挨拶だけして二階に戻る。

このルーティンでだいたい、八時二十分になる。

すると、決まってドタドタと音がして馬場が駆け込んで来る。

「おは、ようございます」

朝の清々しい感じは常に、馬場にはない。これは現状の〈ブルー・ボックス〉に限ったことではなく、監察官室でもいつものことだ。

「じゃ、行くぞ」

「りょ、了解っす」

朝は人より遅いことに後ろめたさがあるのか、なにを言っても文句を言わない。これもいつものことだ。

そんな馬場を従え、この日も牧瀬は三階に上がった。

収蔵品の場所と実物をチェックし、確認してゆく作業は、本庁の地下となんら変わらなかった。

収蔵品のリストは初日に確認したが、その雑な感じも本庁の地下の分と変わらない。

違うのは、気が遠くなるほどの圧倒的な広さだ。

三日目が終了するまでは、とにかく果てが見えなかった。

ひとつひとつの段ボール箱を開け、内容物をざっと確認し、チェックする。

そうして問題がなければ、初めから開いていた箱はそのままに、自分たちで開けた箱は元通りにして閉じる。

もっとも、問題があった箱はこれまで皆無だ。あるわけもない。

そもそも、収蔵品には搬入した所轄及び本庁の部課名と内容物のざっくりした記載はあるが、大きさや重さ、数の記載はまったくされていなかった。洩れたか間に合わなかったか、故意にかは不明だが、ざっとというのはそういうわけだ。

C４の探索を進めながら、そんなことも改めてチェックシートに書き込む。場合によっては写真も撮る。

そこまでやっていると、たしかにいつ終わるとも知れない作業ではあった。

五日間掛けて三分の二は、まだ、の部類か。もう、と賞嘆されるか。

なんにしても、取り敢えずC４はどこにも見当たらなかった。

「ご苦労様」

観月は必ず午前中に一度、適当な食料を手に顔を出した。

休憩時間と夜と朝、牧瀬の腹を満たすのは、上司の運ぶそれだった。

「どう？」

この場合の疑問はＣ４の有無だけであって、作業の進捗状況に関してではない。牧瀬の職務に対する姿勢に、観月が疑問を投げ掛けたことは一度もない。

有り難くもあるが、プレッシャーでもある。

性格的に牧瀬は、だから限界を超えることになる。

馬場もいつかは、信頼されることの重さを実感するか。実感して超えるか。そんなことも考える。

超えると家になかなか帰れないという、悪循環にしてブラックな生活はあまり洒落にならないが、警察官の行き着くところはそこかもしれない。

「焦らず、少しずつね」

観月はこの日も、牧瀬たちが三階のチェックを進めているところにやってきて、そんな言葉を掛けた。

言われなくともそのつもりだが、言われるとなんとなく救われるのは事実だった。

アイス・クイーンの人心掌握術は、無自覚であるだろうが、いや無自覚だからこそ、牧瀬など自身を兵隊とうそぶく無骨な者たちには沁《し》みた。

観月は毎日、範囲を決めて〈ブルー・ボックス〉内をぶらついているようだった。

牧瀬は、少し馴染んだ小暮に洗面所で聞いたことがあった。

〈ブルー・ボックス〉の二階と三階の収納キャビネットの並びは、間を歩くだけでも延べにして、ワンフロアで約十二キロはあるという。

観月はそこを毎日約二時間、なかなかの速さでぶらついた。体力の要ることではある。高校時代はソフトテニスで鳴らした女王だというが、頷ける。

そうして昼頃になると、

「じゃ、あとはよろしく」

と言って、区役所のチャイムが鳴る前に帰っていった。

「焦らず、少しずつね」

最後にもう一度、そんな言葉を笑顔の代わりに振り撒《ま》いてゆく。

「了解でーす」

馬場が信頼にプレッシャーを感じるようになるのは、いつのことやら。

時田や森島とは五日間、顔を合わせてはいないが、向こうは向こうでリストに関する各種の照会や調査で大忙しのようだ。

なんといっても数がある。

監察対象やC４が絡まないなら、初手から倍以上の人数で掛かってもおかしくない案件だった。

観月は午後は本庁のデスクで、そちらの作業に指示も手も出しているようだった。

牧瀬が限界を超えようとしてしまうのは、その辺にも理由があった。

上司が一生懸命働くなら、部下はそれ以上に働くのだ。

(——ブラックだな。勝手にひとりで、俺はよ)

作業の手を止め腰を伸ばしつつ、軽量鉄骨剝《む》き出しの天井に直付けされた、小さなLEDに牧瀬は笑った。

「係長。五日で三分の二ってことは、あと二、三日で全部ってことっすね」

昼飯の弁当を食いながら馬場が能天気に言った。

「コラ。余計なこと考えるな」

キング・ガードの人員が五十人以上働く〈ブルー・ボックス〉は、仕出し弁当屋には上得意だったろう。警視庁の人間も相乗りだ。

特に牧瀬には、この昼の弁当は有り難かった。日替わりでほんのり温かく、味噌汁も付いている。

観月が買ってきてくれる物は甘い物と、なぜか海苔弁に決まっていた。

「おい、馬場。そう思っちまったら、問題がすり替わるぞ」

「え。なんすか?」

牧瀬が箸で指せば、馬場は答えながら箸をねぶった。

ある意味、これも男飯の行儀か。

「いいか。俺らは整理整頓のためにいるんじゃない。行方不明のC4の所在を確かめるためにいるんだ。終わらせることに主眼は置いてねえよ」

「あ、そうでした。あまりに単調な作業だったもんで」

馬場は舌を出し、出したついでに味噌汁のカップを手に取った。

「ま、わからないでもないがな」

牧瀬は少し残した白米を味噌汁のカップに入れた。

最後のお楽しみというやつだ。

「ないならないで、確実にないってことがわかるだけで、ずいぶんな前進なんだ。こりゃぁ、どの署どの部課に移動してもな、警察官である以上、ずっとついて回る俺らの基本だぜ」

搔き混ぜ、搔き込む。

「うわっ。いいな。その食べ方、教えといてくださいよ」

話を聞いていたのか、いないのか。

「食ったか」

「食っちゃったからいいなって言ってるんじゃないすか」

「んじゃ、作業の続き、始めるぜ」

「了解っす」

雑な男飯は、仕出し屋が運んできてから、ものの十分で終了した。

十四

〈ブルー・ボックス〉を出た観月は、いつも通りメトロを乗り継ぎ、日比谷で降りて地上に出た。

携帯が振動したのは、そのときだった。

赤坂署の加賀美からだった。

——どう。ほかからなにか情報はあった？

柔らかく豊かな声だ。昼間の、酒が入っていない加賀美は、いつどんなときでも人を落ち着かせてくれる。

「はい。増山課長からは午前中に」

——なんだって？

「猿丸警部補が、さすがに凄腕だってことはわかりました」

それとなく部下を動かし、猿丸の動きをトレースしようとしてくれたが、無理だったらしい。

観月のところに顔を出した日以降、猿丸はどうやら地下に潜ったようだった。

——ま、あいつはそんな男だよ。で、それだけ？

「それだけって言えばそれだけですが。ああ、ただ、どうやら単独行動らしいってオマケはついてきました。小日向先輩のとこ、分室としてはなんか別件で動いてるみたいだから、と」

――そうかい。

「で、署長の方は、今日はなんです？」

――今から来い。

加賀美の要請は短い分、厳《いわお》だった。

「大事ですか」

――そうだね。

「三十分以内に」

すぐに監察官室の時田に一報を入れ、観月は上がった階段をまた地下に戻った。

日比谷から赤坂署は、千代田線でも丸ノ内線でもすぐだった。

第一方面赤坂警察署は、署員二百九十名を抱える大規模署だ。相当大きな庁舎だが、外に開かれた警察施設は五階までで、六階から上は単身者用の官舎になっている。

受付で所属と姓名を名乗るだけで、観月は特に案内は請わなかった。

何度か来たことがあったからだ。

一度だけ通常監察で、あとは今回のような情報のやり取りが二回ばかり。

やはり警視と警視正、監察と署長では、触ることが出来る庁内の情報には開きがある。

ノックをし、

「入ります」

即、入室する。

そういえば許可を聞く前だったと思う頃には、扉はもう開いていた。

「あっとと。なに？　いきなりはマナー違反でしょっ」

加賀美が慌ててなにかを隠す。

「すいません。気が急《せ》きました」

頭を下げる。

だが一瞬でもしっかり、観月は加賀美の隠した物を見た。新アイテムだ。

老眼鏡だった。

（ラッキー）

と思うが、取り立てて反応はしない。顔に出ないのは便利だ。

気づかない振りをしておく。

いつかカルテットで酒の肴《さかな》にするか、ネタの取引材料にすると決める。

加賀美の老眼鏡からさて、どれくらいの笑いと情報が引っ張れるか。

「小田垣、怪しいわ。なんか妙な顔つきね」

「気のせいです」

加賀美は疑わしげに覗き込むが、本人ですら自在にならないものをそれ以上感得できるわけもない。

まあいいわと、加賀美は肘掛けに腕を乗せた。

「調べたわよ」

「さすがに早いですね」

「まぁね。私を誰だと思ってるの。ただ、やっぱり猿と同じってわけにはいかなかったけど。――ちょっと、小田垣」

後半、加賀美の言葉はたいして耳に入らなかった。

応接テーブルの上にある物が気になったからだ。

「あ、埼玉屋小梅の道明寺！　そうか、もう桜餅の季節ですか」

小振りの桜餅のパックが、折り畳まれた包装紙の上に載《の》っていた。

埼玉屋小梅は創業明治三十年の、向島《むこうじま》の老舗《しにせ》和菓子司《つかさ》だ。

気が付けば、舌舐めずりをしていた。

滅多に食べられない甘味は今のところ、観月の表情を一番〈喜び〉に動かすものだ。

「え。あ、まあ、お前用に買っといたものだけど」

「それじゃあ、早速いただきます。お昼もまだだったんで」

ソファに座り、手を合わせた。

桜餅にも、加賀美にも。

加賀美は、ほっそりと笑ってくれた。

「そうね。食べてからにしようか。お茶、淹れよう」

「すいまへん」

塩気と甘さ、道明寺の柔らかさ。

たまらない。

署長のお茶も、格別だ。

「そうしてると、可愛らしいのにね」

「ふぇ？」

「なんでもないわ」

加賀美が向かいに座った。

胸ポケットからペンを取り出すと、パックの下の包装紙を引き出し、格子柄の隙間になにかを書いた。

〈姜成沢〉とあった。

「知ってる？」

糖分を食らった脳はスムーズに、膨大な記憶野にアクセスする。

観月は頷いた。

姜成沢《カンソンテク》。主に一九七〇年代に暗躍した北朝鮮の精鋭。警察庁が警備局の公安第三課兼外事課に調査室を設置することになったきっかけだと聞いた。この調査室は現在の国テロ、すなわち国際テロリズム対策課につながる。

つまり姜成沢は北の、超がつく大物だ。

なるほど、加賀美が電話やメール、デジタルに変換しなかったのも頷ける。観月自身でも人に話そうと思ったら、目の前に呼ぶか、自ら赴く。

「そうかい。じゃ、これは破棄っと」

加賀美は包装紙を丸めてゴミ箱に捨てた。かえって目立たない、いい方法だ。

「それが、なにか？」

言葉に注意しながら観月は言った。

口中は幸せに甘いが、表情が凝《こご》っていくのが自分でもわかった。

「お前が探してる物の名前を口にしたってさ。持ってるくせに、もっとだって。足りないってさ。だから私のスジ、そこの関係者は、覚えてたみたい」

スジとは警察関係者の隠語で、情報提供者や捜査協力者のことを指す。ギブアンドテイクの利害関係にある場合が多く、エスとも言う。ＳＰＹ、スパイのエスだ。

「持ってる？　持ってるんですか」

姜成沢とＣ４の関係を観月は知らない。

怪訝《けげん》は思考を滞らせ、ますます表情を無に傾ける。

「ん？　ああ、そこからかい」

観月の無表情を、加賀美はすぐに理解してくれたようだった。

「そういえば、そもそもはお前が山梨に行ってたころだね。二〇一三年って言ったら、お前は二十代か？」

「ギリギリ」

「いいねぇ。羨ましいねぇ。ま、それはいいとして」

加賀美はゴミ箱を漁《あさ》り、さっきの包装紙を取り出した。

丁寧に広げ、裏返し、八つに畳み直してペンを持つ。ペンを回す。

「簡単に説明はしてあげる。その代わり、それなりの情報量になる。この紙、後であんたが処分してね」

「了解です」

加賀美はおよそＡ４大の裏紙になにかを書き始めた。

文字は、それなりの情報量、と言った割りに大きかった。

老眼鏡どうぞと言い掛けて、観月は言葉を飲み込んだ。

まず加賀美は、中央近くに少し離して〈天敬会《てんけいかい》〉、そして〈カフェ〉と書き、二重線でつないだ。

「ということは、知らないよね」

「はい」

観月は二個目の桜餅に手を伸ばしながら答えた。

チャートにして、何種類かの線で事象と人名をつないでくれる加賀美の記述はわかりやすかった。ただ、やはり文字の大きさによって書き切れなくなり、裏紙はA4大からA3に、ひと畳み分だけ戻された。

桜餅三個分の記述。

それに見合う情報量。

お茶で簡単に、飲み下せる量ではなかった。

「はあ」

最後に観月は溜息をついた。溜息しか出なかった。

話はなかなか、アンダーにしてコアだった。

そして、絶対表に出せない話だ。

「どう？　怖気《おじけ》づいちゃった？」

低い応接テーブルに肘をつき、加賀美は観月の顔を覗き込んだ。

「いえ、特には」

「さすがに、アイス・クイーンか」

背を起こし、加賀美はソファで足を組んだ。

「ま、お前ならいいか。いいけど、注意はしなね。なんか、結構な暗部に首突っ込まなきゃいけないような気がする」

「お言葉、肝に銘じます」

加賀美は頷くだけでなにも言わなかった。

話は終わりのようだった。

「桜餅、ごちそうさまでした」

観月が赤坂署を出たのは、午後三時に近かった。

簡単に説明と加賀美は言ったが、単純な話ではなかった。

印西《いんざい》の〈天敬会事件〉は知ってはいたが、千葉県警の事案としてだった。

失火による新興宗教団体本部の焼失、教祖の焼死、延焼による大規模火災、そのくらいだ。純也と同期の、観月にとっては二期上の先輩にあたる、押畑大輔《おしはただいすけ》警視が担当の印西署の副署長だった。

その押畑は現在、新潟県警柏崎《かしわざき》警察署の署長をしている。

加賀美の書き出した内容に拠《よ》れば、〈カフェ〉は姜成沢が関係する、売春組織だったという。〈天敬会〉も同様に、背乗りも絡む北朝鮮工作員の隠れ蓑だったらしい。背乗りとは、他国人が知らない間に他人の身分や国籍を乗っ取ることだ。旧ソ連や北朝鮮の工作員は、日本国内でよくこの手法を使った。

観月が行方を追っているＣ４も、精製したのはこの〈カフェ〉を運用した天敬会の連中、つまり北の工作員だという。

そして、この組織を壊滅させたのが、実はＪ分室であり、小日向純也であり、それが〈天敬会事件〉の真相らしかった。

そんな関係だから、Ｃ４のひと言で猿丸警部補はなにかに辿り着いたのかもしれない。

そして、

――まだ持ってるってね。

とも、姜成沢の文字を円で囲みながら加賀美は言った。

――持ってるのに欲しがるっていうことは、足りないってこと。馬鹿馬鹿しいほどにわかりやすいよね。

加賀美は笑った。

笑ったが、笑ってはいなかった。

――お前が触るのはそんな、警察の裏だよ。これからも触っていくのは、警視庁の闇だ。

加賀美は首を振った。

――私には無理。増山にも玲愛にも無理。どうしても、どうしようもなく、私らは女だ。いや、お前が違うって言うんじゃない。お前も可愛らしい女だ。でも、違うもんな。

加賀美は観月の肩に手を置いた。

――最初は、長島さんも罪作りなとも思ったけど、お前ならできる。お前にできなきゃ、誰にもできない。頑張りな。精一杯のバックアップはするよ。多少危険でもね。

言葉を噛みしめながら赤坂見附の駅へ歩く。

「なんか、ズルズルとアンダーグラウンドね」

高校三年の春、磯部桃李に連れられて関口の爺ちゃんたちが和歌浦を越え、海を渡った。それで外国に興味が湧いた。

初めは外務省を狙っていた。

小日向純也に出会って、警察庁もいいと思った。それでも海外につながると思った。

その結果が今だ。

「私、こんな仕事がしたかったんだったっけ?」

自問して顔を振り向ける。

青山通りの西に、傾き始めた太陽があった。

十五

それから三日後だった。

「おはようございます」

観月が登庁すると、久し振りの牧瀬が先に出ていた。

「あ、おはよう」

コートハンガーに上着を掛け、自分のデスクに座ると、牧瀬が緑茶を淹れて持ってきた。

「どうぞ」

「ありがとう」

ひと口飲む。

熱からず温《ぬる》からず。

このお茶出しはその昔、観月もやらされた。観察眼を養うとかで、お茶をそれぞれの好みに合わせて出すのは、捜査に携わる者の〈いろは〉らしい。

牧瀬は下がらず、そのままその場で踵《かかと》をそろえた。頭を下げる。

「終了です」

重いひと言だった。

「ご苦労様」

労《ねぎら》いは短い方がいい。ゴテゴテと飾るのは好きではない。

甘味と一緒で、それが観月の好みだ。

結局、〈ブルー・ボックス〉からC4は出なかった。そのことは前夜、電話連絡で牧瀬から聞いていた。

それで、馬場を残して牧瀬には引き上げを指示した。

――馬場は残しですか。

「そうよ」

電話の奥で本人がブツブツ言うのが聞こえた。

「係長。これ、スピーカにして」

音声がわずかに変わるのを確認して、

「馬場君。確認したことを全部データに反映させといて。こっちに帰ってくるより、そのままそっちで作業する方が合理的でしょ。よろしく」

――ええぇっ。ひとりでですか。

「当たり前でしょ。二引く一なんだから」

――それじゃあ、たぶん丸一日掛けても終わらないですよ。

口を尖《とが》らせているのが目に浮かぶ。

さすがに観月も少しむかついた。

「だ・か・ら」

――了解っす。

そんな会話が、昨夜あった。

「あ、冷蔵庫に、昨日監察官にもらった水まんじゅうがあるわよ。食べれば」

「え、あ、いえ」

牧瀬は苦笑いを浮かべた。

「まだ甘い物は、ちょっと時間的に」

「そう？」

朝ももう八時十五分を回っている。なにが時間的なのかはわからない。頭をスムーズに働かせるためには、そもそも朝の甘味は効果的なのだ。

「私は食べる。出して」

牧瀬は冷蔵庫に向かった。

取り出して首を傾《かし》げ、

「……ネコ」

とだけ呟いた。

塩瀬《しおせ》総本家の薯蕷《じょうよ》饅頭は、その通りネコ、提携メーカのキャラクターが長芋と米粉の生地で蒸し上げられている。ピンクのリボンが愛らしい。

「ありがとう」

冷たくて甘い。頭が冴《さ》える。

「あのあと、馬場君なにか言ってた？」

牧瀬はすぐに首を左右に振った。

「あいつが言わないわけはありませんが、意味のあることはひとつも。あれがあいつなりの溜めない方法みたいですから」

「うぅん。わからないでもないけど」

観月はキャスタチェアを回した。外はいい天気だ。

「ちょっとうるさいって言うか、面倒臭い」

「すいません」

「係長が謝ることじゃないわ。ま、上手く乗せれば、立派に使えるんだけどね」

嘘ではない。腕っ節も洞察力も足りないが、組対にいた。異動の際には、サイバーからの引きもあったという。

「今日は、ちゃんとやってるかしらね」

「ああ。それは大丈夫です」

牧瀬は断言した。

「昨日も、管理官の海苔弁やったら黙りました。よくブラックブラックって言いますが、ありゃ、昨日は絶対残業やってますね」

「へえ」

「今朝も来る前に寄って、朝マック置いてきました。今頃、絶好調で間違いないですね」

人心掌握、いや、食わせればやる、これも信頼のひとつの形だろうか。

牧瀬が壁の時計を見た。もうすぐ定時だった。周囲を見回した。

「管理官。今日、主任と森島さんは」

「ここ三日間はお猿さん探し。その間、リストの精査は別の班に頼んでみたけど」

どちらも、はかばかしい成果は今のところ得られていない。

「昨日まではね」

観月は椅子を軋《きし》ませた。室内を向く。

ちょうど、藤田が自席につくところだった。

素早く周りを確認し、

「あ、おはようございまぁす」

と手を振った。

露口参事官に見られたら、行儀が悪いと怒られるのは目に見えている。

ああ、おはようさんと声が返る。

牧瀬も藤田に挨拶してから、再度向き直った。

「昨日までとは、どういう意味ですか？」

眉根を寄せた。そういう顔をすると渋いというか、ちょっと怖い。

「そうね」

観月も壁の時計を確認した。

「今からならちょうど、係長のお腹にもいい時間になるわね」

「はい？」

「おやつの時間。ちょっと出ましょうか。準備して」

「――はい」

ちょっと出ると言ったが、これは符丁のようなものだ。準備してと続くときは、そのままどこかを回ることを示す。

「ううん。いい天気ね」

日比谷公園に出て、ぶらぶらと歩いた。

密談めいた話は、歩きながらがちょうどいい。

これは観月が警察庁に入庁したばかりの頃、合同庁舎にひょっこりと顔を出した純也が教えてくれた。

「で、なんです？」

牧瀬も元は叩き上げの公安マンだ。心得ている。自販機の缶コーヒーを買い、ベンチに腰を下ろしたところで何気なく聞いてきた。実に自然だ。

「昨夜、係長から電話貰う直前にね」

愛知県警本部の山本玲愛から、

――観月先輩。こっちのルート、やっぱり正解ですよ。

そんな連絡が入った。

――この前の加賀美署長の話を踏まえて、こっちでは、うちのソトゴトを動かしてみました。

ソトゴトは、公安外事のことだ。

「へえ。よく動いてくれたわね」

――任せてください。なんたって私は直接の、警備総務の課長ですよ。まあ、ちょっといつもより多めの領収書を引き受けることになりましたけどね。

「うえ。それって結局、私に跳ね返ってくるよね」

――へへっ。大正解にして当然です。

「鳥、だったわよね」

一回分で済むのだろうか。二回に分かれたことは今までないが、ソトゴトの領収書は、おそらく覚悟がいる。

ごっちゃんです、と玲愛は陽気に言った。

言った後、声を潜めた。

――そちらの、公三の警部補が、どうやらお猿さんとセットになって、交代で動いてるみたいです。

剣持《けんもち》、と玲愛は言った。公三、すなわち公安第三課は右翼担当だが、最近の活動はもっぱら国テロ、つまり国際テロリストの情報収集に振れている。

「公三の剣持。係長、知ってる?」

「人事記録に載ってることくらいなら、今答えられます」

「接点があるってこと?」

「私が警察庁の警備局に出向中、一度同じオペレーションに組み込まれたことがあります」

「優秀だった?」

「どうでしたかね。特別な印象はあまりありません」

牧瀬の評価は信頼できる。すこし辛《から》いと思うこともあるが、逆よりはいい。

「そう」

観月は缶コーヒーを飲み干し、立ち上がった。

「お猿さんと剣持。係長にはそっちを担当してもらおうと思って、〈ブルー・ボックス〉からはずれてもらったの。主任たちと上手く連携して」

「了解しました。では」

「ええ。なになに。ちょっと待った」

動き出そうとする牧瀬を観月は呼び止めた。

「なになにって、なんですか」

牧瀬がまた、怖い顔をする。

牧瀬にこそ、今日は糖分が必要かもしれない。

「おやつの時間って言ったでしょ。有楽町まで歩くわよ」

空き缶を捨て、歩き出した観月は牧瀬を追い越した。

「今日はおかめの、蔵王あんみつね」

「──あ、その一連の流れは、本当だったんですか」

牧瀬の声を背に聞く。

ただし、もう観月の耳には遠い。

じっくり柔らかく炊き上げた金時豆とバニラソフトに黒蜜。

蔵王あんみつは、絶品だ。

十六

それから、なにごともないかのような十日間が過ぎた。

ただし表向きの静けさが事のすべてであることなど、この世にどれほどあるだろうか。

大河の流れも、水面の表すものがすべてではない。

猿丸たちに対する牧瀬らのトレースは大河の水底を這《は》うようにして静かに、そして執《しつ》拗《よう》だった。

元公安所属の課員が多いのは、こういうときのためだ。

二日目には、猿丸たちの狙いが誰なのかはわかった。

あろうことか同じ庁内の、ひとりの捜査員だった。

——けど、管理官。猿の先輩は、さすがっすわ。何気ない振る舞いのひとつひとつが、意識はしてないんでしょうけど、まるで逃げ水みてぇで。大したもんだ。

森島は素直に舌を巻いた。

彼らの狙いが判明したのは、猿丸ではなく、相棒の剣持の動きからだった。

三日目、馬場も戻った牧瀬班に、観月は猿丸たちを含むターゲットの行確と、ターゲット本人の身辺調査をダブルで指示した。

通話記録から警信を始めとする銀行口座の入出金記録、本人所有の車両および使用警察車両の、内山殺害事件前後からのNシステムデータ、自宅近辺の防犯カメラ映像のほぼすべて。

これを牧瀬班の、四人だけで調べろと。

「どわぁ。やっぱりブラックですねえ。ブラックだあ」

平均三時間睡眠で作業を進める馬場は常にぼやきまくった。

（まったくよね）

観月も警視庁はブラック企業で、自分はその手先だと内心では実感している。

それでも方針や指示を変えることはない。監察が対象に向かうには、少数精鋭が大前提なのだ。情報の漏洩《ろうえい》や拡散は、なにより忌避すべきことだった。

観月はわかっていて命じる。

牧瀬たちもわかっていて応じる。

馬場でさえ、ぼやくが決して手は止めない。

信頼は双方向なら万全だ。

なにものをも凌駕《りょうが》する。

ターゲットの近くにはちょうど、牧瀬の同期にしてスジがいた。これはなにより都合がよかった。

このあと三日で、牧瀬班はターゲットをほぼ丸裸にした。

殺人の証拠は出なかったが、不明瞭な金の流れや動きは確認できた。

――放っておけ。触るな。

猿丸はそう言った。

――そう約束するなら、こっちで動いてやってもいい。

そうも言った。

猿丸たちの狙いはまさしく、観月たちの目的に限りなく合致する、濃いグレーだった。

それにしても、最低限の手札はそろった。

そろそろ身柄を確保して、落とすか。

ただ、

「少し、しっくりこない気がします」

牧瀬は渋面を作った。

「なにが?」

「猿丸さんにしても剣持さんにしても、よくターゲットに接触するんです。付かず離れずって言うんでしょうか。変な感じです」

「ふうん」

「どうします? もう一歩、二歩、内に入ってみますか」

「静観」

「静観ですか？」

「そうよ。——食べる？」

観月は手にした、舟和《ふなわ》本店のパッケージを差し出した。

珈琲《コーヒー》に抹茶、苺《いちご》、蜜柑《みかん》、白隠元。

色とりどりの、見た目も賑やかにして涼しげな、あんこ玉の詰め合わせだ。

他に定番の小豆も入っていたが、すでに観月が食べ切っている。

「いえ」

牧瀬はまったく動かなかった。

勿体《もったい》ない。甘くて美味しいのに。

「で、管理官。静観とは。もう、いつでも引っ張れますが」

「お猿さんたち、変なんでしょ」

「はい。ただ、私の勘です」

「それが大事。私は信じる」

牧瀬の警官としての資質が猿丸たちに負けているとは観月は思っていない。

足りないものがあるとすれば、生きた年数から来る経験の差くらいのものだ。

いずれ凌駕すると観月は踏んでいる。

いずれ牧瀬も、立派なタヌキになれる。

観月は、楊枝《ようじ》に刺した苺のあんこ玉を口中に放り込んだ。

「私はもう警備じゃないし、係長も公安じゃないでしょ」

「はい」

「そういうことよ」

「は？」

「私達は監察。警察の中の警察。そのための力をもらってるのよ。あとで間違いでしたは絶対ＮＧ。ごまかしも利かないわ」

警察にも間違いはある。人の集まりだから。

けれど、警察の警察は――。

人であっては、出来ないのかもしれない。

牧瀬は首を傾げた。

「管理官。それって、警備のときはごまかしたってことですか」

「あれ、公安はしなかった？」

観月は平然とした顔で言い、

「さてと。みんなをずいぶん働かせてるし、わたしも、久し振りに〈ブルー・ボックス〉行ってくるわ」

あんこ玉をまた口に放り込み、席を立った。


そうして、二日が過ぎた。

変わらず飽くことなく、牧瀬たちは観月からのダブルの指示を実行し続けた。

粘りも監察には大切な資質だ。

確度はさらに上がった。手札は必要にして十分だった。牧瀬が言うように、ターゲットはいつでも引っ張れた。

ただし、Ｃ４の紛失も、内山の殺害も、核心に辿り着くものはなにもなかった。

この日、時田は馬場を連れて朝からターゲットの家族を行確中だった。

森島は牧瀬と交代で、午後になってからそれとなく庁内、主に十三階をうろついていた。

十三階には警信のディスペンサもあり、他の階よりは賑わいがあるが、森島たちが狙うのは外事第三課の剣持の動きだった。

ちょうど、牧瀬が自分のデスクに戻っているときだった。

「三時ね」

観月は取り寄せたばかりの包みを開けた。両口屋是清《りょうぐちやこれきよ》『結』の、なまささらの詰め合わせだ。

牧瀬にも勧めるが、相変わらず要らないと言った。

勿体ない。美味しいのに。でも、一点物の詰め合わせだから、それはそれで嬉しい。

見た目も愛らしい、蝶《ちょう》にあんず、菜の花、柏、大納言によもぎ餅。

大半がこしあんなのも嬉しい。

「おい、小田垣。どうなんだ」

気分良くひとつを手に取ろうとすると、露口参事官が寄ってきた。

「はい？　どうとは？」

「長島首席からの件だ。もうだいぶ経つだろう」

自分が受けて観月に伝えた指示だ。露口は気にしているようだった。

「いえ。特には」

「それで、いいのか」

いいか悪いかと、言えるかどうかは微妙に違う問題だ。

だいたいお前はと、参事官が口にした。こうなると長くなる。

すると、牧瀬の携帯が振動した。

観月は目だけ動かした。

「動き出したようです。外で張ります」

牧瀬は出て行った。それでも露口の話は終わらなかった。

仕方がない。

「あの、食べます」

清水の舞台から飛び降りる気持ちで、差し出す。

「うん？　お、気が利くな」

げっ。よりにもよって蝶に手を出した。薯蕷生地にこしあん、蝶の焼印。観月の一番のお気に入りだった。

「緑茶、は、どうすか」

「お、もらおう。――小田垣、どうした。苦しそうだな」

「お茶、っすよね」

背を向ける。

参事官が食べる姿は見なかった。

その後、参事官はあろうことか、菜の花にも手を出した。白小豆のこしあんにういろう生地で、外を餡村雨《あんむらさめ》のそぼろで春らしく。

春なのに――。

神佑天助《しんゆうてんじょ》に、観月のデスクで固定電話が鳴った。

表示ナンバーは牧瀬だった。

「失礼します」

なまささらを置き、代わりに受話器を取った。

──参事官、まだいますよね。

「そうね」

──だから、固定にしました。わかりやすいように。

「春の前なら、もっとよかったけど」

──え。なんです。

「なんでもないわ」

参事官が美味そうに、緑茶を飲んだ。

「で、どうかした?」

ターゲットが出ましたと牧瀬は続けた。

けれど、猿丸の気配はないという。

──十三階の森島さんにも確認しましたが、剣持も動いていないようです。

「へえ。そうなんだ」

──なんか、野放しっていうか、いきなり放り出した感じです。

「放り出した?」

野放し、放り出し。

イコールは果たして、捨てることか。

無視、敢えて無視。

思考が目まぐるしく、しかも深く。

表情筋に力が入らない。

すべてのエネルギーが、脳髄に。

「おい。小田垣、誰からだ」

いつの間にか伸ばした手に、大納言を持った露口が聞いてきた。

観月は受話器を下ろし、顔を向けた。

「黙ってもらえますか」

極限の無表情の、アイス・クイーン。

「――お、おう」

さすがに露口も、大納言を自ら口に押し込み、黙った。

窓の外に顔を向けた。

猿丸俊彦という男。J分室。小日向純也。姜成沢。C4爆薬。メリット、デメリット。

観月の目に冴えた光が灯った。

受話器を上げる。

「係長。そのまま追って。どこまでもっ」

——了解です。

「参事官！」

観月は振り返った。声が少々強くなった。

「うおぁ、熱《あち》ぃ！」

お茶を飲もうとしていた露口が思わず吹き出す。

その飛沫《しぶき》の下に、『結』のなまささらの残りを滑らせた。

「あと差し上げます」

「あ、お、すまんな」

観月はバッグとコートを手に、監察官室から走り出た。

向かう場所は、まだわからない。

わからないが、今はまず十三階で、森島と合流することが先決だった。

十七

その日、陽が落ちてからのことだった。

この日は月齢八・五。夜空には上弦の月が輝いていた。

お台場にある潮風公園の駐車場に、一台の乗用車が滑り込んだ。

車はほかに十数台停められていたが、駐車場の広さから言えば、まばら、と言えた。

乗用車は、公園内への通路に近い辺りに停まった。

しばらくのアイドリングの後、降りてきたのはひとりの男だった。後部座席から取り出した、地味なデイパックを背負った。

潮風公園はお台場海浜公園の裏手に位置し、休日はバーベキューも楽しめ、夜釣りにも開放されたスポットでもあった。

昼間の賑わいにはほど遠いが、だから夜でも、人気はそれなりにあった。

男は駐車場からぶらぶらと園内に向かい、五十メートルほど入った街灯の下でベンチに腰を下ろした。

そのまま男はポケットからイヤホンとスマホを取り出し、ゲームでも始めた様子だった。

男は三十分ほどそのままでいた。

三月だ。夜はまだかなり冷えた。

案の定、男は一度身体を震わせ、手近な自販機でホットの缶コーヒーを買った。飲みながらふたたびスマホに向かった。

それからまた、三十分くらいは熱中していた。

時刻は七時を回っていたが、行き交う人影はまだまだあった。ひとりなら夜釣り、ふたりなら雰囲気を楽しもうとするカップルで間違いないだろう。

三月の夜は、寒さで人の判別を容易にした。

やがてようやく、男はスマホから顔を上げた。

立ち上がって自販機横のゴミ箱に空き缶を捨てた。

すると、ベンチに戻ることなく、そのまま駐車場に向かって歩き出した。

当然、デイパックはベンチに置きっ放しだった。

男は駐車場に戻ると、そのまま車のドアに手を掛けた。

そのときだった。

十メートルほど離れたところに停まっていた一台のワンボックス・カーが、エンジンも始動させずにライトをつけた。

男の姿が浮かび上がった。

まぶしげに目を細めた男は、公安外事第一課の、金田警部だった。

「そこまでよ」

ワンボックス・カーの後部スライドドアから観月が降りた。

運転席から森島が、助手席から時田が降りる。

と同時に駐車場内の両サイドから、詰めるように牧瀬と馬場が足早に寄せた。

「くそっ。怪しいとは思ったんだ」

金田が表情を歪《ゆが》ませた。

そうすると口髭の分、人より歪みは強調されるかもしれない。

今まで見たことのない、禍々《まがまが》しい形相だった。

(こうなると、お猿さんの無精髭の方が、なにも邪魔しないわね)

それが大人というものか。清潔感はまったくないが。

金田がそのまま右足を一歩引き、右手を垂らした。

「係長、馬場。ストップ!」

拳銃を携帯している、と観月は読んだ。

金田は目を細めた。

「いい読みです。管理官」

細めて、歪んだままの顔で笑った。

「そうか。もしかして、あの矢のような催促すらトラップですか?」

今度は観月が目を細めた。

それだけだ。

本当になんのことかわからなかったが、

「顔色すら変えず、答えず。さすが、アイス・クイーンですね」

金田は勝手に解釈した。

ちょうど、駐車場に入ってくる低いエンジン音が聞こえた。

「主任。今の車、お願い」

顔は金田の方に据えたまま、観月は時田に命じた。

「係長、公園側からも止めて」

とりあえず、近寄ってくる民間人はシャットアウトだ。

「ふふっ。セオリー通りですが、大丈夫ですよ、管理官。私も公安マンです。民間人に危害を加える気はありません」

「あら。それは助かるわね」

観月は金田の背後に視線を動かした。

遠くのベンチに、デイパックがひとつ。

「あれ、C4ね」

「はい」

ひとつひとつ、可能性とリスクを潰してゆく。それもセオリーだ。

「なんで内山警部を。ねえ、あんな物の奪い合い？」

観月は疑問を口にした。

場に優位性をもたらすための、時間稼ぎのつもりもあった。

「あいつが勝手なことをするからですよ、管理官。あいつは、私の金庫だったんです。

いや、倉庫かな」

「倉庫？」

「ええ。保管庫から金目の物を私に流す。ははっ。私の担当、ロシア・東ヨーロッパ情勢を探るためのスジは、どうにも金が掛かりまして。捜査費用なんかではとてもとても。まあその分、確度の高い情報を持って来ますが」

「――姜成沢」

観月の呟きに、金田は頷いた。

「今となっては、向こうから寄ってきたか、私が寄ったかはわかりませんが」

「それが今回は、お金じゃなくてC4だった」

「当たらずとも、遠からず、ですか」

「わからないわ、グチグチと。男らしくないわね」

「これは失礼」

金田は軽く頭を下げた。

「そう。実際にC4の依頼はありましたが、今回は私にだけではなかったようで。保険を掛けた、いや、私が保険だったか。まあ、どっちでもいいです。それで、内山が勝手をしたんです。密《ひそ》かに〈トレーダー〉とつながろうとして」

「トレーダー？」

思わず聞き返した。

知らなかった。

「そう。おや、管理官はご存じない？」

金田はまた、歪んだままの顔で笑った。

「〈トレーダー〉は銃でもシャブでも、どんな品物でも買ってくれる、その名の通りの仲介屋です。この頃はもう、向こうからのリクエストばかりになりましたがね」

「その直近の依頼が、Ｃ４。姜成沢の」

金田は特に、否定はしなかった。

「〈トレーダー〉は手広いですよ。姜と取引があっても不思議じゃない。〈トレーダー〉はこの話を、直接姜とつながってる私を飛ばして、内山に持ち掛けたようです。すぐにそんな情報は入りました。秘密も機密もあったもんじゃない。内山はしょせん、倉庫番なんです。だから、内山は倉庫番でいればいいんです。けれど、あいつは動きました。だから、殺したんです。私は、公安ですから」

金田はきっぱりとした口調で言った。

「――なにそれ」

「押収品の横流し。自分が法を犯していること、罪の重さは重々承知です。ただ公安が守るべき国のための正義。私は、その実現のためになら泥水を飲むことも厭《いと》わない。――

内山には、そんな正義に付き合ってもらっているつもりでした。なにかあったときには、罰は私だけが甘んじて受けると。それなのに、あいつは動きました。最後の最後にも聞きました。なんで動いたのかと。正義はあるかと」

　正義などないが、あんたがくれるリスクに見合わない金の、なん十倍もの報酬がある、と内山は言ったらしい。

「それで、いきなり食いましたよ。C４を目の前で。見苦しくも、泣きながらね。公安的正義はどこにも見当たりませんでした。正義がないなら、排除するのです。私には、ありますから」

　すると、

「いやあ、どうかなあ。僕はそう思わないけど」

　観月の背後から、やけに伸びのある声がした。

　現れれば自信に満ち溢《あふ》れているくせに、直前まであるようでないような不思議な気配。

　それだけで誰だか、観月にはわかった。

「残念だけど金田さん。あなたはもう、公安マンではないよ」

　振り返る。

　シルエットだけでもはっきりとわかる、小日向純也が立っていた。

十八

「小日向、警視正」

金田が呆然《ぼうぜん》とした声を出した。

「なぜ、あなたが」

「セリさんからね」

セリさんとは、猿丸のことだ。

「そうですか。なるほど」

金田はさらに表情を歪ませた。

「私に対する矢のような催促も、ここでの受け渡しも、姜と示し合わせたのはあなたですか」

「さて。どうだろう。ただ」

肩をすくめて観月に寄り、観月を越えて前に出た。

「この公園は、僕には思い出深いところでね」

海からの夜風に、純也のいい香りが混じった。品のいいムスクのようだ。

ただ純也には、麝香《じゃこう》という言葉が相応《ふさわ》しい。

純也は腕を、西に傾き始めた上弦の月に差し上げた。

「日中と夜の間。薄暮、黄昏《たそがれ》、残照の頃。それが公安の生きる時間、生きる場所。わかる？　金田さん」

「いえ」

「グレーゾーンってことさ。やってること、やったこと。それが人にわかっちゃったら、終わり。あ、そうそう。だからって死ぬのもなしだ。それはセオリーじゃなく、三文芝居の結末だから」

純也はおもむろに、ジャケットの右のポケットから携帯を取り出した。

掛けようとして、

「あ、これじゃない」

左のポケットから別の携帯を取り出す。

掛けると、すぐつながったようだ。

「ほら」

純也はそのまま金田に放った。

受け取った金田は訝《いぶか》しげだった。

純也は手で促した。

金田は携帯を耳に当て、驚愕に目を引き剝いた。

「ぶ、部長」

金田が部長と言うからには、公安部長のことだろう。たしか長島首席監察官に、この件から手を引くと宣言した、あの皆川道夫警視長のことだ。

「は、はい。――いえ、あの」

金田が皆川と話し、威儀を正し、肩を落とし、項垂《うなだ》れてゆく。

純也はゆっくり、金田の方に向かった。

「あ、先輩」

観月の声に純也は、肩口から振り向いて猫のような笑みを見せた。

「大丈夫」

やがて、

「――了解しました」

通話を終えた金田の前に立ち、純也は右手を差し出した。

無言で金田は、携帯と拳銃を純也の掌に落とした。

「よろしくお願いします」

頭を下げ、次いで金田は、観月たちの方に歩き出した。

「牧瀬君」

純也が牧瀬を呼んだ。

「は」

走り寄る牧瀬に、純也は拳銃を手渡した。

その間に森島が金田に走り寄り、確保した。

「馬場」

時田が呼んでワンボックス・カーの鍵を渡した。

森島が金田のポケットを探って乗用車の鍵を取り出し、

「管理官。こいつの車、お願いします」

と言って放ってきた。観月は近寄ってきた牧瀬にそれを渡した。

金田を挟むようにして、森島と時田がワンボックス・カーに乗り込もうとした。

「ああ。彼は自首という扱いになるんで、そのつもりで」

純也の声が三人を追った。

「本庁では、捜一の連中が待ってるはずだから」

最後尾にいた時田が一瞬怪訝な表情をするが、相手はなんといっても警視正だ。

了解ですとだけ言って乗り込み、馬場の運転でワンボックス・カーはゆっくりと動き出した。

公園の駐車場から出てゆくのを、観月は最後までは見送らなかった。

まだ、すべてが終わったわけではなかった。

った。

観月が指示するのと、純也が行く手を遮るようにふたりの前に立つのは、ほぼ同時だった。

「係長。Ｃ４を」

観月は純也を見上げた。

「やあ。少し、感情が見えるようになったかな」

観月は無視した。

「さっきの自首。いえ、公安部長の電話と言い、どういうことです」

純也は答えず、最初の携帯を取り出した。

また、すぐにつながった。

「これは小田垣。お前にだ」

差し出される電話に出る。

電話の向こうに、強い威圧感を感じた。

「もしもし」

――ご苦労だった。

相手は長官官房首席監察官の、長島だった。

――Ｃ４は無視しろ。

「なんです」

語尾は少し、きつくなったかもしれない。

――無視しろと言った。小日向預けだ。

観月は純也を見た。

月影の玲瓏《れいろう》とした冷たさを受け、純也は笑った。

――小日向は約束した。そのまま、北の爺さんに渡すと。その代わり、これからの北の一派を潰すと。

よくはわからない。だが、それだけでわかる単純なことはある。

「バーター、ですか」

――そういうことだ。関わる全員の落としどころ。微妙なところを、よくも捉えてきたものだが。

金田がここで今投降し、内山の殺害は金銭トラブルということを一貫して供述するなら、内山殺害の前日の依願退職で、退職金も年金も約束することにしたようだ。

これが、公安部長が直々に金田にした提案の内容だった。したというより、純也がさせたのだ。

公安部内、部長や直属の課長に、北の伸びしろがある一派を潰すメリットと、部下が殺人を犯したというデメリットを秤《はかり》に掛けさせる。

部としての功績、部内のたかが一兵卒の罪科。遠さ・近さでいけば、答えは自明というものだったろう。

勝呂刑事総務課長には長島が、内山という部下が裏で不正に関与していたことを不問にし、勝呂のキャリアに傷ひとつつけない代わりに、C４については一切を忘れるということを約束させたようだ。

さらに純也のバーターは、警察の中だけに留まらなかった。

いや、警察のバーターのために、海の向こうまで巻き込んだ。

「姜成沢もですか」

――そうだ。そっちすらもな、あいつの手の上では一枚の駒なのだ。

姜は組織の中の出る杭を潰してもらう代わりに、姜が持つ国内外の右翼思想的人脈やルートの情報、そのいくつかを、公三の剣持警部補へ譲る。

姜は快諾したという。

なるほど、純也の考えそうなことだ。

いやになるほど公安的だ。

観月には、正義が見えない。

「それをすべて見逃すと？　納得できません」

自然と首を振っていた。

「首席。それが監察のやることですか」

──監察のやることだ。いや、監察にしかできないことだよ。小田垣。

長島の声は落ち着いていた。

──監察の職務は、歪みを正すことだ。大局を見ろ。双眼鏡的視野になるな。

「……双眼鏡、ですか」

──そうだ。かの秋山真之《あきやまさねゆき》も、船上で双眼鏡は使わなかったそうだ。双眼鏡は、はっきり見える代わりに視野が狭い。肉眼で大局を知れば、それで十分だと、そう言っていたという。お前も管理官だ。そろそろ、その立場を知れ。お前の職務は、双眼鏡的視野の中にはない。

長島の言葉は、重かった。

──瑕疵《かし》を探すな。離れて、大きな歪みを見ろ。その歪みを、強い力で叩け。それが、監察官だ。

正論、だろう。

つまらないほど正論だ。

正論には歯向かえるわけもない。

しかし、納得は出来ない。

わかりましたと言って長島との通話を終えながら、公園内へ向ける足の原動力は、震える心、丸まらない義侠《ぎきょう》の心からくる、悔しさか。

遙かな街灯の下、ベンチに置かれたデイパックが見えた。

小日向がゆっくり動き、観月の視界を遮った。

「なにか、よくわかりませんが」

上司が遮られれば、部下として牧瀬は、たとえ相手が警視正でも前に出ようとする。

観月は牧瀬の腕を引いた。

純也は光の強い目で牧瀬を見た。

「牧瀬係長。ここは、君が抑えるべき場面だよ。たとえ上司でも、一緒に動いてはいけない。公安にいた君なら、わかるはずだ」

牧瀬は、奥歯を噛んだが、それ以上動かなかった。

純也は観月に視線を移した。

「あそこに、あのベンチに、行くなとは言わない。でも、小田垣。お前にはまだ早い」

「早いって、どういう意味ですか」

「お前はまだ、この世の暗闇を知らない。その闇の、深さを知らない」

冷え冷えとした笑顔だった。

なんとなく観月は思った。思えてしまった。

〈この人の正義には、まだ勝てない〉

溜息にまとめ、観月は頭を掻いた。

「苦いなあ。苦すぎる。お茶ならいいけど、苦すぎます。お茶請けが欲しいところですね」

「そう？　そういうものかい？」

純也が観月の前から動いた。

ベンチの上にはもう、デイパックはなかった。

純也は自分の車に向かいながら、

「ああ。そうか。お前は、甘い物が好きだったね」

なにかを思いついたように振り返った。

「お前だけが苦いのは、バランスに欠けるからね」

純也は観月に向け、指を鳴らした。

仕草と音に、呼び覚まされるものがあった。遠い日の苦さ、いや、甘さ。

「小田垣。警備局にいたなら、サーティ・サタンは知っているね」

「え。はい」

ビッグデータで見た。

世界を股に掛ける最重要警戒組織。

首魁《しゅかい》は、同最重要警戒人物、ダニエル・ガロア。

純也にまつわり付く、危険なムスクの香り。

すなわち、麝香。

「お前の生まれ育った場所。紀ノ川沿い、若宮神社の境内。いいところらしいね」

胸の鼓動が早くなる。

「お前の思い出の中にいる人物。磯部桃李。ハーメルンの笛吹きもどき、だったかな」

なんなのだ。

小日向純也は、ナニヲ言オウトシテイルノダロウ。

「その男の本当の名は、リー・ジェインと言う」

なぜ純也が彼を知っている。

いや、それよりなにより、リー・ジェインの名は知っている。

サーティ・サタンのメンバーだ。

目眩がした。

「あ、え、あっ」

全身が震えた。

純也がまた、指を鳴らした。

「いいね。また少し、お前を動かせたかな」

月の光に、純也が笑った。
純也に磯部が重なって見えた。
西に傾き始めた上弦の月。
その向こうに有本があり、和歌浦があり、関口の爺ちゃんたちは海を渡った。
磯部桃李、ハーメルンの笛吹きもどき。
リー・ジェインは、その遙か遠い、波頭の向こうにいる。

第二部　ドラッグ

《クソッ。どれだけの品物だったと思ってるんだ。あの若造のお陰で大損だ。どうしたものか。

キル・ワーカーがことごとく失敗した時点で、もう少し臆病になればよかった。クソッ、キル・ワーカーだぞ。世界を股に掛ける凄腕のヒットマン。そういう触れ込みだったはずだ。それを、ああ、それこそメンツの問題だと思ってしまった。

漕幇《ソウバン》を作った江湖《こうこ》の船乗り、その一番の誇り。優柔不断にして最後まで悩むこと。

それを私は忘れていた。

なんにしても、この私が密《ひそ》かに自分で動いたことは重要な意味を持つ。

あれは、タフなネゴだった。だからこそ成功したと言ってもいいのだが。

私はメンツを取り戻そうと、ここで少し焦ったかもしれない。台湾のシンジケートから、手付を受け取ってしまった。

　なにかしなければならない。このままでは倍返しの違約金を取られる。

　こんなことなら信用取引にするんじゃなかった。舐《な》めていた。甘っちょろい日本の風土にボケたか。

　シビアな向こうのシンジケートなら、笑って三倍と言ってきてもおかしくはない。

　当然、我らの資産をもってすれば払えない額ではないが、他に動かしている事業もある。当面の流動資産が根こそぎ持っていかれるのは痛い。

　いやいや、それよりなにより、このままでは私のメンツが失われる。金だけではない。金どころではない。

　私はなによりそれを恐れる。

　誰もが私を後ろ指差して笑うようになるだろう。後ろ指差すだけならまだいいが、本物のナイフで刺そうとする輩《やから》も出るかもしれない。

　日本に居場所がなくなるだけでなく、大陸での居場所すら失われるだろう。

　そんなことに私は耐えられない。

　なんとかしなければならない。

　なあ、お前たちも、少し考えたらどうだ。私は少なくとも、いくつかのコネクションに声を掛けた。聞いてみたぞ。

え、なんだって。最近少しずつ、普通なら見えないくらい少しずつ、また出回っているだって。

そうか。そうだ。ふふ。思い出した。まだ、ある場所にはあったじゃないか。

仕方がない。私のコネクションではそこには手を伸ばせない。到達しない。

〈トレーダー〉に発注するか。金が掛かるが、背に腹は代えられない。

それでかえって、信用取引だったことをこちらが逆手に取ってやる。量は確約しなかったはずだ。

私はタフなネゴシエーターだ。

それがいい。そうしよう。

幇会のメンツも私のメンツも、それでひと安心だ》

一

内山の事件はバーターの内容通り、単純な金銭トラブルの線で処理された。

それにしても警視庁の元警部と、現職の事件だ。放っておけば報道がエスカレートするのは目に見えていた。

殺人事件ということを強調する。

そんな通達が警察庁から出された。主導したのは官房の長島だった。

記者発表は捜査一課が担当し、粛々と行われた。

結果、世間に一過性の話題を提供しはしたが、それにしてもすぐに立ち消えた。

報道各社への発表も交渉もコントロールできたときにはそうなるという、実に典型的な一件になった。

ただし、表裏がある物事のどちらもスムーズに進捗《しんちょく》するなどということは、滅多に有り得ない。

それが神の配剤、バランスというものだ。

――なかなか、上手くいかないものだな。

事件の収束に手腕を発揮した長島も、裏の停滞には苦笑いするしかなかったようだ。

彼《か》の夜、警視庁に〈自首〉した金田の身柄は、監察官室の面々の手から、待機していた捜一に預けられた。

金田に対する取り調べは、すぐに始められた。

担当は捜一だが、外二も首を突っ込んだ。

金田には、姜成沢《カンソンテク》と北の組織が関わっていた。当然の流れと言えば当然だったが、皆川公安部長がずいぶん強引に押し込んだようだ。

軋轢《あつれき》は物事を澱《よど》ませる。

風通しは悪かった。監察などはシャットアウトだ。

「あら。あっちがその気なら、こっちもその気で行くから」

観月が供述の内容を知るのは、大まかなことを女子会の加賀美や増山が捜一から、詳細をJ分室の猿丸や公三の剣持から引っ張ってきたからだ。

合わせればおそらく捜一より外二より、観月以下、監察官室牧瀬班の方が内容は濃かったかもしれない。

内山の殺害に関する金田の動機から実行までは、潮風公園で本人が告げた内容ですべてと言えばすべてだった。

後は捜一の連中がウラ取りに動き、実証を積み上げれば終わる話だ。

姜成沢と北の組織に関しては、金田本人が知ることはあまり多くなかった。

——本当に、接触がどっちからだったかは今となってはわかりませんね。ただわかってるのは、私はそれより前、本当に足りない捜査費用を、なんとかして捻出したかったんです。

　本庁地下の保管庫から、ささやかにして、今となれば笑ってしまうほど些細《ささい》な、しかも証拠品ではなく、あくまで押収品の横流し。

　それが、金田にとってすべての始まりだったらしい。

　やがて、横流しの品が大物になってきた頃のこと、内山を取り込んだ頃のことだ。姜成沢に金を渡し、ロシア・東ヨーロッパの情報を買い始めた頃よりは少しあとだった。

　気が付けば、回っていたはずの金が足りなかった。

　売買の均衡が崩れていたのだ。需給のバランスが変われば金の桁《けた》が変わる。

　そんな当たり前のことに気が付かなかった。

　——もっと深い情報、確度の高い情報。ふっふっ。追い求めると、金はいくらあっても足りなかった。ネット通販で、ひと山いくらで売っているもんじゃなし。

　買い値はひと桁、モノによってはふた桁違った。

　にもかかわらず、横流し品は価値の高い物を選んでも、買い叩かれた。

　基本的に金田は警察官で、商売人ではなかった。

　そんなときだった。

――お困りではないですか。

声を掛けてきたのが、〈トレーダー〉だったという。ボイスチェンジャーによって、聞き取りづらかったことは覚えていた。

――どんなものでも当方で、それなりにご満足いただける額でお引き取りしましょう。その代わり、基本、当方からの注文を引き受けていただきます。いえいえ、難しいことでも物でもありません。もっとも、失敗は困りますが。――あなたなら大丈夫。ねえ、外一の金田さん。あなたなら応えられると思うからこそ、お誘いしているのです。――では、商談成立ということで。今お持ちの品物、すべてお引き取りしましょう。ふふっ。実は、今あなたが確保されている物の中に、当方にとっては喫緊《きつきん》に必要なものがいくつかあるのです。こちらも〈トレーダー〉ですが、はっはっ、あなたも、〈トレーダー〉ということなんですよ。

横流しの件も素性も知られている以上、金田に逆らう気は、端《はな》からなかったという。

捜一も公安も、〈トレーダー〉についてはあまり詳しくなかった。

金田からの聴取の後半は、この〈トレーダー〉のことに終始した。

金田はこの後、本当に〈トレーダー〉となったようだ。自分から進んで押収品に手を出すことはなくなったという。

それだけ〈トレーダー〉からの依頼があり、それだけで懐は潤沢だったようだ。

必要なことはいつも、郵便小包で自宅に届いたと金田は供述したらしい。

周到なことに毎回持ち込む局も違うようだが、試しに一度、受付局を調べたことがあったという。が、局の防犯カメラに怪しい痕跡はなく、郵便パックはランダムにポストに投函されたものらしかった。

中にはいつも決まって、ワープロの便箋が入っていた。

必ず月に一度届くのは、連絡先の、明らかに飛ばしとわかる携帯の番号が変わるからだ。

普通はこれだけだが、品物の依頼があるときは別に、期限と金額の記された紙が入ってくる。

逆に言えば、定期便でないときに届く小包は、確実に品物の依頼だった。

そして、依頼の際には必ず携帯の番号も変わった。今までに変わった携帯の番号は、すでに五十では利かなかった。

金田は常に依頼を、期限一杯まで引っ張ったことはないと断言した。

そうして、品物を入手したら電話を掛けるというが、受話器から声を聞いたことはないらしい。

常に答えるのは、無情な音声ガイダンスだった。

――いや。一度だけありましたね。

一度だけ、おそらく間違えて出た、おぅっという声を聞いたらしい。

ぞんざいな、明らかに年配の声だと金田は認識した。

すぐに切られ、リダイアルの後はいつもの留守電モードになったようだ。

それで少なくとも、〈トレーダー〉がひとりではないとわかったと金田は言った。

なぜなら、金品の受け渡しのとき指定場所に現れる男と電話の声は、明らかに年齢が違うからだった。

――受け渡しは、隙だらけですよ。でも追いはしませんでした。追って信用を失うことのリスク。失う額という意味ですが。私の公安的正義には、どうしてもそれだけの金銭が必要でした。

品物の受け渡しは、潮風公園のＣ４のように、ベンチなどを使って行われたらしい。置きっ放しの品物と金のやり取りだ。

雑に見えるが、これは日本的にしてこの上なく有効だ。

正体のわからない物に、日本人はあまり触りたがらない。

例えばデパートのフードコートでは、飲み残しのようなわずかな水の入った紙コップをひとつ置いただけで、昼食時でもそのテーブルに人は座らなかったという占有の実験結果がある。

逆に言えば、そんな場所でやり取りできるくらいの大きさや量の物しか扱いはなかったということでもある。

——ただ、的確でしたね。驚くくらい。どこの署の保管庫にあるどれそれって。行くと、本当にそこにあるんですよ。大きさや数も間違いなく。

わかっていることは以上で、他にはよくわからないと金田は言ったが、この保管物の把握の件は実に興味深かった。

最後に、

——そうだ。そちらで調べてみますか。いずれ、と思って秘匿《ひとく》してはみたものの、私にはもう、必要のない物です。

と、金田は吐息に混ぜ、本庁地下保管庫の一隅を示唆した。

言われた通りに、捜一は保管庫を調べたようだ。

金銭を収納できる小振りのバッグ類や、一万円札、現金封筒が見つかった。

そのひとつひとつがご丁寧にビニル袋に入れられ、証拠品類と同じ段ボール箱に入れられていた。

——保管庫から始まった私の正義は、保管庫で終わる。皮肉なものですかね。

なにかの証拠になるもの、あるいはつながるものらしく、段ボール箱はそのまま科捜研に送られたという。

いずれ、鑑定結果は出るだろう。

そうして一連の最後に、少しくらいは自分も動こうと、観月は捜一のフロアに自ら足を運んだ。

「ああ？」

金田の捜査の担当だという、固太りの角刈り男の前に立つ。

「監察の小田垣です」

男は、捜一第二強行犯捜査第一係長の真部利通《まなべとしみち》警部だった。

「こちらにも是非、最終的な結果を頂けると助かりますが」

しばらく胡散臭《うさんくさ》げな眼で睨みつけてきた真部は、やがてなぜかにんまりと笑った。

「そうかい。お嬢ちゃんが。――いや、あなたが。おっとっと。管理官が」

いくらでも進呈しましょうと、ここまではいいが、顔を近づけ手まで握ってきた。

「私ぁ、あの公総の分室が大嫌いでね。管理官は、あのハーフだかクウォータだかの天敵だってぇ話じゃないですか」

どこかでねじ曲がっている気がするが、この際気にしない。

頬を緩め、口角を上げ、目を半分以下に細める。

準備はこれでＯＫだ。

「鑑定結果、よろしく」

観月は久し振りに、とびっきりの笑顔、というやつを作ってみせた。

二

「なんかホワイト・デーが終わると、一気に気が抜けますすねえ」

なんの気が抜けるのかは定かでないが、馬場が大きく伸びをしながら言った。

監察官室の麗《うら》らかな午後だ。

案件がないわけではない、どころか山積だが、三時はお八つの時間だ。

心身はバイオリズムに即した緩急によって、最大の効率を発揮する。

産業組織心理学だ。

「マグレガー？　ハーツバーグ？　誰だったかしら」

観月も自席で、背に三月の陽射しを受けながら、しっかりと緩んでいた。

この日のお八つは、青野本店の赤坂もちだった。小風呂敷に包まれた黒糖入り胡桃《くるみ》もちは溶けるほど柔らかく甘く、贅沢《ぜいたく》だ。

「それでも管理官。金田警部の件は、いまのところ後味悪いっすね」

牧瀬が大きな身体を小さく丸めながら赤坂もちと格闘していた。

開いた小風呂敷の上に付属の黄な粉を敷き詰める。

傍《はた》から見ると実験のようだ。

「そうね」

純也によって強引に幕引きがされた一件は、監察官室の面々にとっては、バーターという名の拡散に等しかった。

飛び散った先は、もう見えない。

見えないが、なくなったわけでも終わったわけでもないことは確実だった。

散る、あるいは散らせるとは対症療法であり、虫垂炎の治療と一緒だ。

「まず、〈トレーダー〉よね」

霧の向こうの、姿なき商社。

金田の供述調書からも猿丸たちの話からも、一番正体が見えてこないのはこの〈トレーダー〉だった。

北の組織や、姜成沢以上に見えない。なにもない。

「それでも、やれることをやってくわよ」

観月は二個目の赤坂もちに手を出した。

ちなみに赤坂もちは、三個袋からなんと四段桐箱百個入りまである。いくら好きでもそんな贈答品まで手は出せない。この日は包みの、二十個入りだった。

それでも二十個あれば、十分だろう。藤田監察官や露口参事官、目で欲しがるほかの班の連中に分けても、たぶん五個は観月のものだ。

「どの辺から、やってきますかね。——おわぁっ」

森島が聞きながら赤坂もちをパックごと傾け、黄な粉まみれになって騒ぐ。

別に観月は気にしない。甘味にべたつきは茶飯事だ。

「そうね。まずは金田の周辺。一課でバディになってたのとか、親しい同僚とかいるわよね。その辺。あと、もう少しお猿さんとか剣持さんとか、突《つ》いてみるって手もあるわね」

観月は三個目の前に、緑茶を淹《い》れた。

コクに勝る八女茶《やめちゃ》だ。

相乗効果で黄な粉の芳《こう》ばしさも際立つ。

と、せかせかとした足取りで露口参事官が監察官室に入ってきた。

「あ、ちょうどいいわ」

観月は手を挙げ、露口を呼ぼうとしてやめた。

どうやら呼ばなくとも、露口の目的は観月のようだった。真っ直ぐ寄ってきた。

なんだろう。

お八つの時間だからか。

なにも言わず、観月は赤坂もちを差し出した。

藤田や露口に一個ずつは想定内だ。惜しくはない。

「お。悪いな」

普通に受け取り、露口は銀縁眼鏡を上げて目を凝らした。

「これは、どうやって食べるんだ？」

小風呂敷を解く。その上にもちを置く。黄な粉をまぶす。等々。

観月の説明を熱心に聞き、いざ実践の段になって露口はなにかを思い出した。

「いかん、いかん。そうじゃない。いや、そうだが、そうじゃない」

なにかの呪文のようだった。

少なくとも、ついでに甘い物を食べようとする気満々で来たことだけは間違いなさそうだ。

露口は赤坂もちの小風呂敷を解きながら、中央合同庁舎第二号館の方に顎《あご》をしゃくった。

「また、あっちでお呼びだぞ」

「え。――うわ。参事官のとこに行っちゃいました？」

またと言われれば、心当たりは大いにあった。長官官房の長島だ。

観月はどうにも潮風公園での幕引きが癪《しゃく》に障《さわ》った。納得できなかった。

だから、前日から直《じか》に連絡はあったが、放置していた。

やっぱりなと、露口はもちに黄な粉をまぶしながら溜息をつき、粉が盛大に散って馬場が騒いだ。

「お、馬場。悪いな。――いや、違う。おい小田垣。お前、居留守はやめろ、居留守は。仮にも相手は警視監だぞ」

話が強引に軌道修正された。

さすがに警務部ナンバー2、上手いものだ。

赤坂もちを口にし、これはなかなかと露口は目を細めた。

「でしょう」

「なにが、でしょうだ。ほれ、すぐに行け」

「え、でもまだ二個しか――」

「二個食えば十分だろうが。行け。行ってこい」

急き立てられ、渋々と席を立つ。

奥に、自席に戻る藤田監察官の姿が見えた。ああ、お八つの時間ですかと声がした。

「お、藤田。美味いぞ。お前もどうだ」

露口が誘った。

それは想定内だが、露口は手に、二個目の赤坂もちを持っていた。

色々危険だが、仕方がない。これ以上ぐずぐずしていると、露口が本気になって怒るかもしれない。

怖くはないが、本気になると途轍《とてつ》もなく長くなる。

後ろ髪引かれつつ、観月は監察官室をあとにした。


観月はそのまま、合同庁舎の二十階に上がった。

旧態依然としたデスクの並びは相変わらずだが、半年も見ないと顔ぶれはガラリと変わる。

出向、異動。

警察庁は、そんなところだ。

首席監察官室の扉の前に観月は立った。

いちおう、身だしなみを確認する。黒のパンツスーツにソリッドカラーのスリム・タイ。今日の色はマット・グリーンだ。

しっかり全身を眺め、前身頃をはたく。

いけない、いけない。黄な粉がついていた。

ノックを二度する。

「警視庁の小田垣です」

「入れ」

「失礼します」

西陽を眺めるようにして、長島が窓辺に佇《たたず》んでいた。

観月を一瞥《いちべつ》し、執務デスクに動く。

観月も合わせるように動き、デスクを挟んで正面に立った。

「お呼びだとか」

長島が座るのを待って、そう切り出す。

わかってはいるが、他に言いようはなかった。

「そう。お呼びだな。たしか昨日から」

いくぶんの皮肉は聞こえたが、それだけだった。いつものごとく、鋼の声には揺るぎもない。

「そうでしたか。それは失礼いたしました」

下げる頭の近くで気配が揺れた気がした。笑ったと判断して頭を戻す。

真顔の長島が冷ややかな視線を注いできたが、それ以上のクレームはなかった。逆に弁解も懐柔もなく、説明すらない。

金田の件はすでに、終わったということなのだろう。

それならそれで、対処する。

大人になったものだ。いやな大人に——。

観月は内心で嘆息した。

「お前を呼んだのはな」

なにごともなかったかのように、いやな大人の代表格は、執務デスクの右袖の引き出しに手を掛けていた。

「これだ」

長島がデスクの上に置いたのは、長さ三十センチほどの、ビニルに包まれた薄いプレートだった。

五ミリほどの黒アクリルに、真鍮《しんちゅう》メッキの三ミリのプレートが重ねられていた。室名札のようだ。

〈警視庁警務部　監察官室分室〉

腐食《エッチング》の二段書き文字は、そう読めた。

「ははあ。なぁるほど」

観月は顔を長島に向けた。

「相変わらず、理解だけは早いな。助かる」

長島は頷いた。

「それ、褒めてますか。ひと言多い気もしますが」

「少ないよりはいいだろう。必要なことも聞けないと思っての着信拒否ではなかったかな」

さすがに、いやな大人はなかなか読む。

観月は答えず、作った笑顔で先を促した。

「お前の理解通りだ。そもそも監察官室の一班専従はな、このためでもあるのだ」

「〈ブルー・ボックス〉の乗っ取り、ですか」

聞こえが悪い、と長島は、今度こそはっきりと笑った。

「証拠品や押収品は、ある者たちの剝《む》き出しの欲望だ。触れる人間を腐らせる。壊す。金田や内山がいい例だ」

わかる。観月は頷いた。

「今までの倉庫は、狭さがかえって人の目という結界を作っていたかもしれない。多少の綻《ほころ》びはあったとしてもな」

「結界、ですか」

「そう。感知や検知などという科学の話ではない。自浄をもって浄化を促す、人としての線引きだ。だが、〈ブルー・ボックス〉にはそれがない」

「ああ」

思い浮かべてみる。

真四角三階建てのRC構造で、一辺の長さが約百五十メートル。

たしかに、人としての線引き、道徳の結界を巡らすにはデカすぎるか。

だから、と長島は椅子を軋《きし》ませた。

「〈ブルー・ボックス〉には、監察も今の内にしっかりとした根を張っておく必要がある。――わかるな」

「納得です。少し腑《ふ》に落ちないというか、なんかあると思ってましたから」

そう。潮風公園のバーター。

ひとりだけ、天秤が釣り合わないような気がしていた。

「なにがだ」

「勝呂、刑事総務課長」

「――ほう」

長島は興味深そうに目を細めた。

「C4のことを黙ってるだけで、キャリアからなにからすべてが丸く収まるなんて。失礼ですが、首席が人に、そんな楽をさせるとは思えません」

いやな大人の代表格だからとは、口から出掛かったが飲み込む。それくらいには、観月もいやな大人だ。

「正解だ。だが、大正解ではない」

言いながら、長島は執務デスクの左袖の引き出しに手を掛けた。

「楽はさせないが、働いた人間はキチンと労《ねぎら》う。上司の務めだ」

なにやらの紙袋をデスクに置く。

「まっ！」

観月は思わず、乙女な声を上げた。

「これって」

「取り寄せた。まあ、正確には、予約も引き取りも部下に頼んだが」

浅葱《あさぎ》色の箱に、かずやの文字が躍る。

銀座かずやの〈煉《ねり》 抹茶〉だ。予約無しでは手に入らず、店頭受け渡しのみという逸品だ。

その六個入りが、しかも二箱。

持っていけと、長島は紙袋を観月の方に押した。

「ひと箱は労い。ひと箱はお返しだ」

「え。お返し、ですか」

「ああ。どら焼きのな」

「どら焼き？　あ」

バレンタイン・デーにそんなことがあった。すっかり忘れていた。

「少し、表情を動かせたかな」

意表を突かれた感じだ。

（これだから、大人は。でも、まあ）

いやな大人も、ときには悪くないと観月は思った。

三

翌日、観月と牧瀬班は全員で、森島と馬場がそれぞれに運転するワンボックス・カー二台に分乗して〈ブルー・ボックス〉へ向かった。

「よぉし。着いた着いた」

先頭の車から降りた観月は、背を反らせて大きく伸びをした。

時刻は、午後三時を回った頃だった。

「なんか、前よりさらに酷《ひど》くなってない？　ここの渋滞」

呟くが、誰も答えない。

近くで時田は首を回し、牧瀬はゲート脇の守衛詰所に向かっていた。

「お、久し振りだね」

詰所のガラス窓から顔を出した、守衛の仲代の声が聞こえた。

本庁舎からここまで、四時間かかった。

舐めたわけではない。

初めて〈ブルー・ボックス〉を、同じワンボックス・カーで訪れたときにも渋滞にハマった。そのことは身に染みていた。

だから今回も、午前中には出た。前回よりも早く、とは思っていた。

結局同じくらいの出発になったのは、本式に〈ブルー・ボックス〉に根を張るための、あれこれとした機材・備品の積み込みに手間取ったからだ。

〈ブルー・ボックス〉の二階に宛《あて》がわれた①の部屋には、今のところタブレットＰＣ二台とプリンタ一台があるだけだ。常駐するにはまるで設備が足りなかった。

それでも、前回渋滞にハマったときからは、もう一カ月が過ぎている。同じ出発なら、少しは早く着くかもと、ここに甘さはたしかにあったかもしれない。搬入量は減っているという思い込みがあった。

いつもは電車と徒歩だったから大して気にしなかったが、車でハマってみるとわかる。

それが先ほどの、観月の感想だった。

〈ブルー・ボックス〉渋滞は、一カ月前より少し増えているようだった。

「はははあ。相変わらず、凄いっすね」

時田が辺りを見渡しながら言った。

たしかに相変わらず、怒声も罵声も、クラクションも賑やかだった。

「管理官。行きますよ」

記入を済ませた牧瀬が声を掛けた。

その間に、車止めの自動ボラードが音を発しつつ下がった。

二台のワンボックス・カーはそのまま場内に乗り入れ、エントランス前に並んで横付けされた。

観月たちは車のあとから、徒歩でエントランスに向かった。

立ち番をしていた葛西署の制服警官がふたり、同時に敬礼で迎えた。

ローテーションはあるだろうが、もうたいがいの警官と顔馴染みになっていた。

「じゃ、まずは挨拶に行きましょう。今日からはまた、私たちも立場が違うからね」

「了解です」

カード・キーは全員が持っている。

いつも通り先頭は牧瀬だった。

エントランスから入って中二階のキャットウォークに出る。

なるほど、クレーンの稼働音やフォークリフトの走行音が耳に痛いほどだった。大盛況だ。

見渡す限り、ダダっ広い一階の四分の一は埋まっているようにも見えた。

「全東京分だってことはわかるけど、どれだけの証拠品や押収品があるのよ」

――証拠品や押収品は、ある者たちの剝き出しの欲望だ。触れる人間を腐らせる。壊す。

長島の言葉が耳に蘇《よみがえ》る。うすら寒い感じすらした。

牧瀬のノックと解錠で、全員が総合管理室に入った。

まず、ヘッドセットで立ったままの高橋が目に入った。

「おっと。またぞろぞろと。どんなマジックを使ったんだか、ゴリゴリに押したんだか知らねぇが、課長から聞いてるよ。二階の部屋に常駐するんだって？」

腕組みで高橋が、監察官室の面々を牧瀬から順に冷ややかに眺めた。

――当面は刑事総務と二元管理。そういう軟着陸で話を付けたが、いずれは小田垣、任せる。〈ブルー・ボックス〉を監察の、いや、お前の手の内に入れてこい。

前の日、呼び出しの最後に長島はそうハッキリと言った。

同じ内容を勝呂刑事総務課長がどう通達したのかは知らない。が、高橋にしてみればどんな言い方であれ、パワー・バランスの横車にしか聞こえなかったろう。

高橋の気持ちはわからないでもない。わからないでもないが、忖度《そんたく》していては作業が進まないし、拘泥《こうでい》すれば感情論になる。

だから、聞き流す。

「ねえ、高橋係長。一階はどのくらい埋まったのかしら」

いやな大人の、手練手管《てれんてくだ》だ。

「そうですね。今で四分の一。正確には二十八パーセントってとこですか」

「二階と三階は？」

「二階と三階？　おい」

高橋はモニタ前の小暮に振った。

「二階で四十五パーセント。三階は四十七パーセントです」

なにも見ずに小暮は言った。

「ぐわっ！　俺と係長でチェックしてから、もう七パーセントも増えてんじゃないっすか」

馬場が騒いだ。

「でも予定では今日中に両方とも、一パーセントずつ増えますけど」

「げっ。四十六と四十八！　それ、またチェックっすか」

悲鳴に近かった。

「馬場。うるせえ」

牧瀬が止めた。

「ふん。呑気《のんき》なもんだ」

高橋が鼻で笑った。

なかなか、今日は敵対心が持続する。疲れもあるのだろう。

「あんたらが顔を見せなかったこの十日でよ、また一気に増えたんだ。今日だってよ、ここまでの道中で見てきただろ。こっちは毎日が、そりゃあ戦争だぜ」

モニタに目をやり、高橋はヘッドセットに小声でなにかを告げた。

「ま、キング・ガードの連中もよ、怒鳴らなくても適当に動くようになったなぁ、少しは助かるが。逆に、かえってちゃんと見てねえと、雑にもなってるがな」

高橋はもう一度、直接管理室の窓から階下を覗き、ヘッドセットで指示を出した。

「小田垣管理官。てぇことで、話は聞いてますんで、ご勝手にどうぞ」

階下に目をやったまま高橋は言った。手で下の人間に右の方を指し示す。

ただし、と強調するように高橋は続けた。

「ここにあるものは、一切貸し出しはなしです。刑事部の備品ですから。そこまでは関知しません。課長にも――」

高橋は一瞬だけ言い淀《よど》んだ。

課長からはハッキリ言われているのだろうが、警部でしかない高橋が、警視に向かって吐ける言い回しではないのだろう。

「まあ、いるようでいないものとして扱わせてもらいますから、特に挨拶とか、面倒はなしでいきましょう」

放っておけ。一切無視。手出し無用。余計なことに関わるな。

刑事総務課長には、そんな辺りのことを言われているに違いない。

「ああ。結構ですよ。そのつもりで用意してきましたから。その代わり」

観月はいったん区切った。

「えっ」

高橋の顔が上がった。室内を向く。

「その代わり？　なんですかね」

それでいい。

聞いてない、知らなかったでは困るのだ。

「今のひと部屋ではどう考えても手狭ですよね。隣の②も、いただきましょうか」

「！　そいつぁ」

高橋の目の色がわずかに変わった。

怒り、と観月は読んだ。刑事部らしい、据わったいい目だ。けれど、監察には通じない。

所詮、どこへ行っても監察はよそ者だ。

刑事部らしい目、公安部らしい目、地域部らしい目、交通部らしい目。

排他的なそんな目で見られるのは慣れている。

高橋の燃えるような目を、観月は泰然と見返した。

暫時《ざんじ》の睨み合い。

負けるのは、感情や表情に波が立つ方と相場は決まっている。

腰に手を当て、わざとらしい深い溜息を高橋はついた。

「お好きにどうぞ。なんなら、もうひと部屋でもふた部屋でも。いっそのこと、〈ブルー・ボックス〉全部持っていきますか」

あちゃあ、と言ったのは、身内ながら馬場だ。

黙っとけと牧瀬に蹴られ、痛い、体罰はブラックだと騒ぐが、こういうときの駆け引きの流れは見えているようだ。

熱くなった人間の言葉は軽い。

「あら。そう？　じゃあお言葉に甘えて、でも、全部は申し訳ないから、三階にもふた部屋いただきますね。仮眠室も欲しいし」

「え。あ、い、いや」

おたつく高橋の背後で、急に小暮が立ち上がった。

「ああ。また勝手に。あれ、渋谷署の下田《しもだ》さんかな。まったく、持ってくるときはいっつもいっつも」

ブツブツ言いながら総合管理室を出て階下へ向かう。

いい切っ掛けだった。

「じゃ、私たちも作業を始めましょうか」

おうっすと揃《そろ》った声で動き出せば、高橋はそれ以上なにも言えなかったに違いない。

牧瀬班は全員、車に戻って搬入に取り掛かった。

一階から、真っ直ぐな階段を手運びで二階へ。

さすがに今日の今は、場内のリフトを使おうとは思わなかった。

本来の搬入で手一杯のところに割って入って使えば、中二階から高橋が飛んできて文句を言うのは目に見えていた。

大型モニタ、デスクトップPC、レーザープリンタ、スキャナなどを複数セット、あとは時計と茶器の一式に、冷蔵庫と電子レンジ。

冷蔵庫は当然として、甘味には温めた方が美味しい物もある。牧瀬は後でもと言ったが、レンジは譲れなかった。

大物はそれくらいだったが、搬入も十往復を超えるとなかなか進まなくなった。その後のセットアップや調整も考えると、時間的にはかなり掛かりそうだった。

「今日は遅くなりそうだけど、ちょっと頑張ってね。稼働は一日でも早い方がいいから。あ、あと、話の流れだけど、三階も使えるようになっちゃったから、そっちにも手を掛けられるといいわね」

おおっすと頼もしい返事が三方から返った。

馬場だけが、

「今日はっていうか、今日も、ですよね。やっぱり警察って、ブラックだなあ」

と呟き、A1プリンタを森島とふたりで運び込む牧瀬に蹴られ、あ、体罰体罰、ブラック・ツーなどと喚《わめ》いた。

「あなたたち、いつも楽しそうよね」

呟いて眺めながら、観月は時計を見た。

六時が近かった。

もう、そんな時間か。

「ああ。そうか。管理官。今日は、例の集まりでしたよね」

手を叩きながら牧瀬が言った。

一連の動作で見て取ったようだ。

相変わらず牧瀬は優秀だ。一班を率いるリーダーに相応《ふさわ》しい。

「あら。よく覚えてたわね」

「色々、強烈っすから」

「そう?　あ、そうだ」

茶道具の一式を入れた段ボール箱から、保冷剤を添えた紙袋を出す。

「これ昨日、長官官房でもらった、かずやの煉よ」

六個入りのひと箱、だけだ。

もうひと箱は、気が付いたらなくなっていた。

「これでも食べて、がんばってね」

「なんか、長官官房って付けられただけで、場違いに高級な気がしますね」

時田が笑って言った。

「うわあ。主任。それもブラック病ですよ。いや、露骨なピラミッドの官僚信奉病っすかね。味なんか、全然変わんないっすから」

「おらっ。いちいち、やかましいんだ。手を動かせ、手を」

馬場はまた、今度はモニタを抱えた牧瀬に蹴られた。

賑やかにして、和気は適度に、藹々《あいあい》だろう。

「じゃ、よろしくね」

うわ、また蹴られた、ブラック・スリーと馬場が騒ぐのを背に、観月は〈ブルー・ボックス〉を後にした。

四

牧瀬たちはその後、〈ブルー・ボックス〉での作業に没頭した。順調ではあった。

「おおい。牧瀬。〇・二五のCVケーブル、四メートルくらいで切ってくれや」

時田が壁際の床上から手を挙げた。

「了解。馬場、そっちから手ぇ入るか」

机の下にいる馬場に声を掛ける。

「無理です。入ってもアールがきつすぎます。一回プルボックスで受けないと、ストレスが掛かりますね」

「じゃあ、それも持ってくる物リストにチェックだ。森島さん」

「書いたよ」

四人の連携は、いつのどんな作業でも悪くない。

「じゃあ、係長。そろそろ、ひと休みするかい。冷蔵庫で長官官房の和菓子が、いい感じに冷えてんじゃねえかい」

と、時田が立ち上がって腰を伸ばしたのは、八時を回った頃だった。

「そうっすね。馬場」

「珈琲、入れてまぁす」

本当に連携は、悪くない。

〈煉　抹茶〉を四つ並べる。

四人で手に取る。

「うお。甘い」

「冷てえ」

「あ、美味い美味い」

「柔らけぇな」

感想はそれぞれだが、堪能はする。

基本、甘い物がまったく駄目な者はいない。

まして、疲れているときは身体が欲する。

「係長。管理官の今日の集まりって、なんすか?」

珈琲を飲みながら馬場が聞く。

「またあの、警察庁キャリア女子の会っすか」

「今日はそっちじゃねえよ」

「え、他にもあんすか?」

「あるぞ。今日のはな、管理官の大学の倶楽部の集まりらしい」

「倶楽部って。ああ、テニス。赤坂の加賀美署長と一緒だったたっていう」

「いや、そうじゃねえ。まあ、それも入ってたってことだがな」

「あれ? 他にうちの管理官、なんか入ってましたっけ」

馬場は時田と森島にも疑問を投げた。

「さて」

森島は珈琲に口を付け、

「はてな」

時田は二個目の〈煉〉に手を出した。

ふたりとも知らない、ということを牧瀬は知る。

牧瀬にしてからが、知るようになったのはたまたまだ。

通常監察で追っていた刑事が行きつけにしている店があった。今日の集まりのひとりが経営に関わる店だった。

それがきっかけだ。

「別に倶楽部っても、サークルじゃねえよ。うちの管理官が大学時代に仕切ってたってえ、Ｊファン倶楽部っていう集まりのな。そっちだ」

「ははあ。Ｊファン倶楽部ね。――なんです、それ。アイドルっすか」

もっともな反応だ。

「知らねえよな。ま、あんまり大っぴらにするもんでもねえけどな。一部じゃ結構有名らしいが」

「勿体《もったい》つけますね」

馬場がまた珈琲をすすった。

「勿体って言うかよ。あんまり口にするもんじゃねえからな」

森島も二個目の〈煉〉を食っていた。六個入りということは、それで終わりだ。

「Jってな、こないだの潮風公園のよ、あの警視正のことだよ」

「へえ」

馬場は一瞬流したが、森島が咽《む》せた。

「Jってな、そのJかい！」

遅れて馬場も気づいたようだ。

ぶぇっ、と妙な声を上げた。

「それ、あの。え。あの、見るな聞くな触るなの」

「お前、全員を知らなきゃいけねえヒトイチの監察だろ。それ、管理官の前で言うとぶっ飛ばされるぞ」

「おっとっと」

口にチャックの仕草。

わからないでもないが、まず監察に必要なのは平等意識だと、観月は言う。

「けどよ。意外、かね。うちの管理官に、そんな乙女チックなとこがあるなんてよ」

「モリさん。気をつけないと。それ言ってもぶっ飛ばされんじゃないですかね」

「おっとっと」

森島も口にチャックの仕草だ。

「けどまあ、そうですよね。本人に直接、付き合ってくださいとまで言ったらしいっすけど」

「うへぇ。人は見掛けに寄らないっていうか、見掛けはずいぶん可愛らしいんですけどねぇ」

言って馬場が立った。珈琲のお代わりのようだ。

「でも、ていうことは、東大女子、ＯＧ会ってことですか」

「ＯＧ会ってほどじゃねえんじゃねえか？　その、警視正が在学中にしかなかった会だからな。うちの管理官を含めても、今残ってるのは四、五人。そんな会だな」

「なんだ。そんな数ですか」

「この間の女性キャリアの会も四人だしな。だいたい月に一度の割合ってのも一緒だ。――お。そういや、全員独身ってとこも一緒だな。ってえか、独身だから残ってる会ってわけだが」

「うわあ。でもなんか、この前聞いた警察庁の女子会より、格段にそそられますね。職場は別々なんでしょ」

「まあ、そういうことだな」

「係長。それこそポイント高いですよ。いいじゃないですか」

前回同様、馬場はあからさまに喜んだ。これも、若いからだろう。

ただ、

「いや、これがな。水を差すようで悪《わり》ぃんだが」

言っておかなければならないことは、言わなければならない。

理想と現実は、何度でも乖離《かいり》する。

「そんなにいいもんじゃねえんだな」

「あれ。牧瀬係長、行ったことあるんすか」

「ああ。何度かな。流れだ」

「羨ましいっす。――って。あれ、なんかこの前も聞いたような」

「そうだな。言ったな。で、同じことを繰り返すぜ」

牧瀬は頷いた。

「次があったら、代わってやるよ」

「……凄いんすか」

「あれぁ、魔物、いや、魔女の寄合《よりあい》だ」

馬場は唾を飲み込んだ。

「係長。聞けば聞くほど、なんか管理官の大学や職場の知り合いって、そんなんばっかりですね」

「そうだな。だが、間違えるなよ。東大の才女や、警察庁キャリアの女子がみんな妖怪や魔女ってわけじゃあねえや。これはな、類は友を呼ぶっていうあれの極み、典型ってことだな」

「ああ。なるほど」

馬場が手を打った。

「係長の友達がみんな柔道馬鹿っていう、あれと一緒ですね」

時田が違いないと腕を組み、森島がそうだそうだと頷く。

牧瀬にはピンとこないが、とにかくみんなが納得出来たならそれでいい。

「さぁて、休憩は終わりだ」

牧瀬は腕捲《うでまく》りして肩を回した。

「今日中に終わらす。てぇか、いつも通り終わるまでが今日――」

うおっすと揃った、頼もしい声が返る。

「――なんだが、順調なんで三階の分もやる。一回本庁に取りに帰って、それからまたやる。夜は長《なげ》えってえか、今日は長えぞ」

さすがにこれには、誰も返事を返さなかった。

五

この夜の魔女の寄合は、日暮里《にっぽり》だった。

日暮里はJRと京成が昔から交差するターミナルだが、近年は日暮里・舎人《とねり》ライナーも加わり、再開発で大いに賑わっていた。

台東区という土地柄もあり、日暮里は新旧混在にして、古いが新しい街と言える。

JRの駅を桜木の方に出れば下りの階段になり、その先に長々と続くのがその古くて新しい街の代表格、有名な谷中《やなか》銀座商店街だった。

観月はこの谷中銀座商店街の、〈割烹《かっぽう》 吉羽《よしば》〉の二階座敷にいた。

吉羽は商店街の一番駅側、階段を下りてすぐにある、創業百年の老舗割烹店だ。

――ファウックシュン！ でぁっ。

吉羽の、まさに観月がいる二階座敷から、豪快なくしゃみが外にまで響いた。

「ちょっと楓《かえで》。うるさ過ぎ」

「ていうか、先輩。口押さえてくださいよ。色んな物が飛び散りましたけど」

「いやだぁ。え、グジ鍋、私のお椀《わん》に――うわ！ 今沈んだの、なにっ！」

「あれ。楓先輩って、花粉症でしたっけ」

「わははは。悪い悪い。今年からいきなりね。だから、薬が間に合わなくて」

このくしゃみも笑いも豪快な、楓と呼ばれた女性が会の主催者にして最年長者、大島《おおしま》楓だった。

ただ、最年長者と言ってもJファン倶楽部は、小日向純也在学中にだけ存在した倶楽部だ。大島楓は純也が一年次の三年生、つまり今年で三十七歳になる、厚生労働省のキャリアだった。

次に今、楓にタメ口で文句を言ったのが、生まれ月の関係で次席に控える宝生聡子《ほうしょうさとこ》だ。両親は銀座や六本木などの繁華街に、ビルを二十棟ほども持つというビル会社のオーナー社長と筆頭株主で、聡子は兄と二人、専務・常務として社業をサポートしている。

牧瀬が観月を介して最初に知ったのは、この聡子だった。捜査上の呑み代をチャラにする代わりに、何度か牧瀬を連れ歩いた。過度の筋肉フェチで、牧瀬はお眼鏡に適った格好だった。

聡子は兄と二人で、社業のテナント貸しの傍ら、空きフロアで積極的に店舗を展開していた。特に最近は水商売関係では、宝生兄妹を知らなければモグリだとも言われるそうだ。

そして、楓のくしゃみで飛び散る〈色んな物〉を確認した女性は、観月と同じ歳で早川真紀《はやかわまき》と言う。聡子と同じような環境で、父が経営する会社の統括にいる。いるというか、統括を統括するという、バリバリのキャリア・ウーマンだ。

「うわ。ほら、お椀。人参？　え、胡麻《ごま》？　なにかわかんない。沈んでます ぅ！」

自分のお椀に沈んだ物にまだ騒ぐのが、杉下穂乃果《すぎしたほのか》という女だ。業界大手の大日新聞政治社会部に在籍し、強引にして豪腕の遣り手だと評判らしい。

さらに、楓に花粉症を聞いたのが斜向《はすむ》かいに座る観月であり、これが今夜の総勢五人だった。

観月のもうひとつのスジ、東大女子だけのクインテット《Quintette》だ。

この集まりは穂乃果の歳が限界で、今年三十二歳までが、東大生だった頃の生の純也をギリギリで知る。

観月が卒業した十年前頃は、二十人以上いた。それが、結婚を機に、妊娠を機に、出産を機に、ずいぶん減った。残るのは五人だ。逆に、後十年も粘っていれば、子育てを終えたメンバーが戻ってくるだろうとは、ベロベロになった後の、泣き上戸直前の楓の口癖になっていた。

「で、ここが今度のお相手だって？」

引っ詰め髪の楓が、手のひらで口元をぬぐいながら言った。

「お相手言うな。お見合いしただけ」

聡子はそう言って銚子《ちょうし》を取り上げた。

澄まし顔で様子も変わらないが、一時間ですでに、一升近くは呑んでいた。

「えー。でもその割りに」

穂乃果が脇から覗き込むようにした。手には焼酎のロックグラスで、こちらももうすぐ一升を超える。

「ひとりだけおめかしですね。スカートなんか穿《は》いちゃって」

たしかに、聡子以外全員がパンツスーツだ。色も渋い。

「いつも言ってるでしょ。あんたたちがおかしいって」

「でもなあ。仕事柄、この方が楽だし」

真紀が掘り炬燵《ごたつ》の座敷に片足を上げ、膝を叩いた。

「Jのマジックって言うか。あんな綺麗な男、ほかに滅多にいないから、普段は全然、気合い入らないしなあ」

「ほい。そこ」

楓は立て膝の真紀に指を突きつけた。

「いつまでも夢を追わない。現実を見ろ。ついでに、馬鹿食いするな」

「でも、ここ美味しいですよ。なぁんか穴場ぁ」

真紀は、うひっと笑った。

「でしょ」

聡子がなぜか得意げに身を乗り出す。乗り出しながら、

「でも真紀。回転寿司じゃないんだから、お皿積み上げるのはやめて。格好悪いでしょ」

とたしなめた。

「えぇっ。呑めない人間に、食べるなっていうのは殺生でしょうに」

「限度があるでしょ。ああ、楓も」

聡子は溜息をついた。

「笑いながら爪楊枝使わないで。みっともない」

注意されて楓は冷ややかに目を細めた。

「お前。今回のお見合い、やっぱり気に入ってるんだな」

「やめてよ。なんでそうなるの。——まあ、ちょっとはね。釣書《つりがき》がさ」

「ほれ。やっぱり」

「土地がね」

「——あ?」

「母と二人で、ここの土地は狙い目よねって」

全員が黙る。天井を見る。

「はいはい。勝手に死ぬまで独身やってろ」

楓がふたたび爪楊枝を使った。

「で、ほい。そこも」

「ふぁい」

次に楓が指を突きつけたのは、観月だ。

「勝手に甘い物頼んで、酒で食わない」

「でも、ここのは美味しいですよ。よく合うし」

「合おうが合うまいが、いつもそうして一緒くたに食って呑んでるだろ」

昔から楓は、場を仕切る。東大在学当時、Ｊファン倶楽部も当然仕切っていた。伝説のようになっているが、観月が二年次にすべてを仕切ったと言われるのは、この楓に気に入られたからに他ならない。

――やるねぇ。いや、それどころじゃないね。あんたには、どう逆立ちしたって敵《かな》いっこないや。だから任せる。あんた、やりな。

楓は仕切り屋で切れ者で、情に厚い親分肌だ。赤坂署の加賀美と、タイプは違うがかぶるところも多い。

「ねえ、観月。これ貰うよ」

言う前から観月のわらび餅を指でつまみ上げる真紀の立ち位置は、生安総務課長の増山秀美と同じか。

リーダーにズケズケと物を言うしっかり屋で、リーダー以上に生活力にあふれる。

なら聡子さんと穂乃果は誰だろうと、そんなことを考えながらわらび餅を口に運び、黒糖焼酎のロックを呑む。

「ああ。観月先輩のは、見てる分には美味しそうなんですけどねぇ」

穂乃果が隣で感嘆を漏らした。

「ん？　じゃ、穂乃果もやれば」

「無理です。絶対喉を通りません」

遠慮会釈がないのは、役どころとしては愛知県警本部の山本玲愛か。

「なら、なんなんだ。今の感想は」

「いえ。この間ね。Ｊパパの後援パーティーに潜り込んだんですよ」

Ｊパパ。

暗号でもなんでもない。

他では誰もそう呼ばないだろうが、少なくともこの席は、元東大Ｊファン倶楽部の生き残りの会だ。

「ああ、小日向総理の」

そうして穂乃果は、政治社会部の敏腕記者だ。

「そう。Ｊパパのです。そうしたら、先輩と同じような食べ方する社長がいたんですよ。

でもそっちは、見てるだけで気持ち悪くなっちゃって」

「そうなんだ？　でもさ、食べ方だけで――」

「なんにでもカレー、掛けるんです」

と、穂乃果は続けた。

マグロの刺身、かき揚げ、茶碗蒸し、アップルパイ。

「あ、そういう食べ方」

どうやら、食べ方違いのようだ。

いや、違ってはいない。

穂乃果の中で、観月とその社長は、ゲテ物食いの同類だ。

その社長って、と聞こうとすると、隣の真紀の体温が上がった感じがした。

「ねえ。穂乃果。そのカレー親父ってさ。もしかして、キング・ガードの社長だろ」

「そうです、そう。なんで――ああ。先輩のとこ、同業さんでしたね」

「ふん。同業どころかさ」

ライバルだった。

キング・ガードと真紀の父が経営するアップタウン警備保障は、毎年業績でしのぎを削る、セキュリティ業界のツー・トップだ。前年はたしか、キング・ガードが初めて二年連続で首位をキープした気がする。

「ああ。統括だもんね」

それで燃え滾《たぎ》っているのだろうと思って観月は言った。

真紀は、そんなんじゃないと首を振った。

「あの天下りの豆狸《まめだぬき》野郎。業界団体の新年会でさ。このあたしのお尻触りやがった。店に行きゃ高いが、こんなとこにただのがあるってさ。二年連続首位だからって調子に乗っちゃって。上等だわ」

真紀はわらび餅を握り締めた。

汚い。

「安くないよ。安くないってこと、いずれ教え込んでやるわ。骨の髄まで」

目がヤバいほどに、マジだった。他に言いようがない。そんな目だ。

さすがに、生安の増山秀美と同じ立ち位置の女だ。

地検の坊ちゃん検事をグーで殴り、泣かせる女に限りなく近い。

「去年だって、ギリギリのとこだったんだ。天下りの強み見せてくれちゃってさ。あれだよ、観月」

「ふぇ?」

「あんたんとこの〈ブルー・ボックス〉だっけ。運用が始まるってんで、入札があったんだけどさ。出すだけ入札ってやつで。その分で負けたって感じかな。警察、いい金出すからなあ」

　手のひら全体についたわらび餅を、立膝のまま真紀は舐めた。

　色っぽくはない。

　どちらかと言えば、男前だ。

「ああ。たしかに大勢でさ、二十四時間態勢で入ってるよね。裏のプレハブまで事務所に改造しちゃって。あの人数、本当に必要なのかな。最近は慣れ切っちゃってるみたいだし。私はいつも、ちょっと邪魔だと思ってるんだけどね。まあ、それだけやっても、儲《もう》かるってことなんだろうね」

　途端、真紀の目がもの凄く光った。

「観月、なにそれ。なんであんた、そんな感想まで言っちゃってんの」

「え。なんでって」

〈ブルー・ボックス〉への出入りから、当然のように一班常駐の、今まさに進行中の準備まで。

「へえ。そりゃあ、いいや」

　真紀の口元が歪んだ。邪悪に、見えなくもない。

「お前らの入るとこだけでも、うちの手で仕込ませろ。ついては、だ――」

　真紀は目の前のわらび餅、生ビール、バニラアイス、ジンジャー・ハイボール、焼き鳥の残り、生クリーム・オレンジ、熱燗《あつかん》大徳利を一気に退《ど》かした。

ノートPCを取り出す。

「まず、あそこの構造からして」

「ちょっと待って。マル秘とかまでは言わないけど、いちおう場所すら公表はしてないものだから」

「え。そうなの」

意外そうな顔で、

「穂乃果。知らない？」

真紀はそのまま話を振った。

穂乃果はハイボールにビールを混ぜていた。

「ん？　葛西でしょ」

「え」

知っているのか。観月は長島に教えられるまで場所は知らなかった。いや、さすがに穂乃果は敏腕記者だ。

――などと観月が思う間もなく、真紀はさらに畳み掛けた。

「楓さんは、知ってる？」

「新左近川親水公園だっけ。あの近くだろ」

「聡子さんは？」

「あそこ、いっつも渋滞するのよね」

全員一致だった。

真紀は邪悪な笑みのまま観月を見た。

「ということだから」

ザルなのだ。

ＰＣを起動する真紀を、もう観月は止めようとは思わなかった。

六

真紀の詳細な説明が終わると、

「観月。加賀美の姉さん、元気してるかぁ」

やがて、テーブルの上でビールグラスを弄《もてあそ》びながら、物憂げな頬杖の楓が言った。

楓はビールだと際限がない。開いているのか閉じているのかわからない、眠り猫のような目つきで、いつまでも呑む。

「ええ。元気っす」

「そうか。なら、いいや」

楓は厚労省キャリアで、現在は医薬・生活衛生局の課長補佐だ。

年次の関係で加賀美とは在学中に学内で顔を合わせてはいないが、仕事柄、観月を介し、年に一度は情報交換の場を持つ関係だった。

年齢的には加賀美の方が遙かに上で、楓と聡子はどちらも、あちらの女子会で言えば京大出の増山と同じ歳だ。

一緒くたにして八人の女子会とも思うが、そう上手くはいかない。

民間警備会社の真紀や新聞記者の穂乃果と警察全体、水商売オーナーの宝生聡子と生活安全部の増山秀美などは完全に表裏であり、ときに水と油にもなる。

楓の所属する厚労省も、広くとらえれば地方支分部局の地方厚生局に麻薬取締部、通称マトリを持ち、ここなどは極端に警察機構とは相容《あいい》れない。

第一、Jの存在に対する考え方が、ふたつのグループは根本的に違うだろう。

警察庁キャリア女子会のメンバーにとってJとは、警視庁の闇として教え込まれるイメージと実際の、虚実半々の存在だ。

対してこちらのファン倶楽部は、大学時代の思い出と生身の、過去と現在で半々なのだ。

会わせて面白いかもという興味もあるが、制御出来なかったら目も当てられない。

間違いなく、店一軒吹き飛ぶ騒動になるだろう。

たかが呑み会でそんな危険は冒したくもないし、考えればこちらのグループが今の人数に落ち着いたのは去年の暮れからだ。

〈ホワイト・ホテル・ウェディング〉とかいう、夢見がちな女を堅実な結婚へ誘う格安キャンペーンがあって、十二月二十四日に四人が抜けた。

それまで、総勢は十三人だった。〈最後の晩餐《ばんさん》〉の数だ。十人を超える女子会は、直前ではなかなか気軽に店の予約も取れない。

「ああ。そうだ。観月、そうそう、だ。そうそう。あれ」

聡子が手を打とうとして空振る。

さすがに二升、ゴールが近づくと目も据わるが、誰もからかいもしなければ笑いもしない。

好みもアルコールの有無も別だが、誰もが似たようなペースでそれぞれ思い思いに突き進むのが、牧瀬が言うところの〈魔女の寄合〉だ。

「加賀美さんで思い出したけど。ねえ、観月」

「はい？　なんでしょう」

とりあえず、呑み始めたコップ酒と枇杷《びわ》羊羹《ようかん》を膳に戻した。

聡子は東京の繁華街の昼夜も、裏も表も知っている。

その聡子が加賀美の名で思い出し、観月を呼ぶということは、仕事が絡む、そういうことだ。

「先週、うちの銀座の直営店にさ、珍しいとこの珍しい奴が直々に挨拶に来たわよ。誰だと思う」

「まったくわかりません」

わかるわけもないが、聡子は楽しげだ。きっと、お見合い相手の店だということもすでに忘れているに違いない。

五条《ごじょう》、国光《くにみつ》っと言って、聡子はビシリとマニキュアの指を観月に突き付けた。

「え、五条って、あの五条ですか」

「あのか、このかは知らないけど。――五条、国光」

またビシリと指を突き付ける。

リズムと動作が、酔い具合にマッチしているようだ。

五条国光は、関西の広域指定暴力団竜神会《りゅうじんかい》会長、五条源太郎《げんたろう》の次男だ。

竜神会は大阪北船場《きたせんば》に本拠を構え、直系構成員五千、総構成員数は一万を超える巨大な団体にもかかわらず、一枚岩で結束が堅いと言われる。その中核をなすのが、源太郎の後継と誰もが認める長男の宗忠《むねただ》であり、その宗忠を総本部長として補佐しているのが国光だ。

今現在のヤクザ社会の中では、まず大物中の大物と言って過言ではない男だった。

「沖田《おきた》さんとこでやってたお店、そのまま継ぐって。大阪の連中ってさ、こういう挨拶とか、本当にキッチリしてるわよね。よろしゅうとか、あんじょうとか言って、なんか豪華な菓子折り置いてってたわ」

「五条国光が」

「そう。もうこっちに居座りだって。直々に根っこ張るらしいわよ」

聡子が言う沖田さんとは、蒲田《かまた》の竜神会系沖田組のことで間違いない。戦後の動乱期に竜神会から関東に送り込まれた沖田剛毅《ごうき》が、裸一貫で作り上げた組だ。

剛毅亡き後は長男の丈一《じょういち》が跡目を継いでいたが、前月半ばに、組事務所ごと家族ごと消滅した。

稀代《きたい》の犯罪医師、西崎次郎《にしざきじろう》の名はまだ、世間の話題にも新しい。

沖田組組長沖田丈一とは腹違いになる、この東南アジア系ハーフの弟による犯行に世間が大騒ぎしたのは、つい二週間前のことだった。

「でも、たしか竜神会って」

観月は燗酒を舐めながら呟いた。

竜神会は西崎との関係を取り沙汰され、捜査対象になっていたはずだ。

竜神会にとって沖田組は、既に亡くなっているとはいえ立志伝中のヤクザ、沖田剛毅が作ったという一点に於《お》いて〈目障り〉というのが、警察庁の白書にも明白だったからだ。

それが、総本部長が堂々と出張ってくるとなると、上手く擦り抜けたということだろう。

同じように捜査線上に上ったはずの、上野《ノガミ》のチャイニーズ・マフィアも、ということは推《お》して知るべし、だったか。

「なるほどね。それでかな」

いつの間にか、楓の目が開いていた。

伏龍《ふくりゅう》が頭をもたげた感じだ。

隣の穂乃果が大げさに驚いて仰《の》け反《ぞ》った。

「それでって、なんですか」

観月が目を光らせた。

楓は厚労省の役人だが、所属は医薬・生活衛生局の監視指導・麻薬対策課だ。業務としては警察に近い。マトリとも関係が近く、中でも、次期課長と自他共に認める楓は格別だった。

「いや。あの目薬がね。このところまた出回り始めてるって小耳に挟んだ」

あの目薬。

話の流れから行けば、〈ティアドロップ〉だろう。

リキッドタイプの危険ドラッグ。α—ＰＶＰ系の合成薬物で中毒性も高く、麻薬指定されている。

〈ティアドロップ〉の商品構成は、成分が薄い方からブルー、イエロー、レッドの三段階に分かれていた。市販の目薬によく似たパッケージで売られ、舌に数滴落とすだけで覚せい剤に似た効果が得られた。手軽でお洒落で、覚せい剤に比べれば安価な〈ティアドロップ〉は、若者を中心に前年まで、大いに流行した。

西崎次郎と半グレの販路をメインに、その流通には沖田組関係も関わっていたようだ。

一部、ノガミのチャイニーズも。

「それ、マトリからですか」

注意しながら観月は聞いた。

相手があまりにも大物だ。

ただの噂では動けない。

「も、入ってる。けど、色々さ。これで結構、人脈はあるんだ」

「へえ。初耳です。で、なるほどの意味は？」

「誰が売ってるんだろうってね。そんなクイズの答えさ。ヒントが、なるほどの意味。つまり、五条国光の東京入り」

観月にも閃《ひらめ》くものはあった。

「――シノギ、ですか。沖田の下やフロントの」

関西の竜神会との密約でシマも仕事もそのまま、とは、沖田組壊滅翌日から捜査関係者の統一見解だと聞いたことがあった。

たしか、藤田監察官からだったか。

「ただ観月。それでも、どこにあるんだろうって疑問は残る」

楓がテーブルに身を乗り出した。

「あの目薬。こっちの見解でも、もう外にはないはずだってさ」

「こっちって、それこそマトリですか」

無言で、ただ楓は頷いた。

外にはない。

つまり、内には――。

「ちょっと待って下さい」

観月は目を手で覆い、目を閉じた。

酔いはあるが、顔全体から熱が引く。

口元が特に引き締まる。

「だからさ。――ありゃ。入っちゃったわ。こいつ、アイス・クイーンのポーズだ」

遠くに楓の声を聞く。

その間にも、観月の脳内では記憶の画像がいくつもスパークしていた。
二階の棚。
奥の奥。
列三十八、行九十五の裏表。
№2―KA―45から47、№2―TO―24から27。
三段に積まれた白い段ボールの列。
二月十九日の並びと三月六日の並び。
TO―25と26の間に三ミリの開き。
なかった歪み。
牧瀬と馬場が十八日にチェックしたあとは、誰も触っていないはず。
見つけた――。
手を下ろし、目を開ける。
全員が、酒の肴《さかな》にするように観月を見ていた。
「なんかわかった？」
楓が、いつの間にか注文したらしいトロタク巻きを口中に放り込んだ。
「さあ。確認は必要ですから。でも、ありがとさんです」
観月は頭を下げた。

上げる頭で、下から楓の顔を覗き込んだ。

「で、見返りはなにを?」

そんな関係でもある。バーター、需要と供給、ギブ・アンド・テイク。

だからこそ、このクインテットも観月にとって、加賀美たちと同じくらい強力だ。

ただ違うのは、

「純ちゃんの匂いのする物。ふふっ」

Jファン倶楽部という、マニアックなところでつながっている関係だということだろう。

楓はビールグラスの向こうで、はにかんだように笑った。

人に夢を見るなと言いながら、一番乙女なのかもしれない。

「あ、先輩。ズッコイ」

真紀が喚《わめ》いた。

下戸《げこ》はわかるが、この期《ご》に及んでまだ食い物の皿を積み上げている。

(これはこれで、私にとって平和の象徴、かな)

牧瀬が妖怪の茶会とも魔女の寄合とも言っているのは知っている。

たしかにそんな気もする。言い得て妙だと笑えもする。

が、観月は安らぎを覚える。

気の置けない女同士の女だけの呑み会。

観月の仲間だ。

（やっぱり、いいな）

なんとなく、観月はそんなことを思った。

時刻は、そろそろ終電に近づいていた。

七

翌朝、観月はいつも通り定時に登庁した。

牧瀬班の姿はひとりもなかった。

〈ブルー・ボックス〉での作業に掛かりきりで、終わらないのだろう。班長である牧瀬の性格からして、誰もいなければ、そういうことだ。

「だから馬場くんにいつも、ブラックって言われちゃうのよね」

二階だけでなく、三階にも手を掛けられるといいなと指示を出したのは、たしかに観月だが、それはさて置く。

ふた部屋ツーフロアは、終わらせるつもりになったらひと晩では絶対に終わらない。

それを牧瀬の性格を読み、言うだけ言っておいたのは観月のマネジメント術だ。

牧瀬なら間違いなく、そのままにはしない。

——今日中に終わらすぞ。てぇか、終わるまでが今日だが、順調なんで三階の分もやる。

一回本庁に取りに帰って、それからまたやる。夜は長えってえか、今日は長えぞ。

牧瀬のことだ。また、そんな号令を掛けたに違いない。

「ま、早め早めに整ってくのは、狙い通りだけど」

観月は、まず渋めの緑茶を淹れた。

その後、届けられている新聞各紙に目を通す。特に喫緊の事案はない。

やがて、首席監察官の藤田が姿を見せた。

観月はおもむろに立ち、そちらに向かった。

「監察官。おはようございます」

「ああ。おはよう」

バッグを置きながら振り返り、藤田は目を細めた。

「——ん。真顔だね。そういう話?」

「はあ。——今、よろしいですか」

「ずっとそんな顔をさせておくわけにもいかないね」

藤田は座って真っ直ぐ観月を見上げた。

「聞こうか」

風聞を装い、観月は前夜の話をした。

「ほう」

藤田はすぐに聞き入った。

どこからの情報かは聞かない。直属の部下である観月は藤田にとってはすでに境界線、フィルタだ。観月が篩《ふるい》に掛け、報告すべきだと判断した話は、それだけで聞くに値する。

逆に言えば直属にして直接だからこそ、不都合があったときには断固たる処断も、切り捨ても出来る。

観月にとっては怖くもあり、望むところでもある。

「五条国光に〈ティアドロップ〉か。本来なら組対部の話だね」

藤田は椅子で足を組んだ。

「お前の方は、手一杯じゃないのか。他の班か、あるいはそのまま組対に丸投げしてもいいが」

「いえ。目薬の出所のこともあります」

「──ああ。どこからってことかね？」

「はい。組対と所轄の調査だけで終わればいいですが」

「そうか」

それ以上言わずとも、藤田は了解したようだ。

海千山千の警官を相手にするのが監察だ。だから優秀な人材と公安上がりが多いのだが、中でもとりわけ監察官室の首席は、キャリアとしての年次だけで辿り着ける役職ではない。

「お前と牧瀬班は、あっちの本物から」

藤田は合同庁舎の方を目で示した。常々藤田は自分を一段謙《へりくだ》り、自戒も込めてそんなことを言う。

「〈ブルー・ボックス〉を任されていたね」

「はい」

「すでに、〈ブルー・ボックス〉の中にはあるのかな」

「あります、コンテナ数基分。それでも半分には届かないみたいですが」

「コンテナ数基分、か。それで半分以下」

腕を組み、藤田は一度視線を上げた。

「そうです。ただ、一カ所にまとめられた分としては最大で、これからさらに集まってくることを考えると、〈ブルー・ボックス〉がやはり肝になるでしょうか」

「なるほどな」

藤田は頷いた。

と――。

観月の携帯から、メールの着信音が聞こえた。

音の種類からして、着信は前夜のメンバーからだった。

「よろしいですか」

藤田に断って画面を開いた。

真紀からだった。

〈早速だけど、きょうの午後、どう？〉

さすがに、迅速安全がモットーのアップタウン警備保障だ。

さて、と感心する間もなく、牧瀬から電話が掛かってきた。

藤田を見れば、断る前から手で許可をくれた。実にスマートだ。

――すいません。あ、おはようございます。

寝ていないとは思われない、牧瀬らしい声が聞こえた。

「おはよう。なに」

――ケーブル類がまったく、全然足りないんで、どっかから調達してくださいって要望と、壁に穴を開けたら下の高橋係長が頭から湯気立ててすっ飛んできたっていう、その、報告です。

「あ、そう。ちょっと待って」

観月は携帯を耳から離し、窓の外を眺めた。

流れを淀ませることなく進めるには、さて、どの手順だろう。

というより、〈ブルー・ボックス〉という大箱を掻き回して、上澄み、灰汁《あく》をすくい取る一手か。

「もしもし」

——はい。

「とりあえず、寝て」

——はい？

「こっちで色々、話を通してからそっちに行く。それまで休憩。ケーブルとか高橋とか、どっちにしろ今のままじゃその場凌《しの》ぎにしかならないでしょ。無駄が多いわ。だったら休憩。寝て。そういうこと」

——了解です。

「少し遅めになるけど、お昼は私が買っていくわ」

——わかりました。じゃあ、三階の方で。

「OK」

観月は電話を切った。

その間に、藤田が通話をし始めていた。

終わるのを待つ。

どこに掛けているのかはわかっていた。

通話の初めに、

「ああ。おはようございます。偽物の方です」

そんなことを言っていたからだ。

やがて、それではと虚空に頭を下げて藤田は通話を終えた。

受話器を置き、観月に向け、かすかに笑った。

「今ならいいそうだ。行って、自分の口で話してきなさい」

わかっている。さすがだ。

「了解しました。では、早速」

観月が向かったのは当然、中央合同庁舎第二号館の二十階だった。長官官房だ。

「朝は忙しい。なんの話かは知らないが、手短に頼む」

長島は自室で執務デスクにつき、観月のことを待っていた。

五条国光、〈ティアドロップ〉、〈ブルー・ボックス〉、アップタウン警備保障。

昨夜の詳細を淡々と、観月は細大漏らさず話した。

一度も声を発することなく、長島は黙って聞いた。

話し終わってから二、三の確認と、多少の遣り取り。

そうかと長島はキャスタチェアを軋ませた。

「忙しい朝にしては、なかなか興味深い話だ。特に」

アップタウン警備保障は面白いな、と長島はかすかに笑った。

「いいカードを持っている。それがお前の、Qの人脈か」

「おや。ご存じでしたか」

「この前、クイーンとQは必ずしも一致しないと言われたのが気になってな。少し話を聞いた」

いいカードだと長島は繰り返した。

「はい。でも、首席のルートでもあります」

「東大の後輩ということか」

「はい。そうだ。今度、呑み会にいかがですか。あろうことか、女子会ですよ」

「甘言《かんげん》だろう。遠慮する。凄まじいと聞いているからな」

「あれ。聞こえてますか」

「俺には俺の人脈もある。お前のルートでもあるところにな」

「おっ。先輩、ということですか」

「そうだ。お前らの所業は、聞こえてるどころか、鳴り響いているらしいぞ」

「あらあら」

観月のルートの結婚と出産。その辺に東大閥の連中は、男もたしかに絡んでいる。

その先輩、そのまた先輩と五、六回も繰り返せば長島の周辺にも辿り着くだろう。

「首席も、いいカードをお持ちで」

「どうだかな。昇進保身で、ガチガチの連中ばかりだがな」

長島は椅子に背を預けた。

「オールOKだ。やりたいようにやれ」

「おっ」

観月は手を打った。

「なんだ」

「いえ。丸投げ剝き出しの言葉の割りに、あまりそう聞こえなかったものですから」

「そこまで足を踏み入れたということだな。〈ブルー・ボックス〉に絡む一連はもう、俺がなにを言おうが言うまいが関係ない。お前自身の案件になっているということだ」

「なるほど」

観月は口元を微動させた。

心からの微笑みは、そのくらいの動きだった。

「上手く乗せられた。あるいは嵌《は》められたということでしょうか」

「乗せるのも嵌めるのも、上司の務めだ」

長島もかすかに笑い、両手を大きく広げた。

「組対の大河原《おおがわら》さんには連絡しておく」

組対の大河原。

これは、警視庁組織犯罪対策部部長の大河原正平《しょうへい》警視長のことだ。

観月も何度か接したことはあるが、切れ者の曲者《くせもの》にして、見るからに剛胆なオジサンだ。

「沖田組・竜神会に関する捜査資料も所轄の署員も、好きに扱え」

「有り難うございます」

「ただ念は押しておくが、好きに扱えとは、傍若無人とイコールではないぞ。風通しをよくしておく。それだけだ」

「了解です」

観月は一礼を残し、外に出た。

考えることは様々、色々あった。二十階では、誰もが怪訝《けげん》な顔をした。

アイス・クイーン。

きっとその名に相応しい顔をしていたのだろう。

外に出て、三月晩春の陽差しの中で、観月は真紀にメールの返信を送った。

〈OK。二時に現地で。あんたの会社近くのあんず大福、所望。あと、色んなケーブルも用意してきて〉

真紀の会社、アップタウン警備保障の本社は広尾にある。

それから約五分、観月が本庁十一階の監察官室に戻るべくエレベータに乗ったとき、

〈今、買った。あんずどら焼きと黒豆さらさらもゲット〉

の返信が真紀から入った。

「っしゃ！」

動き始めたエレベータの中で観月は思わず跳ね、なんとなく見覚えのある知らないオジサンに怒られた。

もしかしたら、副総監だったかもしれない。

八

監察官室は十一階の、人事第一課の一番奥まった辺りに位置する。

「小田垣」

フロアに足を踏み入れるとすぐ、参事官の露口が席から声を掛けてきた。

「はい？」

近づくと、引き出しからなにやらを取り出す。

「ほら。お前にだ」

差し出されたのは、地味な角2の封筒だった。

「捜一の若いのが持ってきた。お前が頼んだらしいな」

「捜一？　あ、科捜研ですね」

「そうらしい」

金田警部が秘匿していたあれこれの鑑定結果だろう。

固太りの角刈り男が脳裏に浮かぶ。

第二強行犯捜査第一係の真部は、どうやら義理だけは果たしてくれたようだ。

とびきりの笑顔を作った甲斐もある。

「有り難うございます」

封筒を受け取ろうとすると、ちょっとした抵抗を感じた。

露口が放さず、真剣な表情で観月を見上げていた。

「小田垣。俺はな、これは違う気がする。ここまでいくと、本格的な捜査だ」

「まあ、そんな感じもしないでもないですが。ざっくりと命じられていることがありまして」

「それは、わかっている。――わかってはいるのだ」

露口は封筒を解放した。

「命じられれば宮仕えだ。仕方がないことだとな、それは俺だってわかる。いや、俺ならなんの問題もない。俺や藤田君や、お前の部下たちなら」

自分や監察官、牧瀬たちと仕切りを決めたところで、話の先はもうわかった。いつもの話だ。

有り難くも、少しだけ面倒で、納得は決して出来ない話。

「ただな、小田垣。お前は女だ。無理はするな」

つまりは、そういうことだ。

「危険なことは避けろ。牧瀬係長も時田主任もいるだろう。上手く使え。調子に乗って、余計なことに首を突っ込むな。いいな。お前は、女なんだからな」

さらっと言ってしまうところが、かえって憎めない。

セクハラとも女性差別とも、言ってしまえば言える。

ただ露口はそう責められようと、曲げない信念もまた持っている。

その信念は、優しさから出るものなのだろう。

露口は間違いなく、観月の身を案じてくれている。

ただ——。

否定も肯定もせず、ただ頭を下げて観月は露口の前を離れた。

否定すれば角が立つ。更迭《こうてつ》もある。肯定すれば取り込まれる。デスクワークに縛られることも有り得る。

無言、あるいは無表情は、中庸《ちゅうよう》を歩くための武器かもしれない。

監察官室のデスクに戻り、観月は科捜研からの封筒を開けた。

本庁の地下保管庫から押収された、金田の秘匿物に関する鑑定結果だった。

バッグ類はどれも、ブランド品ではあるが量産品で、現金封筒も大手都市銀のＡＴＭに置いてあるものだと断定されていた。一万円札も特に、これといった特徴のない本物ということだった。

ただし、特筆すべきことがひとつだけあった。

ひとつだけということが、かえって金田自身の狙いを浮き彫りにしていた。

当然すべてに、金田の指紋が付着していた。そして金田以外に、ほぼ共通して付いているといっていい指紋が三つほどあったのだ。

鑑定結果は、ほぼこの指紋の詳細に狙いを絞ったものだった。

しかし、今のところ前もなく、人物の特定は不可能らしい。

付記に、〈金田清本人も人物は知らず。いずれ人定《じんてい》に及んだ場合の証拠補完用として所持していた模様〉とあった。

「ふうん」

観月は鑑定結果を引き出しにしまい、机上のＰＣを立ち上げた。警視庁のメインサーバにつながっている一台だ。

〈ブルー・ボックス〉での真紀との待ち合わせまでは、まだだいぶ時間があった。

鑑定結果に触発されたついでに、〈ティアドロップ〉の概要についても、目を通しておこうと思い立ったのだ。

「そうそう。あれがあったわね」

冷蔵庫から、森島が久し振りに買ってきてくれた、神馬屋いま坂のこしあんどら焼きを二個取り出す。

それに煎茶を用意すれば、作業態勢は万端整った。

「さて、と」

メインサーバにアクセスし、データベースから〈ティアドロップ〉に関する資料を取り出す。

膨大な量だったが、観月にはどうということもない。特に名店のどら焼きがあれば、簡単な作業だ。

目を半眼にして無理に作ろうとしなければ、早送りに等しいスクロールで情報は、一瞬にして記憶野に焼き付いた。

しかも速読よりなお早く、正確にだ。

「なるほどね」

〈ティアドロップ〉の押収《おうしゅう》は約三年半前の二〇一三年の十月が初めらしい。このときは呼称すらわからなかったようだ。

二〇一四年に入ってからようやく、何人かの売人を引っ掛け、〈ティアドロップ〉の名称もようやく判明したという。

そして一六年に捜査は一気に進展を見せ、何度かの大掛かりな摘発や押収があった。中でも東品川の貸しコンテナや花畑の廃倉庫に納められていた分は特に、所管の警察署だけでは保管しきれないほどの量だった。

しかし、だからといってそれが大半というわけではなく、この二カ所が一度の押収としては大きかったというだけだ。

空中戦のように派手なこの二カ所に関係なく、地道な捜査は途切れることなく続けられた。

そうして、都内各所で逮捕された売人からの押収も、実は馬鹿に出来ないものだった。各所轄の倉庫にまだ分散しているから目立たないが、合算すればおそらく、前述の二カ所以上にも積み上げられることとは、はっきりとデータが示していた。

「これは、なかなか大変な確認作業になりそうね」

二個目のどら焼きを完食し、観月はパッケージをゴミ箱に捨てた。

スクロールだけで済めばものの十分足らずだが、各所轄の現物を確認しに歩くとなると、相当な時間が掛かるだろう。

〈ブルー・ボックス〉に意識を傾注しなければならない今、牧瀬班だけで手足が足りるかどうかはさて、少々考えものだった。

「まあ、そのためのアップタウン、かな。これは真紀の運かもね」

観月は席を立った。

買っていくと約束した牧瀬たちの昼食のことを考えると、そろそろ〈ブルー・ボックス〉に向かう頃合いだった。

九

観月が〈ブルー・ボックス〉に到着したのは、一時過ぎだった。

予定通りというか、やはり電車は間違いがない。

手に下げた大振りのビニル袋を揺らしつつ、渋滞の都道を脇に見ながらぶらぶらと歩く。

申し訳ないが、多少の優越感は徒歩の役得というものだろう。

ビニル袋は、牧瀬たちの昼食だ。

徹夜で頑張ってくれたのだ。少し奮発した。

甘味を二個に増やし、味噌汁をつけた。

メインはいつも通りの、海苔弁だ。

「ああ。管理官さん。どうもね」

まずゲート脇の詰所に向かうと、守衛の仲代が先にガラス窓を開けて顔を見せた。

「お疲れ様」

近づくとすぐに入場者証を差し出す。

「記入はこっちでしときますよ。どうぞ」

笑顔で言うが、観月はすぐには受け取らず、冷ややかな視線を向けた。

「チェックボードを。入場の名簿かしら。書きます。自分で」

「え。——あ。はい」

なにかわからないといった顔で仲代は入場者名簿を出してきた。

観月は記入を済ませてから、入場証を取った。

「緩みの原因になります。記入は必ず、本人か代表者の自筆で。徹底してください」

言わなければならないことは言う。

顔見知りに甘くなるのは、根本としてマズい。

仲代は気まずそうな顔で顎を引いたが、文句は言わなかった。

歩き出そうとし、

「ああ」

観月は振り返った。

仲代の顔がまだ見えていた。

「あとでゲストが来ます。書き留めてください。いいですか」

「あ、はい。どうぞ」

受け答えはスムーズだった。背骨に芯が入った感じだ。

「アップタウン警備保障の統括部長と、たぶん部下が何人か。これは外部です。全員に自署で記入させてくださいね」

「え。アップタウン。──わかりました」

ライバル会社の名前に疑問はあっただろうが、仲代は取り敢《あ》えず了解した。

よろしくと念を押し、観月は〈ブルー・ボックス〉に入った。

まずは中二階の総合管理室へ。

高橋係長は憮然《ぶぜん》とした顔だった。

いつものことと言えばいつものことだが、牧瀬が言っていた湯気は頭になさそうだ。

その分、離れて見えた。

自分たちと高橋の距離が、だ。

「どんどんとまあ、なにを言ってもやりたい放題ですか。もう、諦めましたけどね。風呂場の黴《かび》みてぇなもんだと。いや、失礼」

口を開こうとするが、高橋は手のひらをパラパラと動かした。

「長官官房なんていう雲の上の威力ですか。こんな場所の私に、刑事部長から直電ですわ。あれこれの要求や、せめて壁を抜く振動ドリルのやかましさはまだしも、そういうビックリドッキリってのは勘弁してくださいよ」

そういうことか。

長島の動きは、さすがに素早い。

多少、高橋が不憫《ふびん》な気がしなくもない。

「係長。もうちょっとだけ、我慢してくださいね」

「ああ？　なんですね」

「融合させますから。私が」

「融合？　なにをです」

「ここで稼働する人と物の、意識とシステムの融合。そもそも、こんなバカでかい収蔵庫、係長の手には余るでしょ」

「ほう。はっきり言ってくれますね」

高橋は顎を撫《な》でた。

「なら、管理官なら出来るってんですか」

「出来ますよ」

間を空けることなく観月は言い切った。

言い切ることが大事だった。

「そのために私は、ここに来ています」

高橋はすぐにはなにも言わなかった。

顋を撫で続けた。

剃《そ》り残しの一本でも見つけたようだ。

抜いた。

「ま、お手並み拝見といきますわ」

つまんだ髭を吹き飛ばし、かすかに笑う。

「無表情のとき、あんたが懸命にものを考えてるってなぁ、こっちもこの一カ月くらいで、もうわかっちまってますからね」

毒されたかなと言いながら高橋は後ろを向き、もうこちらを見なかった。

「ああ。あとでアップタウン警備保障が来ますけど。気にしないでくださいね」

この言葉に高橋は肩を上下させたが、振り返りはしなかった。

どうやら、我慢したようだ。

よろしくと言い残し、観月は総合管理室を出て二階へ上がった。

三階の牧瀬たちの部屋には向かわず、まず〈ティアドロップ〉の棚の辺りをチェックした。

奥の奥。

三段に積まれた白い段ボールの列。

二月十九日の並びと三月六日の並び。

TO—25と26の間に三ミリの開き。

なかった歪み。

谷中の女子会で確認した超記憶のままだ。歪みとはすなわち、微動。

動いてはいるが、なくなった段ボールはない。中身も、手前を確認する限り詰まっている。

「ふうん。なんか、違和感」

今は確認だけに留め、観月は三階に上がった。

〈ティアドロップ〉の正確な数の記載は、もともとの搬入時からされていない。

違和感は飽くまで、観月の主観でしかなく、まだなにも、人と共有できるものではなかった。

三階に〈占拠〉した部屋は、二階の①と②の真上で、つまり三の①と三の②だった。

三の①で、牧瀬たち四人は寝袋にくるまり、リノリウムの床で雑魚寝《ざこね》していた。

整えられたテーブルの上は、カップ麺やら弁当やらの空容器で一杯だった。

なんとなく切なく、侘《わび》しい光景だった。

観月がドアを開閉した振動か空気の動きで、弁当の空箱がいくつか床に落ちた。

「あ、いらっしゃいましたか」

その音でまず、森島が起きた。

音でというか、落ちた空箱のひとつは森島の額に当たったようだ。

起き上がろうとする森島の額から、醬油《しょうゆ》の滴が垂れた。

目に――。

「いってぇ」

それで牧瀬と時田も起き出した。関係なく爆睡中なのは馬場だけだ。

観月はテーブルに空きを作り、ビニル袋を置いた。

「起きた人は顔、洗ってくれば」

カップ味噌汁の用意をし、海苔弁とデザートを並べ終わる頃合いで、三人が洗面所から帰ってくる。

「食べながらでいいから聞いて」

五条国光、〈ティアドロップ〉、〈ブルー・ボックス〉、アップタウン警備保障。

昨夜の詳細に藤田や長島との会話の内容も含め、すべてを細大漏らさず話すにはそれなりの時間が掛かった。

牧瀬と森島は早、弁当を食べ終えていた。

「なるほどねぇ」

と、最初に声を発したのは、奮発したロールケーキときんつばも食べ終えた森島だった。

牧瀬はロールケーキ半分で止まった。

「竜神会と、あの目薬っすか。まあ、C4よりぁたしかに、こっちの方がルートもブツも横流し向きですかね」

「そうだなあ」

時田も弁当を食べ終え、ロールケーキに右手を出した。

左手できんつばを牧瀬の方に押す。

牧瀬の目に、なにかが燃えた気がしたが気にしない。

気のせいかもしれない。

馬場はまだマイペースで、寝ていた。

観月は牧瀬に近づき、時田が寄越したきんつばを手に取った。

「あ。大丈夫です。食えますよ」

「無理しない」

「いや」

観月は時計を見た。

二時がすぐだった。

「そろそろ、あんず大福とかあんずどら焼きとか届くけど」

「お願いします」

牧瀬は時田のきんつばだけでなく、すべてを放棄した。

観月はきんつばをかじった。

「今話した通りよ。どうしても所轄に収蔵されてる分のティアが気になる。だから係長以下全員、こっちにはしばらく触らない」

三人の部下はそれぞれに顔を見合わせた。

代表して手を上げたのは牧瀬だ。

「いいんですか。ここは、ちょうど手を掛けたばっかりですが」

「仕方ないわね。でも、少なくともここのティアは、現状は段ボール箱の数としては合ってる。問題はないわ」

「それでも空けたら、空けた日数分だけまた溜まるじゃないですか。そもそも所轄のチェックに行ってる間に所轄から送られてくるかもとか、そんなことまで考えると、ちょっと本末転倒な気が」

時田も森島も、同意を示して頷いた。

「そうね。でも本末転倒にはしないわ」

観月は、二個目のきんつばを食べ終えた。

外に雑然とした音がした。

「あなたたちが触らないってだけで、放棄も放置もしないから」

「それはどういう」

牧瀬が言い掛けると、ドアが開いた。

「私が預かるからよ」

颯爽《さっそう》と現れたのは、アップタウン警備保障の早川真紀だった。

自社の作業着に身を包んでいた。

キング・ガードはイエローが基調だが、アップタウンはジャンパーもスラックスもサイケなレッドだ。

どちらにしても、警備会社のユニフォームは結構目立つ。

警察の捜査と違い、警備会社は守ることが目的だ。

警備の存在を知らせることによって、アクシデントを回避できるならそれに越したことはない。

「入るわよ」

真紀は背後に、様々なサンプル帳や道具類を樹脂の台車に載せた三人の男を従えていた。こちらも全員、アップタウンの作業着だ。

二十畳の中に四人も並ぶと、どうにも目に眩《まぶ》しい。

「あ、早川さんじゃないですか」

面識のある牧瀬が驚いて席を立つ。

軽く手を上げるに留め、真紀はすぐ厳しい顔を観月に向けた。

「言っておいてくれたみたいね。ゲートでは全員記名だった。当然だけど」

「ああ。仲代さん、ちゃんと仕事したのね」

「けど、それ以外はユルユルね。いったん中に入ったら、完璧なのは警備じゃなくて素通しの態勢。物品の搬入がメインなのはわかるけど、なにこれ」

赤い三人は真紀の指示で、まずテーブル上を片付け始めた。

なかなか手際がいい。

その間に、

「ほら。約束の」

真紀は手に持った和紙の包みを観月に渡した。

「うほ。やったぁ」

滅多に手に入らない甘味を目の前にしたとき、観月の感情は一番動く。

それを見て、真紀は軽い溜息をついた。

「せっかく可愛いんだし。せめてそのくらい表情が動けばねえ。三回デートしてもらえれば、喜んでるって必ずわかってもらえると思うけど」

とかなんとか言っているようだが、気にしない。それどころではない。

「係長。お茶、淹れて」

「了解です」

八人が動けば、瞬《また》く間に場は整った。

ゴミ類はひとまず、廊下に放置だ。

「あ、やっぱり美味しい」

念願のあんず大福を頬張り、観月は飛び跳ねた。

表情には乏しいが、身体はかえってよく動く。

「どうしたの。牧瀬君、食べないの？」

「いえ。昼飯食ったばかりなんで」

そう、と言って真紀も大福を頬張り、もう牧瀬には関心を失ったようだった。

観月の前に陣取り、昔の入札用だけどと言いながら、〈ブルー・ボックス〉の元になった図面を広げた。

まだ中二階に総合管理室はない頃の図面だ。

真紀以外の三人も台車から荷物を下ろし、それぞれに牧瀬たちと作業に入った。

ケーブル類も大量に持ってきてくれたようだ。動きが慌《あわ》ただしくなった。

「今度見てもらうけど、キングの監視カメラね、上手く全体をとらえてないのよね」

「わかるわよ」

真紀は黒豆さらさらを文字通りさらさらと飲むようにしながら答えた。

作業着だけに、なんとも男前だった。

「あれ。わかっちゃう？」

「さっき、チラッと見ただけだけどね。あれだけガタガタにずれてれば、すぐわかる」

「直せる？」

「どうかな。それは、よく見ないとわかんない」

「本当はさ、棚列全部に欲しいんだけど」

「棚列全部って」

真紀は自分のバッグを引き寄せ、中から電卓を取り出した。

これまた小気味のいい男前な音を響かせる。

「ナンバリングされた部分だけでも七二二〇カ所もあるわよ。二階だけで」

さらに電卓を叩く。

「ちょっと無理ね。カメラアイの取り付けはどうにでもなるけど、それを全部集中モニタにってことになると、後付けで振り回せる配線量じゃないわ」

「そうかぁ。やっぱり、最後は人力に頼るしかないかなぁ」

観月はパイプ椅子に背を預け、天井に落胆を吐いた。

「でもさ、せめて」

列を斜めにでもいいから、キレイに写して保存してくれるシステムが欲しい。

監視・管理の人員もキング・ガードとは別に何人か専用に欲しい。

裏に、キング・ガードが管理してるゲートとは別に、搬出入以外のゲートが欲しい。

取り敢えず言いたいことを観月は言った。

可能か不可能かを決めるのは観月ではない。

実務のことは真紀、予算面では正規ならおそらく露口参事官以上、つまり道重《みちしげ》警務部長の決裁となり、非正規なら警察庁長官官房の機密費になる。

甘い物とお茶で、まず進めるべきことの概要だけはまとめる。

一階から三階まで、取り敢えず全部の棚が必ずどこかに写り込む定点の撮影機器を新たに設置。

その際、既存の監視カメラの邪魔、つまり、キング・ガード及び刑事総務課の邪魔をしないよう留意する。

このことを近々、総合管理室と詰める。

担当はアップタウン警備保障の真紀だ。

他の希望については、その間に見積もりやらスケジュールやらの調整を本庁に上げる。

「腕が鳴るわね」

真紀はお茶を飲み干し、本当に指を鳴らした。

「こういうの、先に入ってるとことか、入れてる担当者とか、ガンガン文句言ってくるのよね」

「ああ。やっぱり言ってくるんだ」

「当ったり前でしょ。言うのが仕事なんだから」

「なるほど」

「文句って、燃えるわよね」

真紀はそういうのに強い。

というかおそらく、燃えた状態で相手を焼き尽くすのが趣味のようなものだ。

ちょうど、引き継ぎを兼ねた説明を終えて牧瀬らが戻ってきた。

「じゃ、あとは真紀にお願いしようかな」

牧瀬たちに指示をすれば、全員が引き上げの準備を始めた。

「観月。これ、どうするの？」

真紀が指差す先には、まだ寝袋に入ったままの馬場が転がっていた。

「そうね」

メモに、〈ティアドロップ〉の棚のナンバーを書いて置く。

「起きたらこれ、全部確認させて。それと――」

観月は真紀に、他にもいくつかのことを耳打ちして立ち上がった。

「よろしくね」

「了解」

ドアを出て階下に向かおうとすると、

――っしゃ。始めっぞ。お前ぇら！

――はいっ。

やけに男前な女子と、丁寧な男らの声が響いた。

十

翌朝、牧瀬は定時より三十分前に登庁した。

監察官室に出るときは、それが牧瀬の常だった。

掃除も整理整頓も各自の裁量というのが管理官の基本だから、朝は大して慌ただしくない。その代わり、一日をサボれば一日に泣くのは、考えるまでもない。

ただ、茶器の準備だけは、牧瀬班では当番が決まっていた。

なんといっても朝から甘い物を、それも興が乗ればいくらでも食う管理官が上司なのだ。他に比べて、特に緑茶の準備には注意が必要だった。

毎朝の電車の都合で、牧瀬の次が笹塚《ささづか》の官舎に住む観月、船堀《ふなぼり》からの時田となり、下赤塚からの森島がだいたい十分前に到着する。

この日もそれは変わらなかった。

本来ならこの後、ギリギリに馬場が駆け込んでくるのだが、この朝は来ない。

昨日は、〈ブルー・ボックス〉に放置してきた。

帰り道の観月に言わせれば、

「ちょっとした頼み事もしたから、どうかな。早くて午前中、遅いと今日は来ないかな」

ということだったから、特にいなくても誰も気にしなかった。

まず新聞各紙に目を通し、それぞれの事務仕事を片付ける。

ちなみに、この朝の観月は買い置きの本生《ほんなま》水羊羹を三個食べた。

それから、昨日話のあった所轄の割り振りを決めつつ資料に目を通していると、

「お、おはようございまぁす」

と、息せき切って馬場が監察官室に駆け込んできた。

「おう。早いな」

すでに額には、汗の粒まで浮かんでいる馬場の肩を牧瀬は叩いた。

「ええ。置いてかれたお陰で、昨日はじっくり寝かせてもらいましたんで。陽が暮れて起き出してからさっきまで、段ボールとじっくり格闘出来ました」

多少恨み言に聞こえなくもないが、効果はない。

「で、どうだった」

デスクから観月が淡々と聞いた。

それだけでもう、馬場の日常も始まったようだ。

「あ、はい。それですけど」

普通に自分のデスクに向かいながら答えた。

「なんてったって、〈ティアドロップ〉ですからね。前に係長と確認したときのを覚えてます」

「それはいいから。で」

「変わりなかったです」

馬場は断言した。

「開いてる箱は」

「それも、変わりなかったです。――おそらく」

〈ティアドロップ〉の段ボールは、余り分が詰められたようないくつかが最初から開いていた。

テープ痕などはなく、新たに閉じられたり開けられたりした形跡は、牧瀬が一緒に調べた当時もなかった。

「けど、管理官の伝言を早川さんに聞きましたから、朝イチで回しときました。それで遅くなったんですから」

さして面白そうでもなく、ふうんと観月が受けた。

ここら辺からは牧瀬も知らない。

観月が真紀に耳打ちしたことのひとつだろう。

観月が言わない以上、聞かない。

判断は必要だが、これはきっと、多くは知らなくていい話だ。

観月は顔を牧瀬に向けた。

「じゃ、係長、続けましょうか」

「はい」

前日の内に長島から連絡があったと、観月から今朝、牧瀬たちは説明を受けた。

――大河原組対部長には話を通した。かえって、やけに面白がっていたな。それで小田垣、お前に伝言もある。好きにやってくれていいが、アイス・クイーンはまず、俺が推薦する男に会え、とな。

そんなことを言っていたらしい。

大河原は牧瀬も公安時代、少々絡んだことがある。

豪快にして、食えないタヌキ親父ではあった。

「じゃあ、主任は森島さんと西新井署から綾瀬《あやせ》署へ。それで、時間があれば江東署まで回ってもらっていい？　あ、ただ、江東は無理しないで」

本庁組対部によって告発された江東署は、刑事組織犯罪対策課の笹本《ささもと》課長を始めとしてヤクザとの親密な関係が発覚し、監察の別班が大鉈《おおなた》を振るったばかりだ。課長以下四人が減給処分になって、密かに依願退職している。

全体として監察官室とは今、所轄中で一番ホットな関係だ。

「了解です。無理もなにも、行きますよ。監察は警察の警察、最後の砦《とりで》ですから。舐められたら、警察機構は終わりです」

時田は男臭く笑った。

牧瀬から見ても、いい笑顔だった。

「そうね」

観月が頷いた。釣られた笑みが浮かんだ気が、牧瀬にはした。

「あ、ちょっと笑いましたか？」

見ていた森島も感じたようだ。

が――。

「え、笑えてた？」

「――いえ。いいです」

頭を掻いて森島は苦笑いだった。

こんな会話が日常だが、悪くはない。

流れて消えるような他愛もない会話は、親しさの証だ。

「じゃあ、係長は忙しいわよ。馬場君連れて、渋谷署から大崎、三田、上野署ね」

そんな話をしていると、

「すいませんが」

すぐ近くで声がした、と牧瀬は思った。

監察官室の男の声は全員わかっている。聞き覚えはなかった。

そんな声が小田垣管理官以下、牧瀬班のテリトリーでするのは不躾《ぶしつけ》が過ぎた。

監察官室は、部外者が勝手に入り込んでいい場所ではない。

「なんだい？」

目つきに威力を込めて振り返った。

牧瀬は元、柔道の国際強化選手だ。

本気になった牧瀬は、下手なマル暴の刑事でも恐れる。

振り返って、牧瀬自身が驚いた。

実際にはずいぶん離れていた。監察官室の入口だった。そこから声が発されたのだ。よく通る、いや、通り過ぎるほどの不思議な声だった。

一人の男が立っていた。緩い天然パーマの細面。高い鼻、細い眉、薄い唇にはすべて、一本通った気性が見えるようだ。黒目勝ちの大きな目は、たしかに黒目勝ちのはずだが白んで見えた。艶と呼んで差し支えない、光があったからだ。

「部長に行けって言われてきました」

男がゆっくりと近づいてくる。

それだけで、分厚い圧迫感を感じた。

「おや。係長、どうしたんすか」

馬場が不思議そうに言った。

「あ?」

気がつくと、知らずいつの間にか牧瀬は両足を踏ん張っていた。

馬場や時田や森島はそうでもなかったようだ。

見れば、観月はなにかを感じ取ったようだ。

デスク上に組んだ手の奥に無表情を隠すが、目だけは睨むような鋭さだった。

男は真っ直ぐやって来て、観月のデスクの前に立った。

「あれ？」

馬場の声が時田や森島の分も代弁しただろう。

男がデスクの正面に立てたのは、障害物がなかったからだ。

男が寄ってくると、馬場も時田も森島も、見えないなにかに押されるようにして、知らず場を開けていたのだ。

牧瀬にはわかっていた。

そこまで近寄れば納得も出来た。

男が誰なのかもわかった。

圧倒的な気圧、いや剣気。

（なるほどな。この男が）

納得出来た。

せざるを得ない。

近くに立って耐えるだけで、牧瀬の背中には汗が流れていた。

「小田垣管理官ですよね。俺は組対特捜の」

東堂絆《とうどうきずな》です、と男は名乗った。

十一

東堂絆。

古流剣術界の生ける伝説を祖父に持つ、組織犯罪対策部特別捜査隊、通称組対特捜に所属する警部補だ。

祖父東堂典明《てんめい》は、正伝一刀流第十九代正統にして今剣聖とも讃えられ、警視庁にも武術教練で招聘《しょうへい》される人物だった。多くの弟子を警察内にも持ち、なんと現警視総監古畑《ふるはた》正興《まさおき》も、その昔弟子の礼を取ったという。

一時期は牧瀬も武道に生きた。だから特に興味もあって知る。

東堂絆本人は警察学校からすぐに本庁組対部の刑事になったり、何度も異動になったりと、警視庁にとっての異例特例を繰り返した男だ。

それが組対部長大河原正平の肝煎《きもい》りとは、噂だけではないだろう。

武道に心得のある牧瀬辺りが、実際、本人を目《ま》の当たりにすればわかる。

W大卒だがノンキャリアの、二十七歳にして警部補は伊達《だて》ではない。

東堂絆は、一孤の化物だ。

近頃では庁内に自身の弟子も持つといい、十九代典明を越えたとの評判も耳にした。

「東堂？」

最初に反応したのは森島だった。

一瞬だけ考え、手を打つ。

「おっ。今話してた、江東の組対ぶっ潰した例の」

ああ、あのと追随したのは時田だ。

江東署の笹本以下、四人の膿《うみ》を絞った本庁組対の自浄とは、この東堂絆という作用だった。

「管理官。俺、なにか監察対象になることしましたか」

普通に話すだけだが、東堂の声は牧瀬にとっては三メートル、いや、二間四方を震わせるように感じられた。

「なに？　部長から、なにも聞いてきてないの？」

「取り敢えず、行けと。ああ。面白そうだとも言ってましたが」

「まったく。それで、そんな身構える感じ？」

「えっ？」

観月は顔をガードするようにしていた両手を左右に開いた。

「別に君をどうこうって話じゃないの。やめてくれる？　その怖い感じ」

「――あ、そうなんですか。なんだ」

それだけで、東堂の強い気配が一瞬のうちに消えた。

霧散《むさん》ではない。

収納だろう。

呆気《あっけ》ないほどだった。

「それにしても管理官。やりますね。聞いてきた通りだ。本当に、どこの部署にも凄い人がいるもんだ」

「――君。部長になに聞いてきたの」

「ええと。女性キャリア、驚くほどの記憶容量、長島首席監察官の眷属《けんぞく》。小日向警視正の追っ掛けやら天敵やら。ああ、これはどっちでもいいがと部長は言ってました。それと」

東堂は言い淀んだ。

観月が手で促せば、

「徹頭徹尾の無表情。能面」

すいません、と東堂は頭を下げた。

観月はひと息つき、

「係長。ちょっと、係長」

と牧瀬を呼んだ。

少し苦しげだった。

「さっき食べたのの残り、頂戴」

牧瀬は指示に従って冷蔵庫に動いた。

なぜか少し、笑えた。

東堂絆が隠し持って抜き掛けていた白刃《はくじん》を、観月が見つけて押し込んだ、そんなイメージがあった。

化物に対する、ただ者ではない上司が、牧瀬には少しだけ誇らしかった。

たねやの本生水羊羹と人数分の煎茶を盆に載せて戻れば、話はだいぶ進んでいるようだった。

「ふむ。五条、ですか。五条国光」

東堂は、手近な椅子に座っていた。

東堂以外は各自の席にいた。

「どうせなら、管理官。今日俺と一緒に、会いに行きますか？」

東堂はこともなげに言った。

「え、なにそれ」

「おいおい」

内容からすれば、驚きは牧瀬も同じだった。

日本最大の広域指定暴力団竜神会の総本部長は、この国の闇の中の闇だ。それをまるで、友達と呑み会でも約束するように口にされれば誰だって驚く。

「どこを根城にしてるのかは、こっちでつかんでます。俺も一度会っておきたいんで。ちょうどいい。今日は土曜ですから、どっかで捕まるでしょ」

「ちょ、ちょっと待った」

森島が顔をしかめる。

「おい、東堂君。こっちは監察だぞ」

「問題ないでしょ。同じ警察官です」

東堂は平然と返した。

「ははっ。俺も昔、何度も異動させられてた頃には、どこの所轄に配属になっても特別監察官だと思われたもんです。俺と監察は、そもそも似た者かもしれないですね。部長が面白そうだと言ってたのも、そんなとこかもしれません」

「けどなあ」

なおも森島は言い募ろうとしたが、

「いいわね。いいじゃない」

言いながら観月は、水羊羹に匙《さじ》を刺した。

「どう転んでも、マイナスにはならないわ。変わらずかプラスなら、乗るべきね」

「ちょ、管理官」

牧瀬は思わず、慌てて立った。

この危険は、部下として係長として、止めるべきだろうか。

正面から受け止めて、東堂が見上げてきた。

ただ見上げられただけだが、ジワリと押してくるような力があった。

「心配なら、係長さんも一緒に行きましょうか」

押してくる力が牧瀬を絡め、今度は引く。

「ん？　おお。当たり前だ」

押し引き、虚実、出し入れ。

なんだかわからないが、手のひらの上で転がされているような気がした。懐かしい感じもする。

現場の技。

それも、化物の技だ。

東堂はかすかに笑い、立ち上がった。

「では、のちほど。ヤツの今日の動きを確認しておきます。おそらく夜になるでしょうけど」

飄々《ひょうひょう》と出てゆく。

　足運びは、牧瀬などには感嘆が出るほど滑らかにして軽かった。

　その背を眺め、見えなくなって牧瀬は目を細めた。

「管理官。なんか、凄いですね。なにがどうってのは難しいですが、ありゃ化物だ。凄い」

「そうね」

　観月も頷く。

　本生水羊羹は、二個目に入っていた。

「目の前に来られただけで、頭の中がチリチリしたわ。本気になられたら、糖分ゴッソリ持ってかれるわね」

　観月は水羊羹の容器を持ち上げた。

「彼の本気に、ううん。これ一個分で、一分保《も》つかなあ」

「ええと」

　なにを言っているのか。

「あ、でも一個一分なら。——なんだ。十個で十分保つじゃない」

　簡単簡単、と観月は三個目の水羊羹を手に取った。

「なんか」

　牧瀬は首筋を掻いた。

「なに？」

匙を口にしたまま、観月が聞く。

「いえ。俺らからしたら、管理官も十分、あの東堂の同類かと思いまして」

「なにそれ。化物ってこと？」

ひどくない、と観月は喚くが、そう言えば観月は茶会にも寄合にも出る、妖怪で魔女だった。

ただの化物以上かと思えば、納得も出来て牧瀬は笑えた。


「すんません、管理官。遅れました」

牧瀬が京急本線、大森海岸の駅に到着したのは夜の七時を少し過ぎた頃だった。

「あ、私も今さっき着いたとこ」

人気の少ない駅前に、観月はひとりで立っていた。

東堂の姿は、まだない。

牧瀬の携帯に観月からのメールが入ったのは、夕方の五時半過ぎだった。

上野署の倉庫に使用している部屋でいくつかの段ボール箱と格闘し、ちょうど中身を確認し終えたばかりだった。

取り敢えず上野署の〈ティアドロップ〉は、記録ノートと実物の数に差異はなかった。

〈七時頃に京急大森海岸駅前だって。顔見せには適当な場所だって連絡があったけど、急過ぎよね。行ける？〉

了解です、現地で、と返信し、馬場とその場で別れて大森海岸を目指した。

大森海岸の駅は、西側に出れば住宅街も広がるが、すぐ東の第一京浜から先は広大な大井競馬場になっている。そのまま南側の大森方面に向かっても、やがて現れるのは平和島競艇場だ。

この日は土曜日で大井競馬の開催もなく、ＴＣＫのトゥインクルの開催にはまだ一カ月ほど早く、平和島競艇にはそもそもナイターがない。

その関係か、午後七時現在の駅前は、人通りが驚くほど少なかった。

「あれ？」

東堂がやってきたのは、それからさらに十分の後だった。

「あれ、じゃないでしょうよ。なに、この時間」

「いや。あれ、ですよ。だから無理のないように、七時に、頃って添えといたんですが」

観月は文句を言い掛けたが、東堂は取り合わなかった。

「――ねえ。東堂君の頃って、幅はどのくらい」

「前後三十分は。――そうですね。ま、こういう擦り合わせは、おいおいってことでいきましょう。今日一日で済む付き合いじゃなさそうですから」

「了解。そっちがこっちに合わせる分もよろしくね」

東堂は軽く敬礼し、

「じゃ、行きますか」

と先頭に立った。

観月が続き、牧瀬も続こうとして、側溝《そっこう》に足を取られ掛けた。

牧瀬は、いくぶんの緊張を自覚した。

「どこまで行くの?」

「すぐです。ここから平和島方面に下った辺り。平和島の交差点までは行きません」

「あら。本当に近いわね」

「そこに、不動組が関わってる料亭があるんです」

「不動組って言うと、あれね。花畑の摘発で懲役になった、川崎の。――ああ、それでこの辺なんだ。組長はたしか、黒川登《くろかわのぼる》だったわね。旧沖田組の若頭」

「ははっ。凄いですね。すぐ出てくる。本当に記憶力がいいんですね」

「そう? 序の口だけど」

「とにかく、五条はここんとこ寝泊まりもそこです。贅沢って言うか、羨ましい限りです」

「ああ。君は成田だっけ？　遠いわね」

「遠いかって言えば遠いですけど、そう頻繁に帰れるわけじゃないですから。管理官は、成田に行ったことはありますか」

「まったくないわ」

「じゃあ、今度是非。話し好きな剣術使いと気のいいヤクザと、I国の元パラシュート部隊がいます」

そんな会話を聞きながら、最後尾で牧瀬は天を仰いだ。

（しかしよ。このふたりに、緊張って言葉はないのかね）

溜息も出ない。

「それにしても管理官。五条の件は、いい情報でした。根城はつかんでましたが、実際には、そこまででした。本気でこっちに腰を落ち着けるつもりかどうか、その判別はつきかねてまして。管理官のお陰です」

「そう？　軽い軽い」

東堂はいたって普通だ。

観月にしてからが、無表情はいつも通りだが、気配には気負いも衒《てら》いもまったく感じられなかった。

（俺だけ、凡人かよ。まったく）

見上げる夜空に、月はまだない。

ちりばめられた星々が、笑い騒《ざわ》めくように瞬《また》いた。

十二

〈料亭　かねくら〉まで、第一京浜沿いを歩いて十分も掛からなかった。

東側に一本道を折れればすぐだ。

牧瀬は終始、東堂と観月の後ろからついて行った。

後詰め、という思いもある。先頭が東堂なら、後ろを守るのは自分だ。

「あそこです。まあ、言わなくてもわかりますかね」

東堂が指差す先には、今風のカフェやイタリアン・レストランの間に、沈むような佇《たたず》まいがあった。

かねくらは長々とした塀に囲まれ門も立派な、重厚な構えの店だった。老舗に違いない。

ただし今は、門前に黒塗りの乗用車が何台も停まり、目つきの悪い男たちがたむろしていて風情を壊していた。

東堂は躊躇《ちゅうちょ》なく進んだ。

——ああ？

——なんだ、手前ぇら。

立ち塞がる連中が、当然いた。

「組対特捜の東堂。五条さんに取り次いでもらえるかな」

ざわりと剣呑《けんのん》な気が漂い始めるが、対処するのは先頭の東堂の役目だ。

そこに心配も問題も特にはない。

化物の心配を凡人がしても始まらない。

その間に、牧瀬は辺りをじっくり確認した。

街路付近には明かりが少なく暗いが、塀沿いから内部を窺《うかが》う限り、敷地内からは樹木の匂いも賑やかな嬌声《きょうせい》も漂い流れ、仄《ほの》かな明かりも感じられた。

塀の内側は庭園になっているのだろうと牧瀬は踏んだ。

この夜は三月にしては暖かだった。

今は庭で、大宴会の最中か。

前を向けば、十人からのチンピラの中に、東堂が平然と立っていた。

その後ろで観月が相変わらずの無表情だが、漂う気配はすこぶる上機嫌だと牧瀬は判断した。

が、他人には理解不能だろう。

ましてや、チンピラ風情には。

「姉ちゃん、不機嫌な面すんじゃねえよ」

牧瀬は観月とチンピラの間に割って入った。

「んだよ。ナイト様かい」

下卑た笑いがひと回りする頃、門の中から明らかにチンピラとは格の違う男が出てきた。

一瞬にして気配が引き締まる。そういう教育は出来ているようだった。

「お会いになるそうだ。入れや」

男に案内されて門内に入る。

玄関ではなく、敷石から左手に折れ、向かった先は庭園だった。

外からはわからないが、庭は池や築山も見事な、日本式庭園だった。

座敷からその庭園までをぶち抜きで汚すように、ライトとドレスの女を眩しいほどに配したガーデン・パーティが開かれていた。

三カ所で焚《た》かれた炭火でなにかが焼かれ、香ばしい匂いも漂っている。

五条国光は、池の手前に設《しつら》えられた緋《ひ》毛氈《もうせん》に陣取っていた。

顔は知らなかったが、牧瀬にもすぐにわかった。

誰も座っていないウッド・チェアのど真ん中に据えられた、偉そうなリクライニング・チェアに座っているのは、そいつただひとりだった。

周りを取り巻くように立っているのは、関西からの直属か、ボディ・ガードだろう。さらにその外に、おそらく旧沖田組の主だったところが居並んでいる。全員を知るわけではないが、牧瀬でも何人かはわかった。

特に目立つスキンヘッドに眉毛もない大男は、旧沖田組若頭補佐、二次団体である千《せん》目連《もくれん》の竹中《たけなか》だ。他にも三、四。関東の大所は牧瀬も知っていた。

さらにその外になると、もう人は放射状に散り散りだ。

どこの誰ともよくはわからない。

ただ、男連中だけでも総勢で、三十人はいるだろう。

東堂は真っ直ぐ、緋毛氈の茶席に向かった。

誰も、それこそドレスの女たちも成り行きを見守るようにして動かなかった。

整えた髪、整えた眉。色白の細い顔にかけられた銀縁フレームに、ライトを撥《は》ねる磨き抜かれたレンズ。

そのレンズの奥で爬虫類《はちゆうるい》を思わせる目が、動かず、先頭の東堂をじっと見ていた。

東堂は五条に近づくと、ウッド・チェアの一脚に腰を下ろした。

観月も座り、牧瀬は観月の後ろに立った。

「五条国光だな」

東堂が口を開いた。

張るわけではないが、庭の端々まで通っただろう。

重い雰囲気を掻き混ぜて揺るがない、強い声だった。

「せや。で、あんたが東堂絆とかいう、組対の若造か」

動じることなく、かえって爬虫類の目を細めた。楽しげに見えた。

さすがに竜神会の、総本部長だ。

「顔見せいう話やったけどな。こっちも一度、見ときたいと思ってん。ちょうどのタイミングやったな。そやなかったら、なかなか会わへんで。私はこれでも、結構な人見知りなんでな。なあ」

周囲が影のようにざわりと動いた。

反応して観月が小首を傾げた。

「あれ。もしかして今、笑うところだったの？」

五条の目が、観月に動いた。

「なんや」

「つまらないのに笑うって、なんか気持ち悪いわね」

値踏みするように、五条は観月を上から下まで見流した。

「おい東堂。こっちの可愛らしくもないお嬢ちゃんは、あんたの部下かい」

「どうでしょう。どっちかっていうと、上ですけど」

「上?」

タイミングと見たか、観月は自分から証票を取り出して開いた。

「小田垣です」

「——ほう。警視。キャリアかい」

五条は覗き込んで聞いてきた。

「ちなみに、どうせ調べればわかるから言っておくと、警務部の監察官室よ」

「ほ、監察やて」

五条は鼻を鳴らし、牧瀬に顎をしゃくった。

「なら、あんたも監察か」

牧瀬は答えなかったが、特に五条に反応はなかった。

上司の後ろに張り付く部下に、さして興味はないのだろう。

「東堂は本職として、ふたりはえらい場違いやな」

「そうでもないわよ。でもまあ、そうね。主役はこっちじゃないわね。東堂くん、任せたわ」

観月は東堂を促し、椅子から立ち上がった。

任せたらそれまでなのはいつものことだ。

観月は座敷近くの配膳ワゴンに寄り、誰に断るともなく杏仁《あんにん》豆腐に手を伸ばした。

任されたんでそれじゃあ、とわざとらしい咳払いで、東堂は椅子ごと五条に寄った。

膝が付くほどの近くだ。

間のとり方が絶妙で、誰も動けなかった。

直近の連中が色めき立つが、東堂にはまったく気にした様子もなかった。

下から見上げるようにして顔を上げ、五条におそらく剣気で楔《くさび》を打ち込んだ。

「〈ティアドロップ〉、動かしてるかい」

現実に辺りの気温まで下がったような気が牧瀬にはした。

ライトの明かりも少し、怯えるか。

「──な、なんや。藪《やぶ》から棒や、な」

青ざめ、しかし五条はかろうじて、負けなかった。

「なんの、話や」

「こっちの連中にずいぶんなシノギ、背負わせたんだって」

「そんなん、知らんわ」

こんな、会話にもならない遣り取りが数度あった。

やがて、

「ま、こんなものか」

東堂はゆっくり後ろに下がった。

（そういえば）

牧瀬は思い出した。

東堂は気配を〈観《み》〉るという。

正式には〈観法《かんぽう》〉というらしいが、武道の精神世界で自得《じとく》の域に入った者にしか理屈はわからないらしい。

いや、そもそも理屈などないに違いない。

「管理官。終わりでいいですか」

椅子から立ち、東堂は観月に声を掛けた。

すべてが正常に、三月の夜に戻った。

誰かが大きく息をつくのが聞こえた。

「ああ。君がいいなら、いいわよぉ」

重ねた容器を見れば、すでに杏仁豆腐は四つ目のようだった。

「東堂、絆か。あんたみたいなんは、府警にはおらんかった。さすがに警視庁や。――おもろいな。覚えとくわ」

五条はサイドテーブルのおしぼりで顔をぬぐった。

「そっちの、お嬢ちゃんもな」

「よろしくぅ」

観月は平然と受け、手にした五個目を高く差し上げた。

「まったく、けったいや」

食えん女はもてんぞぉ、と五条は呟いた。

観月に聞こえたかどうか。

牧瀬には聞こえた。

「――けど、さよか。〈ティアドロップ〉に監察か。警視庁も、そないなとこは府警と変わらんな」

五条は呑み掛けだったオン・ザ・ロックを呷《あお》り、東堂に氷だけになったグラスを差し出した。

東堂が受けると、取り巻きのひとりがウイスキーをなみなみと注いだ。

「東堂。わざわざ来たんや。その一杯と手土産ひとつ、くれたる。痛くもない腹ぁ探られるんは、勘弁やからな」

深川にも、腹の黒い貉《むじな》おるな、と五条は言った。

深川署と江東署は管轄の一部を接する署だ。

ちょうど、千尋会《ちひろかい》というヤクザの事務所を挟む位置にある。千尋会は沖田組の三次団体だ。

「なに」

真っ先に反応したのは牧瀬だった。それを見て五条が笑った。

「くっくっ。あんただけまともや。まともは大変やろ。こんなん相手にするとな。あんじょう気張りや」

牧瀬は唇を噛んだ。それだけで耐えた。

氷が鳴った。

東堂が、グラスのウイスキーを呑み干していた。

「見返りは」

取り巻きにグラスを押し付け、東堂が言った。

五条は肩をすくめて首を振った。

「特にはなにもないわ。言うたやんか。わざわざ来た、手土産やて」

ただな、と続いて、

「それでも、押し掛けは無粋《ぶすい》やで。関西の神さんはそんな無粋を、ただでは済まさんかもしれん。——私がいい言うても、ウイスキーと手土産のお代、払《はろ》うてってやぁって、言わはるかもしれへんな」

思わず、牧瀬は観月の前に立とうとした。

「おいおい。ごつい顔して肝の小っちゃい奴っちゃな。管理官見習《みなろ》うたほうがええで。くっくっ。仮に、や。そんなことがあっても、私は知らんでって話や」

五条が牧瀬を見て、また笑った。

「ま、そんなんあったとしてもこっちは知らんし、なにがあったとしても挨拶期間てことで堪忍、とな。深川の貉《むじな》は、そんなこんなのバーターじゃ。――ええな、東堂」

五条は顔を振り向けた。

東堂は、手近な生ハムをつまんでいた。

「なるほど。関西人らしい。いえ、そういったら関西の人に怒られますかね。竜神会らしい、かな」

「なんや。そりゃ」

「ちっちゃな手土産で偉そうにバーターとか。セコイ。がめつい。そんなだから、傘下に嫌われる、と」

「――ほう」

ここで初めて、五条の気配が闇側に動いた。

東堂の剣気とは違い、濃くも強くもないが、冷たい泥のような気配だ。

「ええ度胸や。重ねた分の無粋と生ハム一枚。こっちのお代は、高うつくかもし――」

「聞いてられない。お邪魔様」

東堂は最後まで聞かず、踵を返した。

その前に、早くも観月も玄関の方に動いていた。

――ご馳走様。

誰も動かず、しゃべらない。

観月の声がよく通った。

五条との会見は、これで終わりだった。


警視庁の三人が嵐のように引き上げて、三分もしない頃だった。

「いいんすか。あんなんバラして」

国光に聞いたのは、八王子に拠点を置く大山《おおやま》組の組長だった。旧沖田組の顧問だ。五十絡みで、剛毅が健在のころは沖田組本部で舎弟頭だった。

「かめへんかめへん。どの組にも、そのための猶予や」

「なんです？」

「シノギのこと、あの東堂のガキぁ鎌掛けよった。けど私ぁ表だってまだ、どこにもきつう催促言うたわけやあらへんやろ」

「え。へ、へえ」

「なぜだかわかりまっか」

「いえ、とんと」

何歳になっても、勉強は必要やでぇと国光は冷ややかに言った。

遣り取りをしているのは国光と大山だが、ほぼ全員が聞き耳を立てていた。

気楽に呑み食いしているのは、五条が大阪から連れてきた直属だけだった。

「九州でな、今の沖田はんとこみたいなことが昔あってな。いや、どこでもそうやけど、親が代わるとな、みぃんな、あくせくしますんや。ちょっとでも上の近くでやろう、甘い汁吸うたろうってな。それで、勝手に無理すんねや。で、サツに尻尾摑《つか》まれる。上の名を出す。これは、悪循環やで。だから」

ほら、シノギはあんたらの名で軽ぅく掛けても、私と竜神会の名、まだ出してへんやんか、と国光は笑った。

「せやから、千尋会、要らんし。ほかにも浮き足立つ馬鹿おったら、こういう機会に全部、こうバサッと切り捨てな」

国光の手刀が斜めに走った。

「ま、断捨離《だんしゃり》ですわ、断捨離」

「へ？　だ、断、捨――」

国光は琥珀色《こはくいろ》のグラスを夜空に透かした。

「〈ティアドロップ〉なんてカビの生えたもん、要らんわ。そんなもんに手ぇ出さなきゃシノげない組も、要らんわ」

「い、要らんて。総本部長、そいつぁ、いくらなんでも具合が」

国光の手首が無造作に天から返った。

酒まみれになって大山がよろめく。

「八王子も、ええとこみたいやな。新しい活きのええの、神戸辺りから呼んできて任せてもよろしいで」

「い、いや、そりゃあ」

「それになぁ」

国光は辺りを見回した。

「そのカビには、小蠅《こばえ》みたいにノガミのチャイニーズがブンブンしとるって、あんたら、誰か知ってたか」

「え、ノガミ。魏老五《ぎろうご》すか」

一歩前に出たのは、不動組の若頭、島木《しまき》だった。

花畑での〈ティアドロップ〉の一件でムショに送られた黒川に代わり、組を預かっている。

国光に〈料亭　かねくら〉を貸し出したのは、この島木の独断だった。

「魏？　ん、そんなんだったかな。江？　ま、名前までは知らんわ。ややこし。——で、知っとったんはおるんか」

反応する者は誰もいなかった。

「なんや、ひとりもかいな。のんびりしとるな。東京者はこれだから」

国光は新たなオン・ザ・ロックを舐めた。

「ま、文句言いたいんがおれば、いつでもどうぞや。かめへんで。実際、私が沖田の下で欲しいんは、金松リースとか銀座と六本木の店くらいのもんや。あ、あと、黒川はんとこの、ここや」

「！　へ」

島木が腰のない声を上げた。

「ここは、ええな。来月からはＴＣＫのトゥインクルも始まる。競艇ももうすぐ川風が緩むやろ。どっちもいい季節に歩いて通える。今から楽しみやで。なあ、不動はん」

ここ、おくれ、と国光は見もせず言い放った。

島木はただ、震えながら下を向いた。

「ありがとさんな。ほれ、ほかのみんなもなあ」

国光はグラスの酒をまた舐めた。

「不動はんとこみたいに、あんじょう、お気張りな。あんたらの代わり、西にいくらでもおるからな」

国光がドレスの女たちを手で呼んだ。

黄色い声と色とりどりの動きが、場違いな日本式庭園にまた戻った。

十三

「なるほどね」

そんなことを呟きながら、まずイヤホンを外したのは東堂だった。

第一京浜に戻った辺りだ。

まずというのは、東堂が最初、という意味だ。次に観月が、最後に牧瀬が外し、東堂に返した。

モノは、東堂の所持品だった。

いわゆる盗聴器だ。

限界距離二百メートルで発信は一日しか保たないというが、四人までワイヤレス・イヤホンで同時に聞くことが出来る。

元公安の牧瀬は、こういう道具類にも精通する。

東堂の所持品は、なかなかの優れ物だった。

「ねえ。便利は便利だけど、盗聴器って組対は必需品なの？」

観月がイヤホンを弄《もてあそ》びながら聞いた。

淡々とした聞き方だったが、少し怪しいか。牧瀬には興味津々に感じられた。

「どうでしょう。ただ、俺は教え込まれたもので。とある人に」

「とある人？」

「あ。あの、親父に」

東堂は少し言いづらそうにしたが、

「お父さん？　ああ、もと組対の刑事だったたって言う」

観月はさらりと拾った。

東堂は頷き、来たとき同様、先頭に立って歩き出した。観月が続く。

「こういうときに引っ掻き回して上澄みをすくう。これも教わったのは親父からですけど。でも結局は、組対の手口って言えば、まあそうかもしれないですね」

「なに言ってやがんだ」

牧瀬は背後を気にしながら言った。

ひとまず、つけてくるような連中はいない。

「組対の手口ったって。あんなとこに堂々と乗り込んでなんてなぁ、お前ひとりの手口じゃねえのか」

「ははっ。どうでしょう」

東堂は涼やかに笑った。

最初から緊張がないから、おそらく、牧瀬が感じるような解き放たれた緩みもない。平々として静々として、牧瀬が見ても惚れ惚れする男振りだった。

「そうよね。みんな似たようなものじゃない？　係長もでしょ。いざとなったら、私もやるもの」

観月が平然と口を挟んだ。

「へ？」

考えてみたが、よくわからない。

牧瀬はもう、わからないことを理解しようとはしない。そんな感情はだいたい、一年半前に放棄した。

「へぇへぇ。まっ、化物の手口ってことっすね」

「それで東堂君。イヤホンの話に出てきた名前はだいたいわかってる。捜査資料にあったから。ただ、ノガミの魏老五って？　それだけは隠れてたわね」

観月が先頭の東堂に並ぶようにして聞いた。

大森海岸の駅が近かった。

「魏老五ですか」

東堂は後ろを振り返った。

「係長は知ってますか」

知っている。名前くらいなら。

そう答えると、東堂は掻い摘《つま》んで説明してくれた。

魏老五は、上野の仲町通り近くにビルを構える、チャイニーズ・マフィアだ。長江漕幇《チヨウコウソウバン》の流れを汲《く》むという男で、相当切れるらしい。

新宿や渋谷のチャイニーズほど大人数で徒党を組むわけでもないのに、大物として名が通っているのは、切れるからだ。

メンツに拘《こだわ》り裏切りを許さず、恩も義理も道理も知るらしいが、ときには、それらを振り捨てて笑える冷徹さも併せ持つという。

「〈ティアドロップ〉の件で、少々関わりまして」

裏はまったく取れませんがと前置きして、東堂は話を続けた。

魏は東品川、花畑のどちらの押収にも関わり、当然、〈ティアドロップ〉の大元である西崎次郎《にしざきじろう》にも関わり、キル・ワーカーというヒットマンをこの国に呼び寄せる仲介もしたという。

「そいつぁ、また」

牧瀬も絶句するしかないほど、魏老五という男は闇の中で激しく蠢《うごめ》く存在らしかった。

「なんにせよ、大物ってことね」

牧瀬をよそに、観月は簡単に魏老五のことを飲み込んだ。

話しながら進むと、大森海岸の駅がもう目の前だった。

「東堂君。さっき五条が言ってた魏老五の方、任せていい？　さすがにうちの部署からは遠いわ」

「わかりました」

東堂は即断で頷いた。気持ちがいいほどだった。

「その代わり、千尋会や深川署のことはこっちでやるわ」

「了解です」

駅に到着した。

牧瀬は東堂とふたり、その場で立ち止まった。

観月が駅舎への階段に足を掛ける。

牧瀬は東堂と、観月を見送る形になった。

「私は帰るけど」

三段上り、振り返って観月は言った。

ただし、目は三段高いところから、夜の暗がりに向けられていた。

「いい？　係長」

観月もわかっているようだった。

「いいなにも、そうして下さい。ここからは、下っ端の役目ということで」

「そう。じゃ、よろしく」

後ろ姿を見送り、残った男ふたりで第一京浜を渡った。

「なんか、あっさり部下を置いて帰っちゃいましたね」

「任せると言ったら、こっちの悲鳴が上がっても最後まで任せる人だからな。組対じゃ駄目かい」

「いえ。管理官としてはなかなか見所があるというか、懐が深いと思いまして」

そんな会話をしながらぶらつく。

人通りはさしてなかったが、首都高への鈴ヶ森《すずがもり》入口の近くの第一京浜は車通りが多かった。

「それに、あれだ。管理官はよ」

どちらからともなく、道を折れる。

しながわ水族館に続く区民公園への街路灯が点在するだけの遊歩道だった。

道は暗くはないが、明るくもない。

「東堂。お前の実力、わかって帰ったんだと思うぞ。安心して、な」

謙遜するか、下を向いて一度、東堂は笑った。

「まあ、たしかに、帰ってもらった方が俺はやりやすくていいですけど。手の内を見られるのは、あの管理官にはどうも」

「お、わかるのかい」

興味を覚えて聞けば、東堂も目が悪戯《いたずら》げに一瞬だけ揺れた。

「牧瀬係長こそ、わかってますか」

東堂が牧瀬に聞き返してきた。

とはいえ、牧瀬の問い掛けとこの東堂の疑問提示には、大きな隔たりがある。

「ああ。わかってるよ」

牧瀬は即答した。

東堂は得たりと頷いた。

「繰り返しの確認になりますが、管理官抜きでもいいですよね」

「ま、俺も係長だ。一応、権限で任されてることは多いからな」

「なるほど。さすが、警部さんだ」

かすかに東堂が笑った。

安くもなく、軽くもなく、見せ掛けでも強がりでもない。

そういう笑顔にこそ、こういう場面では痺《しび》れるものだ。

「係長。この辺でいいですかね」

東堂が立ち止まった。

街路灯の真下だった。

「ああ。頃合いだろ」

牧瀬も立ち止まる。

すると、前方の路地から、背後の暗がりから、ぞろぞろと男たちが姿を現した。

闇に伸びる明かりで、後方の男たちの何人かを確認した。

〈料亭　かねくら〉の前でたむろしていたチンピラのようだった。

存在は、途中からわかっていた。

東堂などは、聞いたら平然と最初からとか言いそうだ。だから、聞かない。

大森海岸の駅まで護衛のつもりで観月を送った。

構内に入ったのを確認し、引き離すつもりもあって第一京浜を渡った。

前から四人、後ろから十数人。

総勢はだいたいそのくらいだった。誰も声を発さない。

ただひとり残らず、剣呑な気を放散していた。

「この程度、二人で十分でしょ」

「そうか？」

「あれ。違います？」

東堂が首を回し、手首を回した。

それで徐々に、目の中に白光が収斂《しゅうれん》していくように見えた。

体内に横溢《おういつ》する剣気、その類《たぐい》だろう。

隣に立つだけで、牧瀬はすでに白刃を突き付けられているような感覚があった。

「俺は、お前ひとりでも十分な気もするがな」

「そこは、労力削減で」

言った途端、東堂に光が爆発した。あくまで感覚だが、牧瀬にはそう思えた。

一瞬の後には、東堂の姿は掻き消えていた。

後方で金音《かなおと》がした。

走りながら東堂が背腰《せごし》のホルスタから、特殊警棒を振り出していた。

後方はすなわち、多い方だ。

さすがに、すべてを任せるわけにはいかないだろう。

「ま、勝てやしねえけど、こういう場合、なんて言やいいんだ。負けてらんねえ、でいいのか」

ゆらりとまず、牧瀬は前方へ足を振り出した。

そちらを手早く片づけて、後方へ回るつもりだった。

前方からの四人も、猛然と走り来るところだった。

ふたりの手に、外灯の明かりを撥ねるナイフが見えた。

「おらおらっ」

「野郎っ」

剣呑な気は今や、隠しもしない狂気だった。

「おおっ」

牧瀬も気合いを掛け、走った。

痺れるような戦いは知っている。望むところだった。

こういう場合、怯《ひる》んだら負けなのだ。後ろに下がっても嵩《かさ》に懸かられる。

牧瀬は敵襲を分断するように、自身の動きにフェイントを掛けながらど真ん中の隙間に割り込んだ。

無造作に振られるナイフが右の頬を掠《かす》める。

疼《うず》くような痛みがあったが気にしない。

気にしてはいられない。

踏み込んで伸びた男の腕を肘《ひじ》で極《き》め、ナイフを放したところで肩に担ぐ。

「せあっ」

変形の袖釣り込み。昔からの得意技だ。

大きく跳ね上がった男の身体がインター・ロッキングに落ちる。

「ぐあっ」

当然、加減はしてやる。

背負ったところで加減を忘れると、柔道は必殺の技なのだ。

「次っ。来いや！」

誘えば、真後ろから一番若そうな男がしがみついてきた。

「谷《たに》さんっ」

正面、もうひとりのナイフを持った男。

それが谷なのだろう。

「へへっ。放すな、よっ」

突っ掛けてくる。

目はそちらに据えて、牧瀬は感覚で右足の踵を踏み込んだ。

「痛ってぇっ」

踏んだのは背後の男の爪先だ。

怯んで緩んだ腕の中で一回転し、突き出されたナイフをやり過ごせば、目の前に歪んだニキビ面があった。

背後のも若いが、こっちもたいがい若いガキだった。

拳をぶち込めば、声もなくニキビ面は膝から崩れた。

「よっ」

腰回りにしがみついてうるさいもうひとりには、全体重を預けて肘を落とした。

「げぇっ」

背中を反らせ、それだけで男はもう動かなかった。

牧瀬はすぐに立ち上がろうとした。

が、

「おらぁっ」

残るひとりの蹴りが早かった。

油断したわけではないが、男の動きは見えていなかった。

少し、心身共に鈍《なま》ったか。

「ごふっ」

脇腹に強い衝撃があった。

一瞬息も詰まり、牧瀬は地べたを転がった。

額が擦れて熱かった。

それでも転がった。

左の頬も熱くなった。

「待てやっ」

遊歩道のガード・レールに背中がぶつかった。
牧瀬はとっさに顔面を両手でガードした。
間髪入れず、その上から蹴られた。
「こなくそっ」
だが、牧瀬は蹴られ損にはしなかった。
そのまま蹴った足を取り、回転に巻き込んで足首をひねった。
軽く、なにかが切れる音がした。
「ぎひぃぃっ」
悲鳴を上げる男から離れ、牧瀬は懸命に立ち上がった。
三月にもかかわらず、額から汗が流れて傷に染みた。
荒い息が止まらなかった。膝が笑っていた。
それでも、立たなければならなかった。東堂は十数人と戦っているのだ。
「んなろぉ！」
渾身《こんしん》の力で牧瀬は立った。
急がなければならない。
しかし——。
牧瀬は、動けなかった。

唖然《あぜん》としたからだ。

三メートルほど離れたガード・レールに、東堂絆が座っていた。

「お見事でした。お疲れ様です」

東堂は、ガード・レールからゆらりと立った。

その背後の暗がりに、呻《うめ》き声の束があった。

数はどうやら、現れたときと合致していた。

「お、おいおい」

まさか、牧瀬の四人より圧倒的に早く、十数人を倒したというのか。

しかも、呼吸すら乱さず。

「じゃ、行きましょうか」

「……ああ？」

さらに牧瀬が唖然とすることを東堂は言った。

「なんだ。おい。これ、放置かよ」

「そうですけど。ああ、大丈夫大丈夫。しばらく放っておけば、勝手に帰りますよ。子供じゃあるまいし」

いや。

そういうことではない。

「これ、見逃すのか」

「見逃す。――ああ。そういうことですか。でもこれ、さっき五条が言ってましたよね。挨拶だって」

「そりゃあ。――けど、東堂。ナイフだって持ってたぜ。まかり間違や、命の危険だって」

「そんなものは――」

ないですよ、と東堂が遮った。

「そんなことには、俺がしません」

東堂の背に、揺らめく炎を見た気がした。

覚悟か、決意か。

いずれにせよ、牧瀬が口を出すべきことではない。

現実として東堂は十数人を瞬破し、牧瀬は四人で息も絶え絶えなのだ。

「帰ります」

東堂が先に立った。

牧瀬は大人しく、その背後に従った。

十四

「へえ。その結果が、これ？」

「うわったた」

翌朝の、監察官室だった。

観月は登庁してすぐ牧瀬から前夜の、別れてから後の一件について報告を聞いた。

特に急いで聞くようなことはあるわけもない。

あるなら昨日のうちに牧瀬から連絡があるはずだからだ。

それでも登庁して一番で聞いたのは、多分に、野次馬根性というやつだ。

「おは――。なにそれ」

いつものように監察官室に入りはしたが、挨拶からのルーティンにはならなかった。

牧瀬があまりにおもしろ、いや、いつもの牧瀬ではなかったからだ。

「あ。おはようございま、す」

言いづらそうだった。

牧瀬は左右の頬に絆創膏《ばんそうこう》を貼り、額にも傷を負ったようで包帯を巻いていた。全体に顔が腫れている。

出来の悪いパイナップルのようだった。

それで、聞いてみる気が満々になった。

取り敢えず動けて目の前にいる以上、出来の悪いパイナップルの話は、出来の悪い武《ぶ》勇譚《ゆうたん》に間違いなかった。

そういう話は、面白いものだ。

「へえ。その結果が、これ？」

観月は牧瀬の絆創膏を指先で押した。

「うわったた」

と、話はこういう流れになった。

途中からは時田も参加し、そのうち森島も加わった。

そうすると話は出来の悪い武勇譚から、完全に双方向の報告会だ。

馬場はいない。

世間的には、この日は連休の真ん中の日曜だ。

休ませないと後がうるさい。

「なるほど。深川署ですか。五条国光ね」

大きく頷き、時田は牧瀬の顔を突いた。

「おわ。痛てて」

「ははっ。こりゃ、面白いものですね」

「でぁ。しゅ、主任。俺の顔で遊ばないって。痛てて」

「それにしても、五条。竜神会っすか」

森島も牧瀬に手を伸ばす。

「蜥蜴《とかげ》の尻尾切りの始まりっすかね。それとも本気で、関西の連中で総取っ替え狙ってるとか」

「うわっち。痛え」

さすがの牧瀬も頭を抱えたところで、

「ま、冗談はさておき」

と森島が真顔になった。

痛ってえ冗談だぜと牧瀬は喚くが、もうさておく話なので、さておく。

「千尋会要らんし。五条はそう言ってましたか。管理官、実は昨日こっちも、ちょっとそんな噂を聞き込んだんすよ。ねえ、主任」

たしかになと、時田は腕を組んだ。

昨日、時田と森島は西新井署から綾瀬を回り、順調に江東署の倉庫で、段ボール箱を挟んだ睨み合いのような検品を済ませたという。現状、欠品はなかった。

まだ早いということで、城東署まで回ったようだ。

そこで聞いたという。

——千尋会と深川ぁ、近いぜ。

ちょうど、森島の公安時代の同僚が城東に回っていた。

——そもそも江東署の連中だけじゃ、千尋会もきつかったようでよ。笹本課長とかぁ、結構本気で抜いてたらしいしな。

江東署の笹本たちを引っかけた千尋会は、沖田組の二次団体、千目連《せんもくれん》につながる。構成員は二十人を出たり入ったりしている。

羽振りは悪くなかったようだが、シマには大した繁華街もない。

だからこそ警官とズブズブになってなんにでも手を出す組だったらしいが、たしかに江東署の警官を三、四人手懐《てなず》けただけでは、羽振りだけでなく上納まで維持するのはきつかっただろう。

——前はあんまりわかんなかったみてぇだが、ほれ、江東が監察に掛かっただろ。あれで、ちょっと見えてきたらしい。江東署にゃさすがに出入り出来なくなった、千尋会の動きでよ。

そんなことを教えてくれた。

「結局、五万掛かりましたけど。これは、上げますよ」

捜査協力費ということだろう。

仕方ない。特に警官同士だと協力費は付き物だ。情報は金になるとみんなわかっているからだ。

そもそもとある部署、もっと細かく言えばとある公安総務課の分室以外、どの部署も捜査費用などかつかつだ。

「そう。わかった。いいわよ。――その代わり」

徹底的にお願いねと観月は続けた。

「五万だものね。五万」

ご多分に漏れず、監察官室もプールしている費用は多くない。

「了解です。それについちゃ、昨日帰り道で主任と考えてたこともあるんすわ」

森島は視線を遠くに動かした。

「うちの監察官にも、お手伝いいただいて、ってことになりますが」

「なに？」

「城東や江東の組対といっちょ組んで、周りからジワジワ攻めるかと。俺らじゃ、あれっすけど、うちの監察官なら江東署も動かせるっしょ」

それは出来るだろう。

そのためというわけではないが、だから首席監察官は切れ者で、警視正なのだ。

江東は小規模署で、署長は警視だ。

「動かしてさえもらえれば、点数稼ぎしたい連中は我先に働きます。こりゃあ、どこでも一緒ですね」

「なるほどね。じゃあ、休み明けに監察官には話通す。問題ないでしょ。係長」

大筋はわかった。後は牧瀬に任せる段だ。

「了解です」

心得たものだ。牧瀬が割り振りと段取りを考慮し始めた。

観月の携帯が鳴ったのは、ちょうどそのときだった。

表示されたナンバーで、誰からの電話かはすぐにわかった。

ちなみに、観月はナンバーをその都度登録などしない。一度見ればそれで記憶出来るからだ。

電話は、東堂絆からだった。

──東堂です。お尋ねの件ですが。やっぱりノガミのチャイニーズが動いてるってのは本当ですね。

「ああ。──へえ。そう。やっぱり本当なんだ。ありがとう。──そうね。手伝ってもらうことありそうだけど、基本的にはこっちで。助かったわ。今度、なにかお礼しなくちゃね──え？　ええ、お安いご用だけど。わかった」

東堂は頼んだ件に関して、早くもわかったことを教えてくれた。その電話だった。

「さて、と」

通話を終えて立ち上がると、牧瀬の眉が険しくなっていた。

「なんですかね」

「なに？」

「なんでもいいですけど、ひとりで勝手なことだけは、しないで下さいよ」

観月の様子から、なにか不穏なものを感じたようだった。

「しないわよ。だから気にしないで。そっちはそっちで、チャッチャとね」

「了解です。じゃ、立ち上がった管理官はこれからなにを」

「そうね。まずは――」

少し考える。しなければいけないことは色々あるが、優先順位は決まっている。

「どうにかして、匂いのついたものを手に入れないと。先輩が」

「は？」

「ううん、なんでもない」

そう、なんでもない。

これはブラックな話ではなく、ダークな話だ。

「取り敢えず、〈ブルー・ボックス〉に行ってくるわ」

「ああ。あの改造ですか」

「そう」

嘘ではない。それも優先順位としては相当高い。

しかも、早川真紀のアップタウン警備保障を引き入れたのは観月であり、観月しか動かせない。

それに、興味によって急遽《きゅうきょ》、真紀に頼んだものもある。

「じゃ、任せたわね。あ、明日は休みだから」

「あ。そうですか」

牧瀬がどこ吹く風に聞いた。

少し癪に障った。

耳を引っ張る。

「うわってててっ」

「ぜ・ん・い・ん・ね。来週からが本番なんだから。身体休めるのも仕事よ。よろしく」

深川署の件も休みも牧瀬らに任せるというか念を押し、観月は〈ブルー・ボックス〉へ向かった。

手土産には、青野の赤坂もちを用意した。

現場は、搬入車の渋滞や喧噪《けんそう》が少し減っているようだった。

三月年度末の、滑り込み搬入もさすがに落ち着いてきたのかもしれない。ただ職員たちの間に全体的に漂う雰囲気は、だいぶ違った。やけに厳しい、緊張感のようなものがあった。

アップタウン警備保障の人間が出入りするようになり、キング・ガードの連中に芯が入ったということだろう。

それだけでも、効果は大きい。

エントランスに向かおうとすると、一番近いシャッタの内側に、サイケなレッドの作業着がいくつか見えた。

早川真紀は、ヘルメットに安全帯の出で立ちでその中にいた。テーブルを出し、何人かの職人を前にA1の図面を睨んでいた。

「お疲れ様」

言いながら、観月はシャッタの中に足を踏み入れようとする。

おい、と厳しい声で真紀に制された。

「誰だろうと場内は、ヘルメット・安全帯・安全靴。これはどこに行っても厳守だよ。労災認定に関わるんだ」

現場監督にして男前だ。とても東大の、しかも文I女子とは思えない。

真紀の方が場外に出てきた。

二、三の会話を交わす。
「で、どう？　進んでる？」

「やってるわよ。でも、始まったばかりだからね」

ヘルメットのツバを上げ、真紀は場内を見やった。

「二階とか三階より、問題はこの一階の天井だね。明日からスーパーデッキ入れて作業する予定にしてるけど、搬入車と場所の取り合いでね。上とも中とも今、楽しく揉《も》めてるよ。あと、場内の固定のクレーンさ。あれちょっと、無計画に配置し過ぎよね。何基か、別にケミカル打って動かすかもしれない。既存のアンカーは根本からえぐってモルタルで埋めるから、GLに問題はないわ」

半分は専門的でわからないが、真紀は楽しげに説明してくれた。

ひと通り聞いたところで、

「で、真紀。頼んだ物は？」

頃合いを見て観月は聞いた。

「ああ。二階のOPに」

OPとはオペレーションルームの略で、二の①のことだ。三階と連結し、いずれは中二階の分も引き込むことを考えると、集中管理は二階が便利だということでそうなった。

「どう？　いいやつ？」

「そうね。うちの研究所で今のところ一番」

「ふうん。ダメ元で聞いたつもりだったけど、警備会社ってそんなのも持ってるんだね」

「研究所って言ったでしょ。あくまで研究よ。建前は」

「なるほどね。——使い方は？」

「ああ。上にいる松山《まつやま》って作業長に聞いてもらえば。彼の方が詳しいし」

「了解」

観月は動き出そうとした。

「あ、観月。すぐにも、ちょっと試してみたいかなって」

「うん。すぐに上、行く？」

「え。ここで？」

「そう。ここで」

真紀は首を傾げた。

「——よくわかんないね」

「わかんなくていいよ。私のは猿真似だし。あんまり、大っぴらにも出来ないし」

観月は肩をすくめた。

「ま、いいならいいや」

この辺の諦めも、真紀は鮮やかだ。

さっぱりしている。

宵越しの反省も、後悔もしない。

「それより観月。上がったらさ、あの中二階の渋い警部さんにさ」

「渋い警部？」

渋いかどうかはわからないが、中二階に警部はひとりしかいない。総勢でもふたりだ。

「はあ。渋い、ね」

人それぞれ。趣味はわからないものだ。

「あと十日以内にはテスト稼働出来る状態まで持っていくって言っといて。あとは、もうちょっとここが落ち着けばね。今の状態だと、まだ無理だろうし」

「無理なの」

「無理」

真紀は断言した。

「半日くらい、搬入も搬出もストップさせて欲しいから。だから今のうちにね。直前にもう一度言うけどさ。迷惑掛けられないから」

どうにも、男前な、乙女だ。

改めて思う。

いつもの女子会には、少々変わり者が多い、かもしれない。

「言っとく」

手にした青野の赤坂もちを揺らし、観月はエントランスに足を向けた。

十五

それから、全員が慌ただしい四日間が過ぎた。

江東署の件は連休明けの朝すぐに、観月から藤田に要請が上がった。

「そうですか。君たちが本腰なら、いくらでも協力しますよ」

そう言って、すぐに自ら江東署に出向いてくれた効果は覿面《てきめん》だった。

昼には江東の課長から牧瀬に連絡が入った。

何人がなにをすればいいか、と。

時刻をほぼ同じくして、牧瀬は城東署からも協力の応諾をもらった。

こうなれば、たかだか二十人ほどのヤクザと小規模な所轄ひとつ、丸裸にするなどわけもない。

捜査のアイデアはいくつでも思いついた。

公安、それも警察庁警備局に出向した牧瀬の真骨頂と言ったところだ。

千尋会の内情、深川署の誰と誰。

内偵は実にスムーズだった。

「あ、監察官。それで、余禄《よろく》みてぇなもんですが、昨日、ミイラ取りのミイラって言いますか、ネズミ取りのネズミって言いますか」

「なにそれ」

牧瀬がそんな説明を観月にし始めたのが、二十四日の午前十時過ぎだった。

全員が揃っていた。

お八つの時間で、この日は砂町ふ清《せい》の麩《ふ》まんじゅうだ。

森島が城東署の仲間にもらってきた。

観月は、五万の麩まんじゅうかと、しげしげと眺めて感慨深げだった。

「いえね。深川に、地域課でも千尋会に通じてるのがいたんですよ」

地域課は俗に言うお巡りさん、交番勤務の制服警官が主だ。

「それって、ティアの売人ってこと」

「そうです。今はまだ泳がせてますが」

観月の問いに、牧瀬は頷いた。

「それなんで、江東に城東、城東に江東、それとなく地域課や生安課も張らせたんす」

聞いていた馬場が思わず仰け反った。

「うわ。係長って、えげつなっ」

牧瀬はあえて無視した。

下らないからではない。

一理も二理もある。

実際、えげつないのだ。

馬場は前職が組対とはいえ総務だからか、よく言えば優しい。

その優しさは、部署としては無くしてはならないものだ。

「張らせた結果、江東の生安に笹本たちとつるんでた、残党みたいなのを見つけました」

「ふぅん。やっぱりドラッグって怖いわね。刑事課も地域課も生安課も、ようは境界無しか」

「そうなります。で、今日辺り城東署の組対が、千尋会の清水《しみず》以下を引っ掛ける手筈《てはず》になってます」

今、千尋会組長の千田《せんだ》は不在だ。

かつて東堂絆が働いた際、城東署にパクられて懲役に出ている。

清水はナンバー2、若頭だ。

十一時を過ぎると、城東署の組対から牧瀬のデスクに連絡が入った。

「はい。牧瀬」

――清水以下何人かを引っ張りました。これから聴取に入りますが。

どうしますかと組対課員は聞いてきた。

「感じではどうでしょう」

ゲロさせられる。それだけの物証も揃えてますから、と電話はある種の自信を伝えた。

「行きます。ご協力、お願いします」

短く言って電話を切った。

観月が目を閉じ、煎茶を喫していた。

「管理官。予定通りです。上手くすれば今日中にも、深川や江東の狙ってた辺りを軒並み自供まで持っていけます」

「そう」

と言ったのか、ほうと吐息をついたのか、牧瀬にはわからなかった。

「油断は禁物だけど、任せるわ。よろしくね」

無表情は関係ない。

観月のよろしくは、全権のよろしくだ。

気合いが入る万能の言葉だ。

「了解っす」

「じゃ、私は〈ブルー・ボックス〉へ行くから」

向こうも、だんだんと煮詰まってきたと牧瀬は聞いている。

「そっちもだけど、こっちも時間関係なしに動くようになるかもね。いったん官舎に帰って、ちょっと荷物持ってから行くわ」

「わかりました」

出てゆく観月を見送り、牧瀬は段取りを確認した。

「なら、こっちも動こうか」

おうす、と揃った声に、心意気が聞こえるようだった。

この場合の心意気は、浄化だ。

正義という題目を牧瀬はあまり信じない。人の数だけ理屈がありそうだからだ。

ただ、浄化は信じられる。

着いた色を抜く、それが浄化だ。

監察官室を出ると、露口参事官が寄ってきた。

「そろそろ、大詰めになるのか」

「はっ。そうなればと、願っております」

「そうか。しっかりな」

と言いながらも、露口はやれやれと溜息をついた。

これは職務だ。露口もそれはわかっている。

ではあるが、監察が忠実に職務を遂行するということは、庁内及び所轄から逮捕者や退職者を出すということだ。

芋蔓式《いもづるしき》に、キャリアを閉ざされる部下や上司も出るということだ。

露口はだから、監察官室が動くとき、いつも悲しげだ。

わからないでもないからこそ、愚図愚図しない。躊躇もしない。

「行ってきます」

一行は小走りになって、エレベータ・ホールへ出た。

まず一行は、そのまま二台の車両に分乗して城東署へ向かった。

牧瀬が電話で頼んだ協力とは、動員要請のことだった。

牧瀬は馬場と組み、深川署へ。

時田と森島で江東署へ。

どちらにも応援で城東署刑事組織犯罪対策課の何人かがついてくれる。

そんな段取りを組み、午後一時にはそれぞれの狙いに真っ向から切りつけた。

深川に回った牧瀬は、その場で何人かを拘束した。

「緊急監察だ。わかってるよな」

わからない、と言う者はいなかった。

みなまずは啞然とし、口元を歪めるだけだった。

また、わからないと言ったところでそれで済むわけもない。外堀は埋めている。

監察が動くことの意味の濃さも重さも、警察官ならわかっているはずだった。

署内を借りて話を聞く。

署からは事情聴取室を強く勧められたが、断固として断る。そこは、被害者から話を聞くスペースだ。

使用するのは、取調室だ。

牧瀬たちは叱ったり注意したりするために来たのではない。

まず、思い知らせなければならない。

確認として〈ティアドロップ〉の入手経路、販売数、販売先、残数、それで得た金額、金の使途、残金。

そして、これは犯罪の捜査であるということ。

それでも、

「んだよコラッ。俺らだけが悪かよ」

「誰だってやってんだろが」

「手前えら、なに様だってんだ！」

不貞腐《ふてくさ》れ野郎たちの悪口雑言は止まらないが、牧瀬たちは慣れている。いつものことだ。

少なくとももう自分が、警察組織に居られないことだけは明白。どこの誰にも気を遣うことはない。さっきまでの友すら、もう他人で、場合によっては敵。

そんな連中ばかりからの聞き取りだ。

牧瀬たちの監察業務はなかなか終わらなかった。

そのうち、江東署に回った時田から電話が入った。

向こうは深川より監察に掛ける人数が少ない。その分、早かったのだろう。

――こっちはひと通り終わったがな、なんか、変なこと言ってるのがいてよ。

「なんです?」

――クスリ、それも脱法ドラッグで小遣い稼ぎしただけじゃねぇか。可愛いもんだろ。チャカやシャブで大商いしてるのもいるらしいじゃねえか、聞いてるぜ、とか、そんなこと言ってたな。

「ほう」

――モリが今、その辺詰めようとしてるがな。どうだろう。

「わかりました。無理はしないようにって言っといてもらえますか」

とは言いながら、電話を切ってから牧瀬は考えた。

時田より少し前に、千尋会の連中をパクった城東の組対からも連絡があった。

ひとつにはガサ入れの結果、まんま押収品の段ボールに入った三色混在の〈ティアドロップ〉、およそ三百五十個が発見されたという。

そして、問題はもうひとつだった。

――牧瀬係長。〈トレーダー〉って知ってますか。

いいやと答えたが、当然知っている。というか、またその名が出てきた。やっぱりというべきか。

――今回は関係ないみたいですが、千尋会の何人かが、江東署と関係が深かった時代に何回か、その名前を聞いたことがあるそうです。なにか手に入れたら、そこに話を通して売ったんだと。

これは、牧瀬が判断していい情報ではなかった。

〈トレーダー〉の名が出た以上、どう扱うかは別にして、上に上げるべき話だ。

経験も兼ね、馬場に取り調べを任せ、電話を掛けた。

――お疲れ様。

観月はすぐに出た。

出たが、背後に聞こえる音がやけにうるさかった。

――こっちの作業も大詰めらしいわ。真紀も寝てないみたい。栄養ドリンク、ラッパ飲みだもの。

手短に、と観月は続けた。

牧瀬は取りまとめた資料を読み上げ、〈トレーダー〉の件も言い添えた。

――そう。

言ったきり、暫時《ざんじ》、間が開いた。

受話口に伝わる波動のような気配で牧瀬にはわかった。

観月は、なにかを考えているようだった。

――係長。千尋会で見つかった押収品の段ボールってあれよね。中型の。

「だと思います」

――なら底面が五十センチの三十九センチで、高さが三十八よね。内容積で約七万四千立方センチ。ティアはパッケージで三センチの五センチの九センチ。五百四十個くらいだわ。

「……そうですか」

――で、今聞いた千尋会の残数と取り調べた人の売った数と残数。合わせると千七十八個よね。

こっちは資料でわかる。

暗算の域だ。

「そうなりますね」

——恐いくらい、ふた箱でピッタリじゃない？　なんか、少ないと思うんだけど。まあ、末端価格から言えば、高騰してたときの値段なら、それでも億は超えるんでしょうけど。

「いや。すいません。まだ段ボールを把握してないもんで」

——でも、やっぱり中型段ボール二個分って、少ないのよねえ。

どうにも気になるようだ。

とはいえ、牧瀬になにか出来るわけではない。

——仕方ない。動かすか。係長の言う、化物の手口で。

「うわっ。えっ」

ぼんやり思っていたことを言い当てられたようで、思わず声が出た。

——こっちも形だけはどうにかっていうか、スパートのスパートを掛けさせるとして。

が、観月は気にしていないようだった。

聞いていない、という方が正解だろう。

危なかった。

——係長。適当なところで切り上げて、車でこっち来られる？

きっと今、絶好調に無表情なのだろう。集中しているようだ。

「は、ええ。いいですけど。——いいんですか」

——そっちの仕上げは、そうね。私から藤田監察官に頼んでおくわ。馬場君もいるんでしょ？

「はい」

――じゃあ、大丈夫ね。

「了解です」

こんな遣り取りがあって、引き継げるところまで済ませたのは三時半過ぎだった。

「じゃ、行ってくるわ」

「ああ。お疲れ様です」

馬場は大きく伸びをした。

ひと仕事終えた感じだ。

「緩んでるなよ。もうすぐ、藤田監察官が別班連れて来るぜ」

わたわたとする馬場を尻目に、深川署の外に出る。

上階の窓から、係長、と馬場の声がした。

「忘れないでくださいよぉ」

「なにがだぁ」

「深川ちよこと深川まちこぉ」

「あっ」

そうだった。

「しっかりしてくださいよぉ」

間抜けな一声で馬場にはバレたようだ。

——深川なら、伊勢屋《いせや》のちよことまちこ、買ってきて。

チョコと抹茶のもち。

馬場に言われるまで、たしかにすっかり忘れていた。

十六

伊勢屋で、もちの中に生チョコが入った深川ちよこと、抹茶チョコの入った深川まちこを両方買い、牧瀬は四時半頃〈ブルー・ボックス〉に到着した。

どうなるかと思ったが、待ちの搬入車をごぼう抜きにしてゲート前に車両のノーズを入れる。

だいぶ搬入車が減ったと観月から話には聞いていたが、その通りだった。

おそらくそのときよりも、この週に入ってさらに減っているだろう。

赤色灯さえ屋根上に出せば、クラクションで文句を言ってくる搬入車両はなかった。

三月年度末も、もう後一週間しかない。

たしかにもう、旧年度に思いを馳《は》せる時期は終わり、新たな年度に向けて動き出す頃合いだ。

ギスギスしない、ゆったりとした時間が流れてもいい。

ただ、反比例するように、

「あ、牧瀬係長。ご苦労様です」

守衛詰所の仲代は、以前より動きがキビキビして気持ちがよかった。馴れ合いの風情もまったくない。

アップタウン警備保障を入れた効果だと、観月からは聞いていた。

入場してエントランス前に車を停める。

そのまま真っ直ぐ、牧瀬は二階に向かった。

「うわっ」

オペレーションルームと彫り込まれたアクリル板が貼り付けられたドアを開け、牧瀬は思わず声を上げた。

「なんですか、これ」

入って真正面の壁には一面を埋め尽くすほどのモニタが並べられていた。

中二階の総合管理室を超える、五十インチはあるデュアルディスプレイのクアッドモニタが、しかも四段だ。

今はまだ電源が入っていないからいいが、ドアを開けていきなり、稼働中のこのモニ夕が目に飛び込んできたら、きっと目眩がするだろう。

そのほかにもカーブを描く連結の白い長デスクが部屋の外周を埋め尽くし、ふた桁のPCとキャスタチェアが配置されていた。

部屋のど真ん中には分厚い一枚木の円卓が置かれ、機能美の中に異彩を放っていた。ともあれ、まるでなにかのドラマで見たようなコントロールルームそのままだ。こういう場所には悪い奴が雁首《がんくび》をそろえ、一番上等な椅子に黒幕が座る。

「ご苦労様」

一脚だけ両肘掛けがついたキャスタチェアが回り、足を組んだ観月が姿を現した。

「お、牧瀬。どう？　この部屋、システム。体裁だけはなんとか整えたわ。それにしても、最後の最後できっつかったけど、間に合わせたわよ」

観月の隣に立つ早川真紀が聞いてきた。

〈魔女の寄合〉で面識があるから、たぶんに口調は砕けていた。

真紀はずいぶん、得意げだった。

ロゴの入った作業用の綿シャツに、ロゴカラーの作業ズボン姿がいやに自然だ。

「そうっすね。なんて言うか、下の総合管理室よりはるかに立派じゃないですか」

「当たり前ね。そのつもりでやってるもの。導入してるのも最新機器よ。いえ、最新を超えてテスト段階の物もあるわ」

「──それって、いいことなんですか」

「なに？　当たり前じゃない」

「なんにしても」

　牧瀬はもう一度周りを見回した。

「よくは知りませんが、これだけのシステム、ずいぶんするんじゃないですか。儲《もう》かりましたね。ぼったくったとか」

　なに言ってんの、と真紀は甘嚙みのように睨んできた。

「逆よ。これからの付き合いのことがあるから、出血大サービス」

「あ、そうなんですか」

「統括部長の裁量でね。オヤジ、いえ、社長にも話は通してるわ」

「へえ」

「それに、ただの出血大サービスにはしてないし。だから、最新を超えるテスト段階の物も入れさせてもらってるの」

「あ、なるほど。転んでもただでは起きないって、さすが統括部長っすね」

「──転んでねえし」

　今度は本気で睨まれた。

「あ、管理官。頼まれてた伊勢屋のあれこれです」

真紀の目から逃れるように、牧瀬は円卓に手提げ袋を置いた。

「やった。有り難う」

観月が椅子から立ち上がった。

牧瀬の背後でドアが開いたのはそのときだった。

途端、屋内にあるはずのない風を感じた。

涼やかにして、分厚い風だ。

牧瀬は思わず振り返った。

東堂絆が立っていた。

「おや？　なんだってお前ぇが」

「ああ。ノガミの情報の見返りに、見せてもらってたんです。〈ブルー・ボックス〉は初めてで」

なるほど。

これが以前、電話で観月と話していた、お安い御用のお礼の内容か。

「さぁて」

真紀が目一杯に身体を伸ばした。

突貫に次ぐ突貫の大仕事を終えたからだろう。清々とした感じだった。

「じゃ、私は帰るわよ」

大あくび、はせめて口を隠したほうがいいと思うが、言わない。牧瀬の管轄外だ。

「うん。有り難う。お疲れ様」

観月が言いながら伊勢屋の紙包みを破いた。

真紀がその後ろから肩を叩いた。

「テスト稼働は、あんたに言われた通りでやるわ。問題なければそのまま本稼働に移行させるから、そのときには管理の人員も連れてくる。こっちがそれで終わったら、次は裏ゲートだわね。設計はもう済んでるから、よければ許可申請に回すわ」

「わかった。また色々お任せになるけど、お願い」

「了解。ああ。下の警部さんとは、そっちで詰めといてね」

「あら。自分でやればいいのに」

冗談ポイだわよ、と真紀はなぜか両手で頬を押さえた。

「こんな隈《くま》取《ど》りの顔、見せられるわけないでしょ」

「そう？　いつも通りでしょ」

「うるさいわね」

牧瀬でもわかる。

きっと、なにか七面倒なことにならなければいいと願うばかりの話だ。

真紀は円卓の深川ちよこをつまんだ。

「あら、美味し。疲れてるときに甘い物って、やっぱりサイコーね」
などと言いながら、椅子の背に引っ掛けたジャンパーを取り上げて肩に掛ける。
牧瀬が見ても男前だ。
いや、親方だ。
「じゃ、俺も帰ります。色々、参考になりました」
さして間を空けることなく、東堂も出て行った。
深川ちよこを食べる観月のために、牧瀬は緑茶を淹れた。
やがて、
「じゃ、係長。下に行きましょうか」
ちよこを完食した観月は、まちこを持って席を立った。
中二階の総合管理室は、牧瀬には久し振りだった。一週間以上空いている。
インカムをつけ目を吊り上げ、と思いきや、高橋は椅子からテーブルに足を振り上げ、
雑誌を読んでいた。
小暮巡査部長の方は相変わらずだった。
そういえばと思い返せば、外に渋滞はほぼなかった。
小暮が頑張れば作業が進むなら、少なくとも〈ブルー・ボックス〉名物なるものは、
金輪際消滅したと言っていいだろう。

「あら。今日は少し、まったりかしら」

「あ？」

高橋が憂《う》げに顔を上げる。

観月は手の深川まちこを掲げ、近くのテーブルに置いた。

「おっと。こりゃ、すいませんね」

高橋はよっこらせと席を立った。

思えば初めて顔を合わせてから一カ月半にも満たないが、なんだかんだとずいぶん辛《しん》辣《らつ》な言葉も交わしつつ、顔を合わせた時間は長い。

心理学に言う、単純接触効果というやつか。

気心も知れるというものだ。

「今日はってぇか、管理官。これからぁ、こんなもんじゃねえんですかね。これで普通でしょ。今までが異常だったんですよ」

高橋はコーヒーメーカの方に歩いた。

「このでかさの倉庫で、一階だってもう一気にもう半分近くですよ」

「あ、そこまで行ったんだ」

高橋は頷いた。

「四十パーセント超えました。ここんとこ一階の分が多かったってのもありますが。その分、上はそんなでもないですね。二階も三階も五十パーセント内外です。でもそっちだってさすがに、もう止まったんじゃないですかね」

「そうなんだ」

「上だってきっと、この状況を見越したんでしょうね。所轄から借りる人員も、最忙期の三分の一以下です。マニュアル見たら、それが最初からの計画動員数くらいだったみてぇで。どうでもいいすけど、比べたら今ぁここに誰もいないみてぇなもんだ。このとはどんどん、機械任せになっていく。いや、してくんでしょ」

高橋はコーヒーをカップに注ぎながら観月に聞いた。

観月は短く、そうねと答えた。

「ここまで手を掛けてくると、それも味気ねぇ気もしますが。──お、すまねぇ」

牧瀬は率先して手伝い、高橋が準備するコーヒーを順次運んだ。

ありがとうございますと、モニタを見ながら小暮が言った。

高橋から現状の話を聞いたからか、小暮の声も今までより元気が聞こえるような気がした。

「管理官。私ぁ、もう毎日定時に帰れてますよ。こいつも」

高橋はコーヒーに口を付け、顎を小暮の方にしゃくった。

「もう少しで寮に帰れるでしょうよ。言いませんが、疲れてるでしょうね。もう一カ月以上、ここで寝泊まりですから」

高橋はコーヒーは、ブラック派のようだった。

「あら。優しいこと。見直しちゃうわね」

「いや。そんなこと真顔で、砂糖をセメントみてぇに流しながら言われてもね」

苦笑しつつ、高橋は小暮の頭を叩いた。

「あいた」

「管理官からの差し入れだ。いただこうぜ」

「あ、はぁい」

高橋は深川まちこをつまみ、口に放り込んだ。

「お。美味ぇや」

小暮も寄ってきてつまんだ。

しげしげと眺める。

「コーヒーと抹茶味ですか。ま、うちの係長はそんなもんですけど。――あいた」

また叩かれた。高橋の指から抹茶の粉が、そこはかとなく宙にも舞うが小暮の頭にもつく。

初めて見る、総合管理室の団欒《だんらん》か。

「ああ、そうそう」

観月が手を打った。

「高橋係長。うちの方のセンサーやカメラアイの稼働なんだけど」

「へえへえ。もうなに言われても驚きやしませんが」

観月は真顔で、打った手をそのまま合わせた。

「ごめんなさいね。さっき来週中にはって話したばっかりだけど――」

稼働がもしかしたら休み中、最短だと明日になっちゃうかも、と観月は言った。

「出てもらわないといけないわよね。けど、決定は真夜中かも。まあ、何時になっても連絡するけど」

「そりゃあ」

おそらく文句を言いかけ、口中の深川まちこと一緒に高橋は飲み込んだ。

「ま、基本的にはもう大丈夫でしょ。ただ、どうしても駄目って言ってくる奴には、管理官の権限でお願いしますよ」

誰かいるだろうか、と牧瀬は考えた。

結論としては、結構いる。

稼働のときには搬入も搬出も二、三時間止めると聞いた。

その分、溜まるのだ。

明日がシフトになっている所轄、あるいはキング・ガードは、もしかしたら有無を言わさぬ増員が必要かもしれない。

「わかってるわ。負担は掛けるけど、迷惑は掛けないから」

観月はソフトにブラックなことを明言した。

やがて、深川まちこが空になった頃合いで、

「そろそろ帰りましょうか」

と、観月が席を立った。

「コーヒー、ご馳走様」

「ああ。私も帰ります」

高橋も時計を見て言った。

五時半になるところだった。

「じゃあ、高橋係長。うちの牧瀬が車で来てるから、途中まで乗せていきましょうか？」

「お、ありがたいですね」

手早く身支度を整えると、機嫌よく高橋はまた小暮巡査部長の頭を叩いた。

「あいた」

「あと、よろしくな」

「了解です」

観月を先頭に、三人は総合管理室を後にした。

十七

この日の夜、十一時過ぎだった。

さすがに、〈ブルー・ボックス〉の周囲に入場待ちの渋滞はない。先週からもう、変化は顕著だった。

来て、ストレスなく納める。

必要に応じて、スムーズに出す。

その全体管理を、超巨大外部委託収蔵庫が担う。

〈ブルー・ボックス〉はほぼ、本来の目的に沿って機能し始めたようだった。

今、夜に暗く沈むような〈ブルー・ボックス〉に、一台の白いウイングバントラックがやって来た。アルミパネルの四トンウイングバンだ。

ボラードの手前で車体を軋ませながら停まる。

運転席から、くわえ煙草《タバコ》の男が降りてきた。

「まったく、いきなりバタつかせさせやがって。ほらよ」

男は詰所の窓ガラスを開け、守衛の仲代に証票を見せた。

〈巡査部長　田畑清二《たばたせいじ》〉とあった。

「へっへっ。まあ、そうぼやかない。ここに来る人たちは全員、おんなじようにそんなこと言ってるよ」

仲代は入場者用のチェック・ボードを外カウンタに出した。

「なんだよ。書くのかよ。そんなもん残せるわけねえだろ」

田畑は仲代を睨んだ。

「おっとっと。そうだった。いけねえいけねえ。呆《ぼ》けてるかな」

「しっかりしろよ。大仕事なんだぜ」

田畑は煙草を吸った。

「わかってるけどよ。俺だって急遽、無理矢理に通し番だ。五十超えるとよ、準備のない徹夜ってのは堪《こた》えるんだ」

仲代は制帽をかぶり直し、PCの画面を確認した。

「向こう側奥から二番目、C—3シャッタだね。ほい、よっと」

つぶやきとともに、自動ボラードがゆっくりと下がった。

「C—3だな。オッケーだ」

煙草を踏み消した田畑は、肩を回しながらトラックの運転席に戻った。

入場したウイングバンはエントランス前を通過し、ゆっくりと角を曲がった。

仲代が言っていた通り、C—3のシャッタが開いていた。

一番奥のC—4からは、幌《ほろ》付きの軽トラが出て行くところだった。

ウイングバンは車体を振り、電子音を響かせながらバックで入った。

車両スペースには、十トンロングが楽に入る広さがある。四トンバンは余裕でおさまった。

運転席から田畑が降りると、C—4のシャッタが自動で降り始め、車両スペースに灯《とも》っていた明かりが消えた。

Cの列に、トラックはほかに一台停まっていた。C—2のスペースだ。

すでに私服の男ひとりと、キング・ガードの制服を着たふたりの合わせて三人が作業中だった。

全体を見回すと、正面エントランス側のA列はさすがに埋まり、Cからは反対側のB列は3と4が空いていた。

真裏のD列には、車両は一台も停まっていなかった。シャッタが降り、車両スペースの明かりが消えていると、さすがにそちらは全体として少々薄暗い。

「ま、その方が有り難ぇんだがな」

田畑は、特になにかを運んできたわけではない。到着して、すぐになにかしなければならないこともない。

ただ、こういう場所では思わぬ顔見知りに出会《でくわ》すことがある。こちらが知らなくとも、向こうが知っているということもある。

だから、手持ち無沙汰にただ煙草を吸って頃合いを待つというわけにはいかない。人によっては不審にも思うだろう。

基本的に、ここ〈ブルー・ボックス〉の敷地内にいる人間は、捜査に関してプロばかりなのだ。

〈ブルー・ボックス〉に溶け込んで、自然体を装う。

これは特に気をつけなければいけないことだった。

なによりも、注意深く——。

そうして、様々な物を選《よ》り取り見取りに、欲しいだけ掠《かす》め取ってきたのだ。

田畑はおもむろに軍手をはめ、フォークリフトのエンジンを始動させ、手近なジブクレーンの電源を入れた。

腹を揺するような音が響き渡る。

「おう。誰かと思ったら、品川の田畑さんじゃねえか」

声を掛けてくる男がいた。C—2で作業をしている私服だった。

「ん?」

三十メートル以上離れている。

田畑は目を凝らした。

「どちらさん？」

「先月、合同で張り込んだ、ほれ」

「——ああ、三田署の」

という具合だ。

男の名前を田畑はよく知らない。顔も、覚えていない。

「田畑さんは、警備の手ぇ借りねえのかい。なんだったら、こいつらそっちに回そうか。こっちぁ、もうすぐ終わるんだ」

「有り難《がと》さんよ。けど、大丈夫だ。要らねえ。小物ばっかりだしよ。このあとだか明日の朝だか、うちの係長がこっち回るはずでよ。どうせ、それまで待ってなきゃなんねえんだ」

何度となく使った、鉄板の弁明だ。

「そうかい。上のお守りも大変だな」

「ああ。まったくだ」

することはないが、手足を動かし、フォークリフトやクレーンにも触る。

ただ、触るといってもなにかを吊り上げたり、移動させたりするわけではない。

三田署の名前も思い出せない誰かや、A・B列の連中の動向にも留意し、怪しまれないように作業をするフリをするだけだ。遊びに近い。

やがて、A列の作業がすべて終わったようだった。

担当の作業が終われば、キング・ガードの連中は裏の事務所兼仮眠所に向かう。

田畑はそんなこともわかっていた。

警備本職としての定期巡回は、別の係の担当だ。

続いて十五分もしないうちに、B列の1が終了した。

その後ほぼ同時に、

――じゃ、お先によぉ。

そんな声が重なって響けば、田畑のいるC―3以外は、すべてがシャッタで内と外に仕切られた。

壁際の明かりはC―3以外皆無で、見上げる限りは中央が一番明るかった。

それでも倉庫内は、収蔵品の大小によって明かりが仕切られ、遮られ、光さえ戸惑う、まるで迷路だった。

田畑はフォークリフトのエンジンを切り、ジブクレーンの電源を落とした。

この日これ以降、新たに入ってくる搬入車両は皆無だった。

午前零時を回り、日付が変わった。

「やれやれ」

外に出て煙草を一本吸い、田畑は場内に戻って手を挙げた。

C―3のシャッタが静かに降り始めた。

確認し、田畑はトラックの運転席に潜り込んだ。

〈ブルー・ボックス〉の広大な静けさの中に、ウイングバントラックは沈んでゆくようだった。

警備はこの夜、三度回ってきた。

その都度、面倒臭そうに田畑は証票を見せた。

「ちっ。ご苦労なことだが、おちおち寝てもいられねえぜ」

二時間、三時間。

C―3のシャッタがふたたび上がり始めたのは、約五時間後だった。

午前五時少し前だ。

東雲《しののめ》に曙光《しょこう》はあったが、全体的にはまだ夜のうちだ。〈ブルー・ボックス〉内に差し入る光は弱く乏しい。

何人かの警備員が寝惚け眼で仮眠所から姿を現した。

それを合図にしたかのように、田畑はトラックのエンジンを始動させ、ライトを点灯した。

ウイングバントラックは結局、なにもしないままに出発した。

ただし、そのことを知る者は限られている。

「やっとだ。待ちくたびれたぜ」

ゲートでボラードが下がるのを待ち、田畑は仲代に声を掛けた。

「でも仮眠は取れたんだろ。こっちは交代まで、まんじりとも出来ないんだ」

仲代は目をしょぼつかせながらぼやいた。

「まあな」

自動ボラードが下がった。

「じゃ、行くわ。なんか問題あったら、上手く処理しとけよ」

「わかってるよ」

ウインカーを出し、ウイングバントラックはゆっくりと、〈ブルー・ボックス〉を左折で出て行った。


その、一分も経《た》たない後のことだった。

靴音を響かせ、〈ブルー・ボックス〉のゲート前に現れる影が四つあった。

早朝のことだ。辺りに人影はこの四つ以外、当然のように皆無だった。

影たちは真っ直ぐ、詰所に向かった。

先頭の、ほっそりとした影がガラス窓を叩いた。

最初、詰所の中で顔を上げた仲代は怪訝そうに目を細めるだけだった。

が、次の瞬間、一気に眠気も吹き飛んだように目を見開き、ガラス窓を勢いよく中から開いた。

「か、管理、げっ、警っ」

「ややこしいわね。どっちかにしたら」

ほっそりとした影は、管理官である観月だった。

警部である高橋が、憮然とした顔ですぐ後ろに立っていた。

そしてさらに、時田、森島のふたりが並んでいた。

「全部わかってるから。交代が来たら、あなたの身柄を拘束するわ」

観月は仲代の方を見もせず、言いっ放しで場内に入った。高橋も無言で続く。

時田と森島のふたりがその場に残った。

「い、いや、あの、あ」

仲代は小さな窓から全身を出そうとして藻掻《もが》いた。

極限の動揺とはそんなものだ。自分がなにをしているのかはわかっていないだろう。

そうして落ち着いてわかる頃には、なにをしたかについての後悔の方が先に立つ。

観月は足を止めることなく、エントランスから入ってそのまま中二階へ上がった。

総合管理室には、煌々《こうこう》とした明かりが灯っていた。

搬入作業はなにもないはずだったが、中に誰かがいた。

キャスタチェアに座り、メインモニタの方に足を振り上げ、小刻みに揺れていた。

小暮巡査部長だった。

メインモニタには、時田と森島に付き添われて詰所を出る仲代の姿が、二面ぶち抜きで映っていた。

「なら、もうわかっているわね」

観月が声を掛けると、キャスタチェアが音もなく回った。

「あーあ。もう少しだったのになあ」

「残念ね」

「そうだねぇ。――ねえ。守衛さんもってことは、可愛い小遣い稼ぎじゃないってことも」

「もちろん」

「そうだよねぇ。わかっちゃったんだ」

小暮は胸ポケットからなにかを取り出し、口に垂らした。

一瞥《いちべつ》で高橋が苦しげに唸った。

小暮が使ったのは、〈ティアドロップ〉のレッドだった。

「でも、どうして？　上手くやってると思ってたんだけど」

「二月十九日から三月六日の間に、触ったでしょ。TO—25と26の段ボールに」

「はあ？」

小暮は首を傾げた。

「なにそれ」

「〈ティアドロップ〉の、封のされてない段ボール。三ミリの歪みがあったわ。たぶんそのレッド、そこから抜いたんじゃない？」

「ああ。あれね」

「だから、開いた〈ティアドロップ〉の段ボールから、馬場にいくつか持ち出させて、科捜研に持ち込ませたわ」

「うわ。持ち出したって？　わからなかったなあ。わからなかったよ」

小暮は椅子を揺すって手を叩いた。

「処理も改ざんも含めてさ、監視データは全部、僕の手の中だと思ってたのに」

「わからなかったでしょ」

「——うん」

ゆったりと笑った。

少し、小暮は目の焦点が合っていなかった。

レッドが効き始めているようだ。

「当然よ」

観月は目を細めた。

「真紀に手伝わせたもの。現場のプロの腕はね、モニタのこっち側にしかいない、あんたみたいな素人の目に勝るのよ」

これが彼《か》の日、真紀を通じて馬場に伝言したことであり、真紀に耳打ちして頼んだことだ。

「指紋、出たわよ。パッケージから、あなたの指紋」

「ふうん。でもさ、それだけじゃ」

「ここの担当だものね。チェックでもなんでも、言い逃れはそう、出来ないこともないわね。だからついでに」

観月は盗聴器も仕掛けたのだ。

「盗聴器？」

「そう。組対の手口とか、ちょっと知り合った人のに興味があって。アップタウンの真紀にもらったの。研究所のイチ押しってヤツ」

そのとき、観月は三階でアップタウン警備保障の作業長、松山にレクチャを受けた。

指向性などの漠然としたものでなく、登録した声紋を最大限捉えて送るという優れ物だった。

すぐに中二階に降り、携帯に高橋と小暮の声を録音して三階に戻った。

試しに使ってみると言えば、松山は疑いもせず登録してくれた。

「それが、これよ」

観月は部屋の隅に歩いた。

ハンガーラックがあった。

特に揃えたわけでないハンガーの一本。

それが盗聴器だった。

「あなた、品川署の田畑と守衛の仲代と、ひとりになるとよく電話で話してたわよね」

——田畑さん。近々ですよ。急にテストって言われないとも限らないんで。テストが順調ならそのまま稼働って聞いてます。そうなったら、今まで通りには無理だし、そっちのブツも、あんたの計画通りには動かせなくなります。いつでも移動できるよう、申請だけはしといてくださいよ。ああ、トラックの方の手配もね。

——ここ何日かが勝負なんで。仲代さんもそのときは通し番ですよ。えっ。グダグダ言わない。ボラードを下げて、また上げる。あんたの仕事は、それだけなんだから。

大きくまとめれば、田畑と仲代にそんな話をしていた。

観月はこの辺りで、それとなく高橋には話しておいた。

「へえっ。面白っ」

小暮はまるで他人事《ひとごと》だった。

レッドが効いているようだ。

「馬鹿がっ」

高橋は小暮を見ず、吐き捨てた。

それでもまだこの段階では、小暮はノガミのチャイニーズや〈トレーダー〉の動きにつながる可能性のひとつだった。

まずは、昨日の千尋会の関係が先だった。

「でもやっぱり、Ｃ４に絡む連中やチャイニーズの大物が動くには、総量があまりに小さかったのよね。――私が知る限り、あなたの計画以外は」

だから、鎌を掛けた。

テストを休み中にやる、と。

「あれ？　ああ。あれ？」

小暮は腰を浮かした。

「もしかして、テスト稼働、嘘？」

「そう。嘘。ここは落ち着いたけど、配線がまだ深いところで終わってない」

「なぁんだ。嘘か」

「あなたが言ってた田畑の計画。東品川のコンテナから、品川署に押収されてた〈ティアドロップ〉ね」

〈ブルー・ボックス〉に搬入するという名目で品川署から正式に持ち出す。〈ブルー・ボックス〉に収蔵したという記録を、出来れば紙の記録で残し、実際には収蔵しない。

そのまま持ち去る。

簡単そうに見えて難しく、難しく思えて、所轄の刑事と〈ブルー・ボックス〉の担当と、キング・ガードの守衛がタッグを組めば馬鹿らしいほどに簡単だ。

C4同様、記録が明白にもかかわらず実物が不在なものは、僥倖《ぎょうこう》がなければグレーの域を出はしない。

「そう、だよ」

浮かした小暮の腰は、力なく落ちた。

「あーあ。惜しかったなあ。もうちょっとで大金持ちだったのに。そうなったら、こんなブラック企業、後ろ足で唾ぺッぺで辞めてやったのに」

天井を仰ぎ、足をばたつかせる。

ドラッグのせいもあるだろうが、小暮の精神はそもそもがまだ幼いのかもしれない。

「なんだと。手前ぇ。小暮ぇっ」

真っ赤に憤って、高橋が小暮につかみ掛かる。

観月は冷ややかに見るだけで止めなかった。

「この野郎っ。それでも刑事かっ。俺ぁ、そんなこと教えてねぇ」

「なんだよっ。教えるもなにも、あんたがブラックの手先、ブラックそのものじゃないかっ」

「なんだとっ」

「なんでもかんでも押し付けて。わかんねえわかんねえって、あんたここでなに仕事したよ。俺を怒鳴るか、警備の奴らを怒鳴るかしかしてないじゃないか。俺はずっと、あんたとここに繋がれっ放しだったたんだ。この一カ月なんか、この大きな籠の中で暮らしてたんだ。文句あるかっ！」

高橋はなにも言わなかった。

いや、言えなかったのだろう。

つかみ掛かった腕は、離れた。

小暮は大きく息をついた。

「俺、ドラッグやってでも、ずっと頑張ってたんだ。最初からレッドさ。よく効くんだ」

高橋はもう、なにも言わなかった。

観月は高橋の肩を押さえた。

それだけで高橋は退き、自分の定席に座った。

観月がそちらを見ているうちに、小暮はもう一滴、舌にレッドを垂らした。

いや、観月にはわかっていた。

ただ、なぜか止める気にはなれなかった。

「俺もさ、最初は他の連中と同じさ。自分で使って、たまに小遣い稼ぎして。そのくらいでよかったんだ。けど、見つかっちゃってさ。脅されてさ」

「誰に？」

観月は近寄って、手を出した。

「田畑巡査部長」

小暮は素直に、その手の平に〈ティアドロップ〉レッドの容器を置いた。

「〈トレーダー〉は？」

「なにそれ。――ああ。田畑さん、言ってたかな。〈トレーダー〉がよとか、〈トレーダー〉としてはよ、とか」

小暮の頭が揺れ始めた。

二滴の効き目か。

ちょうど、ドアが開いて本庁刑事総務の課員たちが固い顔で入ってきた。高橋が待機させていたものだ。

両脇をかかえられるようにして、小暮は出て行った。

もしかしたらレッドの効き目で、もう寝ていたかもしれない。

遊ぶ夢は、〈ブルー・ボックス〉から解き放たれて大空を舞うか。

「管理官」

電子音だけの中に、高橋の喉に絡んだ声がわだかまる。

「あいつがクスリに手ぇ出したのは、俺らが、俺が、悪かったっていうんすかね」

頭を掻き、吐き捨て、笑った。

「俺も、依願退職ですかね」

観月はなにも答えなかった。

答えないのが、自ずと答えだということもある。

「ま、それでもまた、今日も搬入は止まらないんですよね。近々、アップタウンのテストもあるでしょう」

高橋は膝を叩き、立ち上がった。

「俺がやらなきゃあ、ならないんでしょうね。小暮がいなくなっちまう分も。小暮の分も」

「よろしく」

観月は高橋に背を向けた。

少し前にメールが入っていた。

ウイングバントラックを尾行させた、牧瀬からだった。

〈東京へリポート近く。砂町南運河。ＧＰＳ使えます〉

気をつけてと返信した。

牧瀬と馬場だけでは、行った先の危険に一抹の不安はぬぐえなかった。

だから、〈ブルー・ボックス〉見学を餌に助っ人を呼んでくっつけた。

心配はない、ないと思う。

が、こういうとき、万にひとつもないと断言し信頼してやるのは有能な上司だが、億にひとつもないと余裕をかますのは上司というか、そもそも人として無能だろう。

エントランス前で、捜査車両に乗った森島が待っていた。

「どうします？」

「行くわ。当然ね」

みんなの無事、〈ティアドロップ〉の結末。

自分の目で確認するには、行かなければならなかった。

十八

田畑が鼻歌交じりにウイングバントラックを転がし、向かったのは砂町南運河沿いの倉庫街だった。

運河に沿っては真っ直ぐに都道が走るだけだが、右折で進めば新木場らしく、海面をポッドで仕切った第二貯木場に出る。

駐車場というわけではないが、貯木場の周囲は荷《に》捌《さば》きスペースになっていて見事に広い。

そんな荷捌きスペースに今、幌付きの軽トラックが八台、ひと塊になって停まっていた。

田畑がトラックを停めたのは、先頭の軽トラから二十メートルほど離れた辺りだった。

エンジンは切らない。アイドリングのままだ。

くわえ煙草で運転席から降り、田畑は一度軽トラを見やって手をかざした。

八台分のヘッドライトと、その後ろから昇る朝陽が混ざって、やけに空が浮ついて見えた。

なにも言わず荷台に回り、田畑は操作盤を開け、スイッチを押した。

軽い警告音とともに、アルミ製のウイングがゆっくりと上がり始めた。

積んであるのは、品川署から正規に持ち出し、〈ブルー・ボックス〉から不正に動かした、ブルーからレッドまでそろった〈ティアドロップ〉だった。

一メートル真四角の段ボール箱ひとつには、約六千個ほどが詰められている。それが四トンウイングにほぼ満載は、計算上十五箱九万個になるはずだった。

ブルーからレッドまでの値段は、末端平均をとっても二十億は下らない。高騰の折なら、五十億を超えるだろう。

いや、高騰は待つものではなく、作るものだ。

ここまでは順調にして、なにも問題はなかった。

田畑にとっては、後にも先にもないほどの大商いだった。

煙草が、美味かった。

ウイングが上がり切る頃、八台の軽トラックからゾロゾロと人が降りてきた。

田畑は吸いさしの煙草を海面に投げた。

「あんたらかい。こいつを買いたいってぇのは」

「ヤー」

中国語だった。田畑は頷いた。

指示されていた通りだった。

──チャイニーズ・マフィアが〈ティアドロップ〉を買いたいと言っている。それもなんと、コンテナの分の量をだ。これは、あなたの仕事だ。あなたの署にあったじゃないか。ほら、保管庫の一番奥の、ブルーシートの掛かったヤツと、その右の壁一面に置かれた名前もナンバーも書かれてない段ボール箱だ。

田畑は〈トレーダー〉だった。正確には、〈トレーダー〉の一員だ。

田畑が四谷《よつや》署にいたとき、〈トレーダー〉に誘われた。

──わかってますよ。なにもかも。

そう、ボイスチェンジャーが噛まされた聞き取りづらい声で電話を掛けてきたのが、〈トレーダー〉だった。

四谷署は大規模警察署であり、古くからの、いわゆる老舗の金看板組織も多く、つまり、押収物も多かった。なりゆきとして、それらをチョロまかす小遣い稼ぎは署の刑事の伝統というか、習慣のようなものだった。

ただ、田畑は少し、派手だったかもしれない。

それで誘われたようだ。

横流しの件も素性も知られている以上、田畑に逆らう気がなかったのは、C４を動かそうとしてパクられたという金田と一緒だった。

金田とは顔見知りではあった。互いに〈トレーダー〉だともわかってはいた。

ただ、金田と田畑は決定的に違った。

金田には貧弱な正義があり、田畑には罪悪感すらまったくなかった。

だから、〈トレーダー〉としてずいぶん働いた。稼いだ。

金田への指示はワープロの便箋で届くらしかったが、田畑にはいつも携帯にボイスチェンジャーだ。

肉声を聞かせるのも顔合わせも近いと、聞き取りづらい声には聞かされていた。

――今は十パーのマージンが、それからは三十パーにもなるだろう。期待してくれていいよ。その代わりチャイニーズのティアをまとめて、〈ブルー・ボックス〉とやらから自由に出し入れ出来るようにしておいて欲しい。あなたの品川署のように。

このチャイニーズとの商売でも二億は固い。

上手くすればもっとだが、田畑が欲しいのは、もっともっとだ。

そんなことを考えれば、自然に口元も綻んだ。

「ナニガ、可笑《おか》シイ」

先頭に立った男が寄ってきた。背が高く短髪で、目つきのやけに鋭い男だった。

歳は三十半ば、いや、四十過ぎか。余裕のない様子や痩《こ》けた頬が、男を老けてみせるだけか。

「なんでもねえよ」

男の後ろには、十四人の剣呑な男たちがいた。ただし、上等なスーツに革のコートを羽織っているのは先頭の男だけだ。後の十四人は、動きやすいと言えば聞こえはいいが、みなスカジャンにコットンパンツだった。顔つきも似ていて、わかりづらい。

ようは、チンピラ・チャイニーズということだろう。

〈ティアドロップ〉を分けて運ぶために、八台の軽トラで、計十五人のチャイニーズ・マフィアがやって来たのだ。

「オイ。真利《ジンリー》」

革のコートが中国語の名を呼んだ。

ヤー、とまず動き出したのが真利だろうが、ほぼ同時に四人が動き出していた。

「確認、サセルヨ」

「ああ。早くしてくれよ」

田畑は脇に避《よ》け、取り出した煙草に火をつけた。

そのときだった。

田畑が入ってきたルートをなぞるように、赤色灯を回転させるだけで音もなく、一台の覆面車両が荷捌きスペースに入ってきた。

田畑にはなにか、すべてがスローモーションのように見えた。

（ヤバイ）

組対で培ってきた経験が、胸中でモノを言って騒いだ。

いい予感ではない。

やがて、覆面車両はウイングバンの後方に停まった。

セダン三方のドアが開き、三人の男がアスファルトに降り立った。

「て、手前ぇっ」

唇を動かしたせいで、くわえていた煙草から灰が落ちた。いつの間にか、三分の一が燃えていた。

「手前ぇ。東堂っ」

助手席から降りてきたのは田畑と同じ組対に所属する、本庁組対特捜の東堂絆だった。

ただ、それだけではない。

運転席側の男にも見覚えはあった。

その昔、公安との合同捜査で見たことがある。

たしか、牧瀬広大と言った。

今は監察にいるはずだ。

そして若いもうひとり。

そいつを田畑は知らなかった。

「東堂。牧瀬っ」

田畑は一歩前に出た。

「コレハナニ。騙《だま》シタカ。オイッ」

革コートの声に、殺気が混じった。

そいつを落ち着かせるのが先決だと、経験からわかっていた。だが、焦りが先に立ってしまった。

田畑の足も声も、東堂と牧瀬に向かって止まらなかった。

「手前ぇら、どうしてここがわかったたってっ！」

真利ィッと革コートの男が叫んだ。

「あがっ！」

ヤーというのが答えだったか、気合いだったかはわからない。

田畑の脇腹から背中に掛けて、五人のチンピラ・チャイニーズが灼熱のなにかをぶち込んできた。

正面で東堂がゆらりと動いた。

「江《こう》、宗祥《そうしょう》！」

ずいぶん離れているにもかかわらず、すぐ近くで聞こえた。不思議な声だった。

身体に力が入らなかった。

なぜか、視界がどんどん傾いていった。

（ああ。そうか。――江、宗祥）

聞いたことがあった。

田畑も組対だ。

江宗祥、たしかノガミのチャイニーズ、魏老五のグループのナンバー4にそんな名前の男がいた。

（そうか。〈ティアドロップ〉を欲しがってたチャイニーズってなあ魏老五じゃなくて江――）

硬い衝撃があった。

地面だったようだ。

田畑の意識は、そこで途絶えた。


血みどろになって、田畑がアスファルトに崩れ落ちた。

「手前ぇらぁ」

怒気を撒き散らしながら、牧瀬は一歩を踏み出そうとした。

だが――。

それよりなお早く、颪となって東堂絆が走っていた。

その背に長く引いて感じられる、銀の澪《みお》のような冷たくしなやかな気配は、正義をまぶした怒りか。

走りながら東堂は、背腰のホルスタから特殊警棒を振り出した。

「おっ。と、東堂」

手を伸ばしてはみたが、牧瀬は拳を握るだけに留めた。

東堂の能力、凄まじいまでの戦闘力は知っている。

人数からいって、牧瀬の出る幕があるかどうかも怪しいところだ。

「馬場」

牧瀬はネクタイを緩め、いちおう形ばかりは臨戦態勢で踏ん張る馬場を呼んだ。

「は、はい」

「行かなくていい。勉強だ」

「――ほぇ?」

間が抜けた声だが、それだけ緊張しているということだ。心掛けとしてはいい。

「救急と所轄だ。手配したら、そこで見とけ」

「ほ、え?」

「本物をよ。見とけ。ちなみに、俺のことじゃねえぞ」

それだけ言って牧瀬も走った。

ただ、チャイニーズ・マフィアの連中の間に飛び込み、縦横無尽に働く東堂の邪魔をするためではない。

自分の役目は、血みどろの田畑を地獄の一丁目から引き上げることと心得ていた。

「係長、頼みます！」

背後を見もせず、東堂は声で牧瀬を叱咤《しった》した。

小憎らしいが、牧瀬の考えも位置もわきまえているようだった。

「わかったっ」

「では、行きますっ」

東堂はギアを上げた。

それだけで牧瀬は追いつけなかった。

孤高の剣士が、怒気殺気綯《な》い交《ま》ぜになって濃く漂うチャイニーズ・マフィアの間に飛び込んでゆく。

「おうっ！」

気合い一声は、朝を騒がす水鳥さえ遠ざけた。

「おっとっと」

牧瀬でさえが一瞬、奥歯を噛まなければ耐えられないほどの威圧感だった。

圧倒される。

本気の東堂は、やはり化物だった。

気合いだけでまず、十五人分の怒気も殺気も押し込んでゆく。

武術の頂点を目指した者なら誰もが一度は憧れ、憧れで終わる境地だ。

それを、東堂絆という剣士はいとも簡単に成し遂げる。

鮮やかにして、見事なものだった。

押し込んで押し込んで、戦いの領域を移す。

地べたに転がる田畑を残し、戦場はマフィアの乗ってきた軽トラの付近に移っていった。

牧瀬は田畑に駆け寄った。

出血がひどく、痙攣《けいれん》が始まっていた。

「ちっ」

どうにも、もう戻せない命のようだった。

天を振り仰いだ。

善人悪人の別は、もうない。

犯罪で人が死んでゆくのは、大嫌いだ。

牧瀬はゆっくり、首を回した。

今や東堂絆は風さえ追い越し、東の空から差す朝陽のきらめきをまとい、いや、きらめきの間に身を置き、影を千切って舞い踊っていた。

美しい、と思った。

牧瀬を現実に引き戻す、けたたましいサイレンが聞こえてきたのは、その直後だった。

十九

森島が運転する捜査車両で〈ブルー・ボックス〉を出てすぐ、観月はパトランプを回させた。サイレンも鳴らす。

牧瀬と東堂の手腕を疑うわけではないが、満載の〈ティアドロップ〉が向かった先には、間違いなく闇がある。

朝が、大きく開き始めていた。

去らなければいけない闇が、苛立《いらだ》って一番凶暴になる時間帯だろう。

「まだなの」

緊急車両だ。走行は順調だったが、気持ちは先走った。

GPSモニタを確認し、森島はアクセルを踏み込んだ。

「もうすぐですっ。あと五百メートル！」

道はそのとき、もう新木場《しんきば》三丁目に入っていた。

やがてタイヤを軋ませ、森島の運転する捜査車両が第二貯木場の荷捌き場前に飛び込んだ。

フロントガラス越しに、様々な情報がひと塊になって視界に飛び込んできた。

ウイングの上がったバントラック。

その脇に立って手を振る馬場。

ヘッドライトをつけたままの幌付き軽トラック八台。

地面に転がって藻掻く男たち、六人。

怒気あらわに、殺意丸出しに身構える九人。

そして、そのど真ん中で両手を広げ、怒気殺気すべてを抱き込んで微塵《みじん》も揺るがない、東堂絆。

だが、観月が特に抽出すべき情報はそれらではなかった。

森島が車を停める寸前、隠れたウイングバンの向こう側までが見通せた。

牧瀬が、アスファルトに広がる血溜まりの中にいた。

動かなかった。

「係長！」

停車と同時に飛び降りた。

いきなり、潮の匂いが強かった。血臭も混じっているかもしれない。

靴音高く、しゃがみ込む牧瀬に走り寄った。

振り返ることなく、牧瀬は手を上げた。動作に乱れはなかった。

牧瀬の向こうに、誰かが横たわっていた。

それだけで瞬時に、理解出来ることは多かった。

「係長はどうなの？　大丈夫？」

「問題ありません」

どうやら血を流していたのは、牧瀬の向こうに倒れている男のようだった。

田畑だ。

「救急車は？」

「馬場が」

牧瀬がゆっくりと立ち上がった。

「手配は、しましたけどね」

悔しそうな言葉が、すべてを物語った。

牧瀬は視線を移し、戦いの場を指した。

「あのコート。あれが、江宗祥だそうです」

江《か》宗祥。その名も素性も、すでに調べ上げてあった。

彼の日、魏老五のことを調べてくれた東堂の電話に聞いていた。

——お尋ねの件ですが。やっぱりノガミのチャイニーズが動いてるってのは本当ですね。ただし、魏老五ではなく江宗祥っていうナンバー4辺りが、一時期大量に欲しがっていたと聞きました。

観月は前方に目をやった。敵方の一番奥に、ただひとり革のコートを羽織った男が見えた。

「そう」

大して感慨はない。

それより、観月が牧瀬に駆け寄るほんのわずかな間に、怒気殺気の類がさらに五つ減っていた。

「へえ」

観月は感嘆を漏らした。

倒した十一人という結果にではない。

今まさに、影もとどめず回り込む足捌きと、その足捌きを受け止めて決して乱れない体幹、身の置き所の見事さにだ。

凄いとは牧瀬に聞いていたが、凄いを越えて、達して見えた。達した者の動きだった。

すぐに四人は、三人に減った。

四が三に減っただけでない。東堂の動きは、四が三に減る過程ですでに、三が二に減るまでの工程がイメージ出来るものだった。

ようは、常人とは懸け離れているのだ。

ただ、相手方の一番奥でひとり江宗祥は、すでに殺気を収《おさ》めていた。

感じられるのはただ、怯えだった。ジリジリと後退っていた。

「あの野郎っ」

察知して東堂の応援に出ようとする牧瀬を、観月は手で押さえた。

「今からじゃ無理」

東堂は四を三に減らした特殊警棒を、宙に円弧を描くような軌道で戻し、もうひとりを打ち倒していた。

東堂にもわかっていたのだろう。

「江っ」

吼《ほ》えた。

その場に縫い止めるためだったろうが、わずかに、江の方が早かった。

残るチンピラを両手で押し出し、反動で江は背を向けていた。

――ヒッ。

江宗祥は頭を抱え、軽トラに乗り込んでエンジンを掛けた。

「待てっ」

押し出されてきたチンピラを退け、東堂は走った。

だが、軽トラが発進する方が早かった。

タイヤを軋ませ、荷台を左右に振りながら江宗祥の軽トラが、第二貯木場に通じる奥側の道路から出て行った。

観月は牧瀬と、地面に転がるチンピラの呻《うめ》きの中を進んだ。

近寄っても、東堂はまだ奥の道路を睨んでいた。

「クソッ」

江を取り逃がしたことを、本気で悔しがっているようだった。

観月は、その肩を叩いた。

「お疲れ様」

ようやくひと息つき、

「いえ」

それだけを口にし、東堂は首を振った。

大いに落胆していた。

少し、度を超して見えた。

観月は首を傾げた。

「なんでそんなに？　相手が誰だかもうわかってるでしょ。なにも問題は――」

大きな掌が、一瞬観月の視界を遮った。

「あるんですよ」

東堂が肩を落とすと、視界が戻った。

東堂は、天を仰いだ。

「江の身柄は、ここで押さえたかったです。魏老五の気分次第でしょうかね。それと、今後どれだけ江を、必要と考えているかですけど」

俺は、江が切り捨てられるような気がします。

そう、東堂は続けた。

「切り捨て? 切り捨てられるって?」

「文字通りです」

「まさか」

観月が口にすると、東堂はゆっくりと振り返った。

目に定まらず、揺蕩《たゆた》う光。

慚愧《ざんき》、だったろうか。

遠くに、警察と救急のサイレンが巻き付いて聞こえた。

東堂は一礼し、その場を離れた。

人のいない方へ。

徒歩でどこまで行くものか。

手を伸ばし掛け、声を掛けようとして、観月は思いとどまった。

東堂の背が、情を拒んでいるように感じられた。

歩いていくその向こうに、捻《ねじ》れたサイレンの音が近かった。

東の空からもうすっかりと、今日の朝が始まっていた。


——まさか。

そのときはたしかに、観月は東堂にそう言った。

第二貯木場の件は牧瀬と馬場に任せ、湾岸警察署に引き継ぐ最初だけ立ち会い、その後、観月は森島の車で〈ブルー・ボックス〉に入った。

「長い一日になっちゃったけど、よろしくね」

森島はそんな言葉で、本庁に向かわせた。

守衛の仲代や、小暮巡査部長の方を任せた時田と合流させるつもりだった。

〈ブルー・ボックス〉は土曜日にもかかわらず、それなりに搬入があった。

なにか不足や不測があれば手を貸そうとオペレーションルームに詰めたが、杞憂《きゆう》のようだった。

高橋係長は腕まくりでひとり総合管理室を守り、キング・ガードはルーティンと化した業務をこなし、所轄からの制服警官も通常通り出勤し、麗らかな三月の陽射しの中で職務を全うした。

アップタウンの連中はといえば、この土日はいつもの作業長たちは来ない。休みだ。午後に真紀が建築の業者を連れてきて、裏側のゲートを現調する予定があるくらいだった。

騒がしくない二階で、観月は牧瀬や時田と連絡を取り合って待機した。

手が空けば、高橋も薄い笑顔で上がってきた。

「なんかね。ひとりは、広いですわ。寒々しいってぇかね。色々と」

そのたびに、和菓子と緑茶を堪能させた。

三度は上がってきたが、四度目はなかった。

「じゃ。下で始めるわね」

真紀がやってきて顔を出し、業者と裏に回ったのは二時を回った頃だった。そのあと、しばらく帰らなかった。

観月の携帯に、東堂から連絡があったのは、四時半になろうとする頃だった。

――東堂です。今、いいですか。

「いいけど、なに？」

なにと聞きながら今朝の東堂の、歩き去る背中が脳裏に浮かんだ。

――まだ発表前ですが、江宗祥の死体が平和島の、新平和橋の近くに浮かびました。

よくわからなかった。

――魏老五がそれとなく、五条に警告をしているのかもしれません。余計なことを言うなと。これは推測の域を出ませんが。

さらによくわからなかった。

というか、東堂の声が遠かった。

――もしもし。

東堂はなにかを続けていたが、耳には入らなかった。

なんとなく電話を切った。

切ってすぐ、本庁で事後処理に当たっているはずの時田に電話を掛けた。

――はい。

すぐに出た。

時間的にも、そんなものだと思う。

監察としては小暮に関わりはあるが、仲代も小暮も、結局は捜一が取り調べの主導権を握るだろう。

「ねえ。魏老五の根城って、どこか知ってる？」

――なんですか。

「後学のため。ノガミってくらいだから、ベタベタに上野なんだろうけど」

――管理官は、今どちらにいらっしゃるんですか。

「〈ブルー・ボックス〉。こっちは順調よ。真紀が裏ゲートの件で粘ってる」

――そうですか。

と言ったあと、間違いなく時田は伸びをした。

――ノガミのこと、私はよく知りませんが。

「なら、そっちならメインサーバにアクセスできるでしょ。引っ張って」

――はあ。

「それ終わったら、もういいわよ。どうせ、捜一が全部持ってっちゃったんでしょ」

――まあ。そんなところですが。部外者って言えば、今回は特にそうですから。

「そうよね。だから、データくれたら上がっていい。お疲れ様」

――わかりました。じゃあ。

三十分も待つと、時田からメールが入った。

魏老五が使用するビルの住所だった。電話番号はない。

ちょうど、真紀が上がってきた。現調が終わったようだった。

業者はゲートまで送って、そこで解散したという。

「下は終了よ。後はここで、ちょっとした微調整に三十分くらいだけど。――どう？土曜だしもう夕方だし、終わったら、その辺でなんか食べてく？」

「ごめん。今日はこれから、行くとこがあるんだ」

「あ、そう。――まさか、男？」

そんな真紀を振り切り、観月は泣きたいほどの茜空の下にひとり出た。

そのままいつも通りメトロの駅に出て、茅場町《かやばちょう》から日比谷線に乗る。

駅について地上に出ると、上野の街は、半分夜が始まっていた。

どうしても、そんなに簡単に人が死ぬこと、殺されることが納得出来なかった。

失態ひとつで命がなくなる世界、なくなるものとわかっている闇が、まったく理解出来ない。

そんなことを沸々と考えながら歩けば、魏老五の事務所が入っているというビルは、携帯のナビですぐそこだった。

角を曲がれば目の前だ。

「あら」

観月は立ち止まった。

その角、半分の夕べと半分の夜の間に、東堂絆が立っていた。

「そっちの係長から、なんかあったかかって電話もらいました」

「えっ。係長から」

「ええ。正確には、主任から連絡が入った係長から、ですか」

なるほど。

相変わらず部下は優秀で、連携もいい。

「ふうん。でも持って回った割りに、東堂君、ずいぶん早くない？」

ははっ、と笑って東堂は頭を掻いた。

「実は、俺は湯島にちょっとした居場所がありまして」

「あ、そうなんだ」

「はい」

管理官、ダメですよと、東堂は言いながら近づいてきた。

「でも、顔を見るくらい。ひと言、文句言うくらい」

「それもダメです。っていうか、それ言ったら、つながっちゃいますよ」

「――なにが？　え。なにと？」

「宿縁、だと。魏老五はそんなこと言ってましたね」

東堂は、まだ消え残る残照に目を向けた。

「だから、止《や》めた方がいいです」

「ダメ？」

「ダメです」

「どうして？」

東堂は首を振り、観月に目を向けた。

悲しいほどに、澄んだ目だった。

「覚悟が見えません。だから、止めた方がいい」

「覚悟って？」

「殺すか、殺されるか」

東堂から、噴き出す力を感じた。

覚悟、か。

「東堂君。それ、警察官の言葉としてまずくない？」

観月は、腹の底に力を落とした。

それで、東堂と互角。

消しは出来なかったが、浴びもしなかった。

へえと、東堂は間違いのない賛嘆を漏らした。

「やっぱり、まずいですかね」

「当たり前でしょ」

観月は両手を広げた。

残照の方と、夜の中へ。

「守るの。両方を、両方から。それが、私たちの仕事よ」

東堂は大きく、頷いてくれた。

「じゃあ、言い換えます。そう、死生の間を歩く覚悟、でしょうか」

わからなくはない。

近々、そんなニュアンスのことを聞いた覚えもあった。

が、わかりたくもない。

「なんか、どっかの誰かと同じことを言うのね」

「どっかの誰か？　なんか、想像はつく気がします」

東堂は、今度は夜の方に目を向けた。

優しい目、だった。

善と悪。赤と青。昼と夜。白と黒。男と女。

無色と透明は、同じではない。

「中庸、かな」

観月は上天を見上げた。

星が見えた。

溜息ひとつ。

散り散りの想いはそれで丸めて、今は飲むしかないだろう。

「いいわ。わかった。私は私の道で、いずれ覚悟を練る。そのあとで」

「そうですね。キャリアですもんね。いずれどこかで、偉くなる過程で、交差するときもあるかもしれない。でも」

東堂は、心底の笑顔を見せた。

男臭い、いい笑顔だった。

「管理官なら、そのときなら、きっと大丈夫でしょう」

東堂は観月に敬礼した。

観月は、返さずそのまま背を向けた。

あれぇ、と声がした。

少しだけ気が晴れた。

携帯を取り出し、電話を掛けた。

「あ、真紀。まだ葛西？　あ、もう出るのね。じゃあ」

門仲《もんなか》辺りで大人食いする、と打ち合わせて電話を切る頃には、少なくとも気分はもう、悪くなかった。

第三部　約束

現在――一

ひとまずの監察、ひとまずの逮捕は、江東署、深川署、品川署の三署で収めたが、これが終わりではなかった。

三署、とは、三人を意味するわけではない。

江東はひとりだったが、品川はふたり、深川からは三人が出た。

各方面を巻き込んだ押収品の横流しは、ここからが監察の本番だった。

――俺らだけかよ。

――誰でもやってるじゃねぇか。

――こっちに手ぇ出すくれえならよ、＊＊＊の刑事課の＊＊＊を先にパクれや。

――なあ。もっと悪ぃの教えっからよ。なんとかなんねぇか。

――小っちぇえことじゃねえか。だろ。見逃してくれよ。

いいことも悪いことも、十人十色。

十人いれば、それぞれがなにかしらをほざく。自暴自棄になった者たちは虚実も曖昧《あいまい》に、たいがい他人を巻き込もうとする。

そこから芋蔓式に辿《たど》っていくと、他にも収蔵品に手をつけていた所轄が二署、旧沖田組系の団体を挟んでさらに三署が浮かび上がった。本庁も絡んだ。

人数にして、計十三人もの新たな監察対象者が追加されたのだ。

もちろん、全員が本当にクロか、根も葉もない噂レベルかを明白にするのが監察の仕事ではある。

だがこの人数はもはや、一班、二班で業務が遂行できる数ではなかった。

藤田首席監察官の陣頭指揮の下、監察官室だけでなく警務部人事第一課、第二課からも応援を得て、観月たちも東奔西走の毎日となった。

しかも、極秘裏に、だ。

内部犯罪は、全体からすればひと握りだろう。

ただ、そのひと握りも許されないのが警察であり、公僕というものなのだ。

だからたしかに、大っぴらに公表できる事案ではない。

公表すれば、大多数の正しい職務が監視という鎖につながれ、正しい努力が水泡に帰すことにもなりかねないのだ。

正確に、迅速に。

けれど一枚一枚、ヴェールを剝《は》ぐように丁寧に。

薄暮の中で藻掻《もが》くに等しい作業だと感じれば、不毛であり、先に見えるのは闇ばかりだ。

作業が警視庁にとっての黎明《れいめい》であれと思えば、伸ばす手の先につかむものは未来への希望であり、見えるのは光だ。

少なくとも、観月と牧瀬班の考えは後者だった。

観月たちは、寝食も惜しんで監察を進めた。

この件に関して、警視庁から膿《うみ》を出し切るまでに、約一カ月。

業務はいちおうの終結を迎えたが、未来への希望がつかめたか、光が見えたかは不確かだ。

ただ、闇はそれ以上、間違いなく広がらなかった。

十九人の監察対象者のうち、実際のクロは十二人だった。

それにしても、〈トレーダー〉に関して新たな証言をする者は皆無だった。

関わっていないというわけではない。

十二人の内、十人はなんらかの形で関わっていた。

ただ、外一の金田が知るレベルを超える者はいなかった。

死亡した品川署の田畑の方が、まだ肉薄していたようだ。

返す返すも、田畑の死亡は残念なことだった。


四月二十一日の金曜日は、生憎《あいにく》の小雨だった。

観月は作業の終了を待っていたかのようなタイミングで、中央合同庁舎第二号館の二十階に呼ばれた。

実際、待っていたのかもしれない。

「首席が呼んでますよ」

と、観月に言ってきたのは、今回は参事官の露口ではなかった。

「おや？」

笑顔で話し掛けるのは観月の直属の上司、庁内の首席監察官、藤田だった。

観月が訝《いぶか》しんだのは、藤田がレインコートを脱ごうとしていたからだ。外から帰ってきたばかりのようだ。

それでいて、首席が呼んでいると。

まさか、携帯で伝言を受けたわけではないだろう。

「ああ。私が今、首席の所にご挨拶に行ってましてね。そしたら帰り際、いるなら呼んでくれって言われまして」

藤田は、観月の様子を察して先回りしたようだ。

観月は無表情にじっと見つめていただけだが、出来る人は読んでくれる。有り難いことだ。

「挨拶。なんでまた」

「まあ、その辺も行ったら、首席に聞いてみてください」

藤田が首席と呼ぶのは長官官房の長島のことだが、どちらも肩書きは首席監察官だ。

ややこしいので、監察官室では庁内の首席監察官をただ監察官と呼び、官房の方を首席と呼ぶ。

なにやら面妖だが、藤田の笑顔に陰りはなかった。

牧瀬班のみんなはまだ、最後の処理で所轄を渡り歩いている。

観月だけが先に解放されたような格好で、デスクにいても喫緊の事案はない。

「了解です。じゃ、すぐに」

「うん。首席も忙しいお人だから。それがいいね。あ、傘を忘れないように」

藤田の言葉に送られ、観月は監察官室を後にした。

外に出ると、内堀通りから見える景色は雨に濡れ、緑が濃かった。

警視庁本庁舎から中央合同庁舎第二号館へは地下の駐車場を通じても行けるが、観月はあまり使わない。

地上ならふとした折りに、こういう季節の移り変わりを感じられるからだ。

「そうか。もう終わったわよね」

見渡す限り、桜の花はもうなかった。今年は見なかったように思う。

いつの間にか、葉桜だった。

「見たのは、あっちのだけって。しかも真紀とふたりって、それってどうよ」

呟きは、傘を打つ雨音に紛れた。

あっちとはすなわち、〈ブルー・ボックス〉だ。

この一カ月、皇居の桜も見逃すほど東奔西走の毎日だったのは間違いない。

が、合間合間で必ず〈ブルー・ボックス〉には顔を出した。三日に一度は行ったろう。

搬入搬出の通常業務に関しては、刑事総務の高橋とキング・ガードの警備員でなんとか間に合っている。

日々のアベレージとして、もうそのくらいの分量に落ちついてきたようだ。

だから、手出しも口出しもしない。

高橋も小暮のことで思うところはあるのだろう。粛々と仕事をこなしている。

観月が最低三日に一度の割合で顔を出すのは、アップタウン警備保障の早川真紀に委託した、大改造のことがあるからだ。

牧瀬を筆頭に、本来の業務に関しては信頼して余りある部下がいる。

対して、〈ブルー・ボックス〉の大改造には、民間業者の真紀しかいない。

いや、真紀は真紀で信頼してお釣りが来るが、こと業務に関して勝手な判断はさせられない。させてもならない。

淀みなく改造を進めるため、だから、観月は顔を出した。

それもあって、二階オペレーションルームのカメラアイ・システムは、微調整を加えながらも二週間くらい前に完成した。

中二階のシステムまで引き込むにはさらに一週間を要したが、その統合も終わった。

あとは実際の業務の中で不都合・不具合があれば整えてゆく。

ＯＪＡ《オン・ザ・ジョブ・アジャスト》、あるいはＯＪＲ《オン・ザ・ジョブ・リアジャスト》とでも言うべきか。

〈ブルー・ボックス〉は現状、すべてにおいて順調だった。

二階オペレーションルームのシステムが完成してから、二階から三階の実質的な警備は、キング・ガードからアップタウン警備保障が引き継いでいた。

仲代の不祥事が発覚したゲート警備も、その週明けからアップタウンが受け持った。

そんな関係で、真紀の業務は三日前から、建築確認申請が下りた外部の工事に移っていた。

裏ゲートもさることながら、アップタウンの事務所兼仮眠室の設営も急務だった。

真紀は建築業者と、昨日はアスファルトにカッターを入れていた。

今日は、自らミニユンボに乗って掘削作業をするということでやけに楽しげだ。

「でも、これじゃあね」

観月は合同庁舎に着いて傘を閉じた。

――雨なら中止だね。

と真紀は昨日の夕方、ヘルメットの庇《ひさし》に手を掛け、鈍色《にびいろ》の空を睨んでいたっけ。

観月も糸雨の降る空を睨み、合同庁舎の二十階へ向かった。

――忙しいお人だから。

藤田が言っていたように、危なかった。

「呼んでおいて、それですか」

長島は今まさに、春物のコートをハンガーから取ろうとするところだった。

「ああ。いや、ちょうど道重さんに飯でも食わないかと誘われたもんでな」

長島は取り敢えずデスクに戻った。

それにしても、コートは抱えたままだった。

「道重？　あ、うちの部長ですか」

道重は、道重充三《じゅうぞう》警務部長。

階級は長島と同じ警視監だが、道重の方が長島より一学年、東大の先輩だった。

「そう。だから、私からそっちに行こうかと思ったんだがな。あとのことを考えると、その方が手っ取り早い」

「止《や》めてください」

観月は毅《き》然《ぜん》と言い放った。

「急に首席なんかが顔を出したら、うちの参事官が泡を吹きます。──比喩《ひゆ》じゃないですよ」

「ん？　参事官？」

長島は一瞬眉根を寄せたが、すぐに開いた。

「そうか。露口さんか。ふっふっ。そうだな。その辺の小心さというか生真面目さが、あの人のいいところでもあり、──まあ、いいところだな」

「あ、濁しましたね」

「なにを言う。あの人も私にとっては、心優しき先輩だ。もう警察機構に数少ない、な」

わからないでもない。

この四月からの年度で長島は五十五歳になる。道重は五十七で、露口に至っては五十八だ。

先の見えたキャリアのほとんどは、天下るか辞表を出す。彼らにとって奉職に意味はないのだ。

露口のように、職務を全うしようとするキャリアは少ない。

すべてを包括して、泡を吹く小心の生真面目の優しさが、たしかに露口のいいところだ。

さて、聞いているかと長島は話の向きを変えた。

「え？　なにを誰に、ですか」

「ん？　藤田から、だが。――そうか。彼も、切れるが几帳面だからな。豪快さが備われば、組対の大河原さんの後釜に推してもいいんだが」

なんとなくわかった。

季節的に、異動の時期だ。

少し遅い気もするが、先の特別監察に支障をきたさないため、誰かが手を回したのかもしれない。穿《うが》ってみれば、そんな見方が出来る。

「余計なことを邪推しようとしまいと結構だがな」

長島はデスクの上に両肘をついた。

「藤田は警視長に昇任し、次は千葉県警の警備部長だ」

「あ。そうですか」

としか言いようはない。藤田なら、遅いくらいだ。

「それで、藤田の後釜だが、おそらく公安部のな、手代木《てしろぎ》参事官ということになりそうだ」

「はあ」

「これは、俺がここへ異動する前から、浮かんでは消える人事だった。巡り合わせだな」

「へえ」

と言えば、邪推はやめろと返された。

とはいえ、あまり興味もない。邪推くらいはさせて欲しいものだ。

「この人事案はな、浮かんでは消えるが、その場所から動くことはなかった。タイミングの問題だけだったと言えばいいか。手代木さんがそっちの首席監察官というのは、揺るぎのない既定路線だったな。杓子定規、原理原則の姿勢は監察が、あるいは、監察しかとも思われていたようだ。道重さんに飯でもと呼ばれたのは、その辺の確認だろうな」

「ほう」

「まあ、だからその布石に、お前を山梨から呼んだようなものだ」

「それはそれは――。えっ、なんです」

危ない。

危うく聞き逃すところだった。

長島はうっすらと笑った。

「手代木さんはな。小日向とどうにも馬が合わないようだ。毛嫌いしていると言ってもいい。俺がいるうちはなんとでもなったが。異動が決まってな。ちょうどその直前、とある事件があった。表立ってはいないが、総理も絡む事件だった。そのときは、総理と一緒に狭苦しい中に三十分も押し込められてな。これと言って共通の話題があるわけでもないからな。ずいぶん、小日向のことを聞かれたよ。その話の流れでな、総理には何度となく念押しされた。Jを押し込めろ。無理ならせめて、上手く御せとな」

「へっ？」

話が大きくなった。

純也の父はたしかに総理だが、本人の話にもあまり出てこない。匂いもしない。

「手代木さんは、下手をしたら小日向を潰そうとするかもしれない。作用には反作用がある。小日向の反作用は、考えたくもないな」

長島は椅子に背を預けた。

「だがそれより怖いのは、小日向を起爆させるかもしれない、手代木さんの曲がらない正義だ。小田垣、お前が上手く間に入れ。お前が上手く、双方をガードしろ」

観月は聞きながら、天を仰いだ。

「首席。また丸投げですか。それも、これはなかなか大仕事ですが」

「俺は人に頼む仕事に、大小や軽重のランクをつけたことはない」

「なるほど。泣きたいくらい有り難い、上司のお考えで」

長島は、まあそう尖《とが》るなと、手のひらを見せて振った。

「だが、仕事は丸投げの方が、えてして上手くいくものじゃないのか。——おっと」

長島は振った手のひらを合わせて叩いた。

「そうそう。丸投げで思い出した」

〈ブルー・ボックス〉だがな、と長島は続けた。

「正式に監察の手の内へ引っ張る。これは近いうちに、総監から内示が出るはずだ。証拠品・押収品と、捜査関係者の間に一線を引くのは、これまでの事件が大義名分になった。鳩首《きゆうしゆ》した結果、文句は誰からも出なかった。苦々しげな顔はちらほらあったが」

「そうですか。まあ、こちらに関しては最初からそのつもりでしたし、そのつもりで手も加えてますから。見て見ぬ振りをしていただけるということなら、喜んで丸投げされましょうか」

「ほう」

長島の目が光を帯びた。

「なにか、仕掛けたか」

「仕掛けというほどではありませんが。まあ、そうですね。弱い心に仕掛けた、とか」

「そうか」

長島は頷いた。

「〈ブルー・ボックス〉は、お前の城でいい。君臨しろ。それでこそQ、クイーンの面《めん》目躍如《ぼくやくじょ》だろう」

「おや。牢屋・監獄の類ではなく」

「なんの違いがある。どっちでも一緒だろう」

「ご明察」

観月は深々と頭を下げた。

下げたまま、踵を返した。

退出の頃合いだろう。

そのまま失礼しますと告げると、長島の声が背を追ってきた。

「実際の異動は不確定だが、藤田と手代木さんの辞令発令は週明けだ。それとこの話は、今後二度としない。忘れるな」

「忘れませんよ。忘れる体質じゃないもんで」

そうだったなと長島が頷き、それで話は終わりだった。

過去──一

小田垣観月が生まれた一九八四年は、サラエボとロスアンジェルスで、冬と夏のオリンピックが行われた年だった。

アップルがマックを発表し、ディスカバリー号が打ち上げられ、年末にはサッチャーが趙紫陽《ヂャオズーヤン》と香港返還合意文書に調印した。

サッカーでは、フランスの皇帝プラティニが華麗なプレーで群衆を魅了した、最盛期だっただろうか。

国内へと目を転じれば、一年を通して、グリコ・森永事件に翻弄《ほんろう》された年だった。

ただ世相は、だからといって暗いばかりではなく、この年はトヨタが製造業初の、五兆円企業になった年でもある。

この翌年のプラザ合意によって景気は円高不況に振れるが、ルーブル合意によってすぐに息を力強く吹き返し、日本は未曽有《みぞう》の好景気へと邁進《まいしん》する。

東京の山手線内の土地で、アメリカ全土が買えると揶揄《やゆ》された、いわゆるバブル景気のことだ。

観月が生まれ、育ったのは、日本が実体のない経済に踊りに踊った、そんな時代だった。

和歌山県紀北、和歌山市有本《ありもと》の地で、観月はほとんど病気らしい病気もせず元気に育った。

すこぶるアクティブな少女だった、とも言える。

家に帰ればすぐにランドセルを放り出し、泥にまみれ、暗くなるまで帰らない。

都会ではもう、この時代でも滅多に見られなくなった、いわゆる子供らしい生活を観月は送った。

それでいて、不思議と成績は悪くなかった。

特に小学校では、そういう子はリーダーになる。

スカートを穿いた番長は近所の仲間の先頭に立ち、春には菜の花を、秋にはススキの穂を振りかざして野山に、紀ノ川に進軍した。

才気煥発《さいきかんぱつ》、と言ってよかったかもしれない。

小田垣夫婦は一人娘の成長に目を細めた。

理に富んで、穏やかで優しい、地区でも評判のおしどり夫婦だった。

そんな観月に人知れず大きな転機が訪れるのは、観月が小学校六年の、夏休みのことだった。

ちょうど、バブル崩壊後の景気悪化の頃だった。

都会に居づらくなった者たちが、製鉄所に仕事を求めて和歌山市に帰ってきたり、入ってきたりした。

みんな、どことなく卑屈だった。敗残兵のように。

そんな家々の子のグループも出来た。

製鉄所所長の娘である観月に、子供らの反応はさまざまだった。

中には、あからさまに目の敵にする奴もいた。

眼鏡を掛けた、牛蒡《ごぼう》のような男の子だった。

――へん。親が所長だからっていい気になってんじゃねえや。田舎ブスが。

ただし、観月も負けてはいない。

この頃はよく、口よりも先に手が出た。そういう娘だった。よく両親に連れられて、
そんな子の住むアパートに頭を下げにも行った。

やがて、対決はさらにエスカレートした。どっちのグループが上かという口論は、ただの口喧嘩では済まなくなった。

木登り対決になった。

よせばいいのに、

〈どっちが、高いところまで登れるか〉

そんな対決だった。

若宮八幡神社には、樹齢六百年というご神木の楠《くすのき》があった。

森の中に大きく枝を張り、全高は十五メートルを超えていた。

それに登る対決だった。

ご神木だから、大っぴらには登ることは出来ない。

それもいけなかった。

大人に見えるところでの対決だったら、きっと誰かが止めたのだ。

二十人からの少年少女は、こっそりと境内を走り抜けた。

「お、なんだいなんだい」

いつもの体操の連中が何人かいたが、

「うん。ちょっとね」

「秘密っ」

大人たちも深くは考えなかったろう。

——おう。森は、気をつけてな。

直前までは、ねえ危ないよと口にする仲間もいたが、ご神木を前にすると、もう誰も
本気でやめようとは言えなかった。

「おい。田舎ブス。謝るなら今だぜ」

「冗談ポイよ」

相手と観月は、ご神木に手を掛けた。

やがて、事故は起こった。

天罰神罰は、より高く登った方に振り掛かった。

——も、もう、無理。

牛蒡が幹にしがみついて半べそをかき始めた頃、観月ははるか五メートルくらい上にいた。

それ以上もう上に、枝葉はほとんどなかった。

「うしっ！」

無邪気なガッツポーズ。

しかし——。

梢《こずえ》の枝葉は細く弱かった。

手を差し上げた瞬間に足元の枝が折れ、バランスを崩した観月は落下した。

空中に仰向けで放り出されたような格好だった。

——きゃあああっ。

——うわぁっ。

観月ではない。

下にいる連中の悲鳴が、観月の耳にはどんどん近くなった。

（なに。なんなの）

状況は理解できなかったが、恐怖だけはあった。

激突の衝撃はすぐに、身体全体にやってきた。

それでも、ご神木周りは長年にわたって手付かずの落ち葉や枯れ葉が敷き詰められていて、衝撃の何割かは逃がしながら観月を受け止めてくれたようだ。だから、バウンドもしなかった。

ただ、後頭部には強い衝撃があった。

ご神木から張り出す根太《ねだ》の一部が地表に現れていた。それを枕にするかのように観月は落ちたのだ。

一瞬、音が遠ざかった。

火花のようなものも初めて見た。目の奥に散った。

目の前がオレンジから真っ赤になった。

なにも見えず、なにも聞こえなかった。

やがて、耳にも目にも世界が蘇ったとき、不思議なことに観月は市立病院のベッドの上にいた。

「あ、先生。子供さんの意識が」

ばたばたと去るナースの白衣が見えた。

父と母が、目の前で泣いていた。

「み、観月。よかった」

手を握ってきたのは母だった。

「せ、関口さん、高炉長のお陰だ。お礼、言わないと」

眼鏡を取り、涙をぬぐったのは父だった。


泣く。

泣いている。

泣くって、なに。

なぜ泣くの？

哀《かな》しいの？

哀しいって、どんなだっけ？

嬉しいの？

嬉しいって、どんなんだっけ？

あれ？

泣くってことだっけ？

観月は不思議だった。

泣くという現象の裏にある感情がなにか、もどかしいほどに遠かった。


ああ、そうか。勝負したんだっけ。

落っこちたんだ。

これ、泣き止んだらふたりに怒られるだろうなあ。

だってご神木には登ったし、枝は折っちゃったし、落っこちて、こんなとこに運ばれちゃったみたいだし。

謝らないとなあ。

あたしなら絶対、怒るもの。


喜怒哀楽。

喜び、怒り、哀しみ、楽しむ。

観月の心身の中で、喜びと悲しみにバイアスが掛かるようになったのは、このときからだった。

過去――二

観月は、約一カ月で退院した。

夏休みであったことは幸いだが、この一カ月が早いか遅いかは、考え方による。

最初の一週間は、まさしく整形外科の治療だった。

ほぼ十五メートルの高さから楠の枝葉を巻き込んで落下したのだ。打撲だけでなく左足首は捻挫《ねんざ》しており、肋骨《ろっこつ》二本にはヒビが入っていた。

それだけで済んだのはむしろ、幸運なことだろう。

後の三週間は心的ケアと、脳の検査に掛けた期間だった。

一部の感情の欠落は顕著だったが、取り敢えず、外科的なダメージはどこにも見られなかった。

整形外科から引き継いだ藤崎《ふじさき》という若い優秀な精神科の医師は、実に献身的に、よくやってくれた。ありとあらゆるカウンセリングと診断を丁寧に続けてくれたのだ。

不慣れなものには遠く大阪の国立病院、大学付属病院からも最新の判断を導引してくれた。

結果は、曖昧にして結局不明だった。

検査のたびに発揮する観月の、サヴァンにも匹敵するが決してサヴァンではない超記憶能力には、どの医師も注目した。

サヴァンはある特定の、本人が興味を持ったものだけに発揮される能力だ。

例えば絵、例えば歌、例えば音。ただ、それら全般に対して発露することはない。

対して観月の記憶能力は、見た物すべてに発揮された。分け隔てなく、注視したものすべてを記憶するのだ。

だが、その発現に伴う、のたうち回るほど激烈な頭痛に、検査は常に中断を余儀なくされた。

それはそうだろう。

まだ幼い成長過程の脳に、大人でも驚くほどの情報が注ぎ込まれるのだ。

いや、それでも医師たちは、本当なら強引にでも、検査という名の実験を続けたかったようだ。

けれど、観月の両親はそれを断固として拒否した。

最終的に観月が戻った市立病院で藤崎医師は、

「原因の特定には、精神医療分野に十年から二十年の進歩が必要かもしれません。原因がわからない以上、治療もできませんが、ご両親。人の心身は、思うより強いものです。時間が経てば、治癒することがないではありません。少しずつ快方に向かうということは、確実にあるでしょう。私はこの三週間で、少なくとも観月ちゃんにチェックシート上ではありますが、哀に関してかすかなレイヤアップを感じています。切っ掛けさえあれば、あるいは切っ掛けごとに、観月ちゃんが感情を取り戻してゆくことは大いにあるのです。

豊かに、喜びをあげてください。純粋に、哀しみを分けてあげてください。今はなにより、それが大切なことでしょう。

え、あ、記憶能力に関してですか。

それも、原因がわからない以上、推測、憶測の域は出ませんが、よろしいですか。それならばお話しします。というより、それしかお話しできませんが。

ＡＤＨＤ、ああ、すいません。難しいですね。そう、注意欠陥・多動性障害のことを言います。神経発達――そうですね、不全群、ですか。〈症〉なのか〈障害〉なのか、学会的にもまだ併記のレベルです。解明されたわけではありません。感情、学習、セルフコントロールに関係する脳機能不全のことを言います。

私は観月ちゃんの能力は、この対極に位置づけられるものと考えています。ＡＤＨＤには多動、不注意、衝動などの症状が特徴としてあります。中でも不注意は、注意力を維持しにくいとか、情報をまとめることが苦手とか、簡単に言えばそういうことです。女子の場合はですね、特にこの不注意に分類されることが多いんです。多動が目立たない〈不注意優勢型〉と言います。

観月ちゃんは、原因は特定できませんでしたが、感情にバイアスが掛かった状態であることは間違いありません。バイアスによって電気信号が滞るなら、溢《あふ》れてどこかにつながることがないではありません。川の流れ、ここにお住まいなら、紀ノ川の氾濫《はんらん》はご存じでしょう。同じようなものです。

女子に多い〈不注意優勢型〉の真裏に、私は観月ちゃんの、感情に向かうはずのエネルギーが流れているのではと思います。注意力を維持しにくい、情報をまとめるのが苦手。ほら、どうです？　観月ちゃんは圧倒的な注意力で、視覚からの情報を驚異的にまとめ、保持するんです。

ご両親、どうか、神の能力、とお考え下さい。呪われたとか、笑顔を犠牲にしてとか考えてはいけません。

そうすればいつの日か、笑顔も涙も、戻るかもしれません。例えばそのとき、感情の復活とともに能力が失われたとしたら、そのとき初めて、あんなもののせいでと、惜しくなんかないと、文句のひとつふたつでも言って振り捨てればいいと私は思います」

そうして、観月は退院した。

生活は見た目にはなにも変わらなかったが、実際にはすべてが変わった。

「あのさ。その、悪かったよ」

二学期が始まると牛蒡が寄ってきて、言いにくそうだったが、とにかく謝った。
「いいの。私も悪い。気にしないで」
「そ、そうか。じゃあ」
牛蒡は笑顔で手を差し出した。
観月は――。
握手の手を出す前に、まず、思考した。
表情は思考で取り繕う。
これは藤崎医師に提案され、二学期が始まるまでに父母と訓練したことだった。
誰のせいでもない。誰にも迷惑を掛けない。誰にも、不快な思いをさせない。
だから、思考して笑い、思考して泣く。
この牛蒡との握手の前は、きっと、笑う、のだ。
牛蒡が笑っているのだから。
最初に、頰を上げる。
釣られて口角が上がるが、今の状況からするときっと足りない。もう少し上げる。
それと、目を細める。
口は、少し開けた方が優しく見えるだろう。
それから、手を出す。

牛蒡が怪訝な顔をしていた。
いけない。
考えすぎたか。
「これで、チャラね」
出した手で牛蒡の手を思いっきり弾《はじ》く。
「あ痛っ。なんだよ」
それで、変なタイムラグはなかったことにする。
牛蒡に限らず、小学校での毎日がこれの繰り返しだった。
若宮八幡の境内での朝夕も一緒だ。
毎日が、思考に次ぐ思考だった。
夕方には、頭はいつも割れそうに痛かった。
帰り道の神社では、時々我慢の限界を超えた。
「お嬢。なんか変だね。おや？　泣いてるのかい」
自営の金型職人である、関口のおっちゃんが体操の手を休めて聞いてきた。
他はみんな、まだ仕事中の時間帯だった。
感情が流すわけではない涙だった。
ただ、どうしようもなく頭が痛かった。

「仕方がない。お嬢のためだ。取っときの、これをあげっかな」

おっちゃんがくれたのは、あんパンだった。

いつもおっちゃんが、体操の後の楽しみにしていたものだ。

観月も楽しみはわかる。

有り難いことだった。

社の本殿の階《きざはし》に座り、食べた。

食べながら、話した。

自分が失ったもののことを。

「そうかい。ううん。難しいことはわからんがなあ」

おっちゃんは腕を組んで考えてくれた。

考えて考えて、手を打った。

「足りないんなら足せばいい。明日から毎日おいで。お嬢が言うところの体操、教えてあげよう。体操したら、あんパンをあげよう。取っときのだよ」

観月はおそらく、救われた。

いつの間にか、頭痛は和らいでいた。

翌日から帰り道に、観月はおっちゃんと体操をした。そうすると本当におっちゃんがあんパンをくれた。

観月が和菓子好き、あんこ好きになったのは、間違いなくこのときからだ。

観月にとってはこのアクシデントが、ちょうどこの小学六年生という時期であったことも、大いなる幸いだったろう。

すぐに卒業、進学の時期だったからだ。

観月を観月と知る友達の前では、観月は出来るだけそれまでの観月として振る舞った。

誰にも気づかれることも、不審がられることさえなかったが、毎日というのは、思う以上に作業としては大変だった。

新たな環境が望まれた。

環境の変化は、バイアスにもいい刺激となるらしかった。

そこで観月は、中高一貫の紀ノ川女子学園を受験し、入学した。自転車で三十分は掛かるが、この年有本からの受験者はいなかった。

観月はこの紀ノ川女子学園で初めて、素《す》の観月として振る舞った。

楽だった。

無表情な新入生とは言われたが、暗いとは言われなかった。

部活にも入った。ソフトテニス部を選んだ。

ソフトテニスは基本ダブルスで、前衛と後衛でタッグを組む。観月は後衛だった。

若宮八幡神社での体操は、夕方では部活もあり時間が合わなくなった。

朝に変わった。

大勢の中に混ざる格好だ。

――おう。爺さんに聞いてるぜ。

――大変だな。

――でも、お嬢なら大丈夫だ。

――そうだ。ここで鍛えりゃ、大いに大丈夫だ。

観月が生まれて十五年だ。

大人たちにも十五年は顕著に降り積み、関口のおっちゃんは爺ちゃんに、とっちゃんはおっちゃんに昇格し、とっちゃんに代替わりした兄ちゃんも、新たに加わった兄ちゃんもいた。新ちゃんは変わりようもないからそのままだが、川益さんは孫を連れてきていた。

朝からあんパンも、美味《おい》しいものだった。

なにより、脳によかった。

充実した日々だった。

勉強は特に、常に学年でトップだった。近畿地区でも十位以内を外したことはなかった。

超記憶。

戻せないものを嘆くのではなく前を向く。

注視したものを忘れない能力は、観月の武器となった。

ただし、ソフトテニスに関しては、この超記憶の能力があっても時間が掛かった。

超記憶によって、超一流の技術は一瞬で観月のものだった。イメージもすぐできた。

運動能力も、観月は通常より優れている方だったと思う。幼い頃から山野を駆け巡り、駆け巡った仲間たちとの運動会でも、特に徒競走では負けたことはなかった。

部活で芽が出なかったのは、後で思えばだが、この超記憶のせいだった。

成長途中の幼い身体に、超一流の技術は無謀だったのだ。かえって不格好でさえあった。

この中学の間は、どうにも観月がパートナの足を引っ張っていたように思う。

結果、観月の中学時代は、勉強で抜きん出て、スポーツで地味だった。

それでも、やめようとは思わなかった。

ソフトテニスは、〈楽〉しかったし、パートナはいつまでも一緒に頑張ろうと励ましてくれた。

やがて、ようやく高校一年になって、身体と能力がシンクロした。

シンクロすれば、観月は負けなかった。

後衛というのもよかった。ソフトテニスは、後衛がずば抜けていれば県は勝てる、とも言われる。それほど後衛が重要なのだ。

真剣になればなるほど忘れる感情表現も、この後インターハイも国体も三年間負け知らずの最強後衛女王の味となったようだ。

アイス・クイーン。

いつしか観月は、そう呼ばれるようになった。

現在――二

長島に呼ばれた翌週はもう、GW直前の週だった。

麗らかな好天に恵まれ、今年のGWは最大九連休だとTVやラジオは騒いだ。

この日は、そんな連休の始まる、三日前だった。

この週に入る頃にはもう、〈ブルー・ボックス〉の喧噪《けんそう》は完全に収まっていた。

もちろん毎日、新たな搬入搬出はあるが、公道に車両が列を作ることはなかった。

渋滞がなければ、苛々《いらいら》としたクラクションもなく、喉に痛い排気ガスもない。静かで、実に健康的だ。

そもそも最初から、搬入にも搬出にも事前連絡が必要だと取り決めはあったはずなのだ。

一時の群集心理、我も我もは万国共通だろうが、個別の我だけになるとめっきり大人しくなるのは、日本人の特性か。

〈ブルー・ボックス〉はもう、搬入搬出に掛かる時間より、深く眠る時間の方が多くなった。

本来あるべき姿、と言っていいかもしれない。

そうなればこの後、最大限に留意しなければならないのは当然、所蔵品の正しい保管と管理だ。

各所轄、本庁までが、そこに本当に困り果てた。

困り果ててひねり出した妙手が、外部委託だ。

そうして選定したのが、この〈ブルー・ボックス〉なのだ。

過なき遺失や破損はまだしも、紛失・過失、特に、邪《よこしま》な悪意を持ってのそれらには、断固たる処置をしなければならない。

「それじゃ、そろそろやるわよ」

観月が二階の、四段に組んだメインモニタの前で立ち上がったのは、この二十六日の十時半過ぎだった。

舟和本店のあんこ玉を口中に放り込み、全身を軽く動かしながらヘッドセットを装着する。

この日からGW明けまで、少なくとも〈ブルー・ボックス〉自体は運休だった。キング・ガードもアップタウン警備保障の連中もいない。

世間的に言えば、棚卸《たなおろし》という作業に近いだろう。そんな通達を、高橋係長を通じて刑事総務課の勝呂課長に出してもらった。

今のところはまだ、〈ブルー・ボックス〉の管理責任者は刑事総務課だ。手順としては踏むべき至極まっとうなものだったが、高橋は最初渋った。

「えっ。俺から課長に？」

余計な面倒は、たしかに掛けたくも言いたくもないだろう。

だから、ニンジンをぶら下げた。

「その間、係長は幽霊でいいわよ。タイムカード、押しといてあげましょうか」

この翌日には、通達は全所轄、本庁の全部署に順調に行き渡った。

この日の観月は、淡いピンクのトレーニングウェアに身を包み、足下は同色にそろえたジョギングシューズだった。

倉庫内を縦横に歩き回る予定だったからだ。

三時間前、観月はメインモニタの前に陣取った。

テーブルには、あんこ玉のパックと緑茶と、緑茶のポット。それが必需品だった。

四段に重ねられた五十五インチデュアルディスプレイのクアッドモニタは、つい先ほどまで鮮やかに、〈ブルー・ボックス〉のこれまでを映し出していた。

中二階の総合管理室がキング・ガードと組んで設置した監視カメラの陰に隠れるようにして各フロアをくまなくカバーした、アップタウン警備保障自慢の、さらに高精度なカメラアイの画像だ。

およそ七十五列の表裏を、遠近十ブロックで撮った一週間ごとの画像。

およそ、一万二千枚。

観月はそれを三時間足らずで、すべて記憶野に納めた。

常人からすれば圧倒的なスピードであり、そもそも記憶することなど不可能だが、観月はそれを簡単にこなす。

もともとの中二階の監視カメラも、オペレーションルームでコントロール出来るように引き込んである。ＯＳのリンクもばっちりだ。

〈ブルー・ボックス〉を訪れるたびに、テストも兼ねた段階からそちらも眺め、画像の脳内整理はできていた。

「どう、馬場君。聞こえる？」

観月はマイクに話しかけながらオペレーションルームから、倉庫エリアに出た。

最初に立つのは№２—Ａ—０１の棚の前、つまりは角だ。

——いつでもどうぞ。

装着したヘッドフォンから馬場の声がした。

馬場は中二階の総合管理室にいて、モニタ越しに観月の行動を追尾しているはずだった。

この日、観月は長島に告げた、仕掛けの回収を始めるつもりだった。

〈ブルー・ボックス〉という撒き餌が、初めから関わりのある警察の全職員に振り掛けられていた。

邪な影に貪《むさぼ》られた者の心は、撒き餌の中に無防備という仕掛けを垂らせば必ず食いつくだろう。

釣り上げる道具は、観月という一点物の竿の、超記憶だ。

溢れる光の洪水のような画像は、早くも観月の脳内でいくつかのフォルダに分けられ、ファイル管理されていた。

こめかみに軽い疼《うず》きがあったが、快調だ。舟和本店のあんこ玉は美味い。

脳内の画像に、すでに気になる箇所はいくつもあったが、すべては実際にこれから確認するつもりだった。

超記憶に百パーセントの自信があっても、慢心はしない。実証を加えれば百二十パーセントになる。

「係長もね。時田さんたちも、よろしく」

きた。

——了解です。

と言う時田の声はヘッドフォンからだけ聞こえたが、牧瀬と森島の声は直にも響いてきた。

三人とも、倉庫内の適当な位置に待機していた。

観月は両手足を軽く回し、ゆっくりと動き出した。

№２—Ａ—０１から№２—Ｉ—０１、№２—Ｕ—０１へ。

№２は二階のことで、Ａ、ＫＡなどは三十八行を五十音で示すアルファベット表記だ。そして末尾の数字が、裏表で百九十ある棚の列を指す。

糖分はたっぷりと補給したが、脳内が燃えるようだった。

幻だとはわかっているが、耳内にチリチリとかすかな音まで聞こえるようだった。鼻の奥も焦げ臭いような気がした。

それだけ、観月の能力をして、脳がフル稼働だということだ。

やがて、記憶野の画像と、実際の視認に違いのあるブロックに差し掛かった。

二段目の棚の上の段ボールが引っ込んでいる。

「馬場君。さの一」

——了解です。

さの一はつまり、二階にいる今は、№２—ＳＡ—０１のことだ。

「近いのは?」

――俺です。

牧瀬の声がヘッドフォンからした。足音は実際に聞こえた。

こうして、歩きながら差異を拾い上げてゆくのだ。

――さの一は一昨日、三田署の大川《おおかわ》係長から必要書類が提出されてます。物証の確認に来て開いたようです。

馬場が伝えてきた。

「わかった」

もちろん、〈ブルー・ボックス〉内には新たに増えた物や、こうして必要があって正規に動かした物もある。

だからこそ、画像や映像だけがすべてではない。

それを実際に手にして確認するのが牧瀬たちで、出入の記録と照らし合わせていくのが馬場の役目だ。

馬場はさらに、限りなくクロに近い場合、入退出の記録やデータ、あるとあらゆるものをチェックし、人物を洗い直す。

「次。やの一」

――了解。

馬場が即応し、森島がすぐに姿を現した。

「やっておきます」

ラテックスの手袋をしていた。

万が一のときには、箱自体が証拠品になるのだ。

みな、抜かりはない。

「お願いね」

観月は次に進んだ。

一の列を終える。

そこまででも直線で百四十メートルくらいか。

奥側から裏に回って二の列に入る。向かい合わせになった始まりは、№2—YO—02と№2—YO—03だ。

「次。ねの二」

時田が観月の後ろから近寄ってきた。

「近いけど、なの三」

「それは、このあと私が」

肉声で時田が答えた。

——管理官。さっきの、やの一はヒットです。

馬場の声が少し興奮していた。
大物か小物かはわからないが、まずは一匹目が釣れた。
「じゃあ、打ち合わせ通りね。いいわよ。今のうちに声掛けといて」
――了解です。
馬場の返事の前から、近くで台車の音がした。森島が運んでいるのだろう。
出た物証品は三階の壁沿い、⑤から⑫までの小部屋に並べて鑑識を呼ぶ。
これが取り決めだった。
鑑識には高橋係長を通じて、ひとつでも出た段階で連絡することは伝えてあった。
これも、高橋の長期休暇を黙認する代わりの条件だった。
「次。かの二」
さの一を終えた牧瀬が走ってくる。
場所を指示して観月は動いた。
No.2―A―04と05の間の通路だ。
「せの四」
すぐに返事は誰からも返らなかった。
ヘッドフォンからは、馬場と時田の遣り取りが聞こえた。
森島のガラガラとした台車の音がまだ二階に聞こえた。

時間は、これだけでもう三十分が過ぎていた。

「これって、思ってたけど。思ってた以上に、先は長いわね」

観月はマイクを押さえ、天井に向けて呟いた。

現在――三

たしかに観月の言葉通り、全員に、何日も掛かる作業だという認識も覚悟もあった。

が、そんな牧瀬班にして、悲鳴は初日の午後、四時半にして早くも上がった。

――か、管理官。馬場のチェックは、いいとして。お、俺ら三人じゃ、管理官のスピードだと、げ、現物への対応が追いつきません。は、早いんだか、広いんだか多いんだか、まぁ、どれもでしょうけど。

牧瀬の声が聞き取りづらかった。

それもそのはずで、午後からの牧瀬はここまで走り詰めだった。息が上がっていた。

牧瀬の言葉は、言い訳にはならないが、言い訳ではない。その通りだった。

本気になれば、不審物がいくつであろうと指示だけ出して観月は駆け抜けることが出来る。

ただそんな不審な箇所が、牧瀬班員の認識も覚悟を超えて多く、〈ブルー・ボックス〉は圧倒的に広かった。

「そうね。たしかに。これじゃ、係長だけじゃなく、主任や森島さんも参っちゃうわね」

観月はすぐ藤田に連絡を取った。

――どうだい。順調かな。

「順調も程度によります」

――それは、多いということかな。いや、わざわざ電話をしてくるということは、多過ぎる、とか。

「大当たりです」

理解が早いと、やはり助かる。

「このままだと、棚卸の期間中に終わらないかもしれません」

――ほう。そんなにか。

「多いですし広いですし、とにかく人数的に足りません」

――人か。それが一番、遣り繰りの難しい問題ではあるんだが。

「のんびりやって構わないなら別ですけど、延長してまで、〈ブルー・ボックス〉は止めてもおけないでしょうから」

――それはそうだ。なんとかしよう。

「お願いします。こっちはこっちで当たりますから」

そうして二日目からは、藤田のハンドリングで毎日二班ずつが交代で投入された。

それとは別に――。

「あの、管理官。どうして私がこんなところに呼ばれるんですかね」

春物のジャンパーに綿のスラックス、足下はジョギングシューズの高橋が厭味《いやみ》ったらしく言った。

ちょっとした作業があるので身軽な格好で来てほしいと頼んだら、本当にそんな格好で来た。

ちなみにこの日は自家用車だ。

「あら。こんなところってことはないでしょう。あなたの大切な職場じゃない」

「いや、そういう意味じゃなくて。非番なのにってことです」

「あ、そういう意味なら。大丈夫。もともと非番じゃないでしょ」

「――ええっと」

高橋は頭を掻いた。

「鬼ってことでいいですかね。真顔でバーターの一切を反故《ほご》にして、かつ働かせようってぇ鬼ってことで」

「いいわよ。でも係長、ここでひと汗掻いておくと、あなたにはもっといいことがあるかもしれないけど」

「え。なんですね」

「汗をかいたらね」

仕方ねえなあと、高橋は無造作にヘッドセットを手に取ると、腕まくりしながら場内に出た。

――牧瀬ぇ。お前《め》ぇも大変だなぁ。

辺りに響き渡る声は、ご愛嬌《あいきょう》というものだろう。どうせ馬鹿でかい場内の隅々にまで届くわけでもない。

観月もヘッドセットを装着する。

ざわざわとした遣り取りはすでに始まっていた。

「それじゃ、そろそろ始めようかしら」

雑音が途絶える。

藤田首席監察官以下、監察官室は出来る者の集団だ。

「全員、いいわね」

――了解。

ヘッドフォンに響く気持ちの揃った声は、全員をそれぞれに鼓舞したことだろう。

一気に盛り上がる気配が、見えるようだった。変わらないはずの照明も、なぜか明るく感じられた。

久し振りの賑わいに、〈ブルー・ボックス〉自体が目覚めたのかもしれない。

「けの十二、左右が入れ替わってる」

——了解。

「ての六十七、ガムテが取れてる」

——今行きます。

「みの百六、四箱積みの一箱がない」

——あ、私が。

「おの百四十八、前後が逆」

——俺が近いっすね。

これが三階に上がっても、

「この一、単純に開いてる」

――はい。

「ふの二十二、箱の文字が違う。書き直してる」

――わかりました。

「もの七十九、なんか出てる」

――ちょっと待ってください。


など、おおむね作業は順調に進んだ。

ただし、順調がイコール、〈ブルー・ボックス〉で完結する内容とはならなかった。

人数を動員して進む作業はこの場合すなわち、唸るほどの物証品の取り上げだ。

「こりゃあ、来たら奴らも驚くぞ」

二日目に高橋が、さも面白そうに言った言葉がすべてを物語っていた。

三日目、金曜日にやってきた鑑識は二人だった。

物証品の数を見て目を剝《む》いた。

すぐに応援を呼んだ。

その応援が到着するころまでに、物証品は倍に増えていた。

「持ち帰ります。よろしいですか」

技術員のプライドが立ち上《のぼ》るようだった。

オールOKで観月は許可した。

「その代わり、手続きはきちんと、手順通りで」

「もちろんです」

「持っていった物は、責任をもって持っていった人が返して」

「当然です」

日曜日もなく、次の日も鑑識課員たちはやってきた。

観月たちも当然、〈ブルー・ボックス〉の運休はGW中のみと仕切って通達を出してもらっている。観月たちにも休みはない。

鑑識は、持ち帰った物証品の調査には科捜研も動員しているようだった。

頭が下がることだが、口にはしない。

受けたらこなす。

それが本物のプロにとっては、当然の仕事というものだからだ。

連休の合い間の一日や二日は、それで警視庁にいる全員ではないかと目を疑うほどの数の紺と黄色の作業着が、〈ブルー・ボックス〉の中を闊歩《かっぽ》した。

そうして、GWが明けた八日。

さすがに、牧瀬を筆頭に全員が燃え尽きていた。

定時に登庁はしても、どうにも動くのが億劫《おっくう》なようだった。

観月も顔には出さない、いや、もともと出ないが、頭の芯にしこりのような鈍痛が残っていた。

糖分を補給しても、睡眠を多くとってもすぐには消えない。ようは最先端の研究論文が提唱する、〈脳過労〉の類だったろうか。

無意識の領域で茫《ぼう》とするのが大事と言われるが、なかなか上手くはいかない。

デスクで憂げに、雪華堂赤坂の甘納豆をつまんでいると、監察官室の入口に、このところ見慣れて見飽きた感の強い、青と黄色の作業着が現れた。

観月を認めると頭を下げた。

だから、手で呼んだ。

「今、よろしいですか」

「どうぞ」

「では、これを」

作業着の男はカラーファイルに納められた書類を差し出す。

だいぶ、分厚かった。

「〈ブルー・ボックス〉の鑑定結果です」

「ありがとう。でも、どうして」

――ここでひと汗かいておくと、あなたにはもっといいことがあるかもしれないけど。

そう言って高橋を働かせた。

この鑑定結果を高橋に託すつもりだったからだ。そうするように、最初から鑑識にも話していた。

監察案件を超えて、間違いなくいくつもの刑事事件が出る。

高橋にとっては、論功行賞のいい材料のはずだった。

「どうしてって、管理官。それは、こっちが聞きたいくらいです」

頼んだ通り、今朝方鑑識から高橋に連絡は取ったようだ。

怒鳴られたという。

――馬鹿野郎。理路整然と話してんじゃねえ。こっちぁ今、それどころじゃねえんだ。

戦争だ、戦争。

問答無用に切られたようで、

「だから、こっちに持ってきました」

「え、ああ」

すぐに理解した。

「係長。悪いけどみんなで、すぐ〈ブルー・ボックス〉へ」

「え、なんです」

不可解な顔をしていたが、それでも呼ばれれば立つ。

牧瀬がネクタイを締め直した。

「休んだ分のツケね。今頃、〈ブルー・ボックス〉は大渋滞かも」

「――あ」

牧瀬もわかったようだ。すぐに三人を引き連れて出てゆく。

それから三十分、観月は詳しい鑑定結果の説明を受けた。

鑑識が退席した後も沈思に耽《ふけ》り、デスクのＰＣでほぼ一日中、本庁のホストにアクセスした。

「ふぅん。そういうこと」

気がつけば監察官室には、夜の帳《とばり》が降りていた。

観月以外、誰もいなかった。

おもむろに、観月は受話器を手にした。

牧瀬に掛ける。

「ああ。係長。明日から出番よ。――えっ。今日も出番？　まだ終わらない？　なにが。

――え、そうだっけ。とにかく、明日からが本番。そう高橋係長にも言っといて。――

なに？　嫌がってる？　いいから来いって言っといて。欲しくなくても、ひと汗かいた分はキッチリもらってもらうから。――そう。だから、そっちのことは今から真紀と藤田監察官に頼んどくから。みんな朝からこっち。――なに？　寝る時間がなさそう？じゃ、寝ないで来ればいいじゃない」

電話を終え、観月は天井を見上げた。

「詰め将棋ならもう、手順さえ間違えなければ、終わるかな。いえ、終わらせる」

誰に聞かせるわけでもない。

自分に言い聞かせるわけでもない。

観月は椅子から立ち上がった。

座りっぱなしで背中が痛かった。頭の中もチリチリした。

乾いてしまった甘納豆をつまんだ。

甘さの他に少しだけ、なにか格別な味がした。

詰め将棋。

終盤力のパズル。

この翌日から高橋係長をオブザーバに、牧瀬班を含む監察と、刑事部捜査二課が東京中を駆け回ることになった。

そして、本庁だけでなくほぼすべての所轄が、〈ブルー・ボックス〉及び、アイス・

クイーンというキーワードに震え上がることになる。

過去——三

バブルが崩壊してからというもの、有本は大きく変わった。

有本だけではなく和歌山市も、いや、日本全国がそうだったかもしれない。

和歌山市とその近郊には、KOBIX鉄鋼和歌山製鉄所に仕事を求めてやってきた者たちが定住した。バラックのようなアパートも建ち並んだ。

有本には、出て行ったかつての若者たちがUターンで次々に戻ってきた。

ある者は夫婦で、ある者は、残していった老人に孫という光まで連れて。

紀ノ川沿いから若宮八幡神社一帯は、若い声で賑やかになった。

なってみればわかる。観月が小さい頃も、たしかに有本にはそのくらいの活気があった。

ただ、出ていった者が帰るとは、いいことばかりではないようだ。

バブルの崩壊は人から、ある種の夢や希望、余力といったものを確実に奪ったのだ。

——息子夫婦よ。帰ってきたのはいいが、偉そうにして我が物顔だぜ。

——ああ。俺んとこもよ。今じゃ家ん中に、俺も婆さんも居場所がなくてよ。

った。

——あたしの家も。なんか、もうちょっと遠慮ってものがねえ。

陽だまりのあちこち、若宮八幡の朝夕にも、居残った者たちのそんな愚痴は絶えなかった。

さらには、

——製鉄所もなあ。俺らみてえな年寄りはもう要らんのかね。

——年寄り言うな。熟練工だよ、熟練工。

——それにしても、なんか小難しい機械、今度入れんだろ。あんなもん、触れねえよ。

——そうだろうな。これから製鉄所に必要なもんは、熟練工じゃねえ。オペレータだよ。オペレータ。

——へん。なんだそりゃ。どんな機械入れたってよ。仕上げぁ新の指先の方が細やかだぜ。

——そうだ。検査だってよ、川益さんの目の方が確かだぜ。

——そうだそうだ。機械とオペレータによ、現実のミクロンの世界なんかわかるもんか。

——第一よ。機械だって壊れるぜ。直すなあ、職人じゃねえか。

——まあ、人も壊れるがな。

どの業界も、再編の波に晒《さら》されていた。

製鉄業界も同じだ。

不良債権処理、人員削減、オートメーション化。

どの業界も、打つ手は代わり映えするものではない。製鉄業界もまた、同じだった。

二〇〇〇年、観月は紀ノ川女子学園の高等部に進学した。

成績は相変わらず、ダントツのトップだった。全国模試でも百番内外がアベレージだった。

部活に関しても、ようやく雌伏のときが過ぎ、技術に観月の身体の成長が追い付いた。中学三年間、ずっと世界のトッププレーヤの動きをトレースしてきたのだ。

追いつけば、高校総体では無名の一年にもかかわらず、圧倒的な力量差を見せつけることになった。

文武に、まさしく両道のスーパー女子高生だ。

ただ、観月は驕《おご》ることもなかった。

楽しいから続けているだけで、勝ち上がること、勝負に勝つことの、〈喜び〉はよくわからなかった。

胸の中に、決して気持ちの悪いわけでないざわつきが起こる。

それくらいは認識もし、わかっていた。

それが〈嬉しい〉ということなのだ。

加えて観月は、身体の成長が出来上がったからというだけで、世界のトッププレーヤの動きがトレースできるわけもないこともわかっていた。

「おや。スーパー女子高生が、神社の境内で爺いの相手ってな、どうなんだい？」

続けている毎朝の体操。

観月の体幹を世界にも通用するほど鍛えたのは、子供の頃からの、この体操だった。

それが体操などでないことは、感情にバイアスが掛かるようになり、本気で関口のおっちゃんたちに混ざるようになった頃に知った。

関口流古柔術、というのだ。

柔術とは、戦国時代から合戦のための武芸である組討や捕手と呼ばれていた武技に、江戸時代に入って当身や拳技までを包括して創出された武芸だという。

流祖は江戸時代初期の武芸者、関口柔心《じゅうしん》という一孤の天才で、関口流柔術は柳生新陰流と並び、紀州藩の御流儀だったらしい。

それを今でも伝えるのが、この境内に集まる関口の人間たちだった。

もちろん、関口流柔術を現代に伝える正統はべつに存在する。

しかし、

――自己鍛錬、護身にゃあ、十分だろうな。

そう言ったのは第二高炉長、関口のおっちゃんだったか。

――そうだね。けど、こっちゃ、その奥だからね。

これはとっちゃんだ。

――やめとけ。表と裏、今となっちゃ、光と影。このまま、ただ受け継いでいくだけの無用の長物だね。

関口の爺ちゃんがそうまとめた。

なんだか遠い話で、理解しようもない。そんなものを習っているという自覚もない。

ただ、この関口流古柔術の動きが、観月の体幹を作ってくれたのは紛れもない事実だった。

「体操は体操だもの。ストレッチにちょうどいいの。続けるわよ。それで、目指せ三連覇で行くんだから」

おおと、誰からともなく拍手が起こり、観月が頑張って表情筋を動かし、笑う。

そんな、秋のことだった。

「あれ」

観月が登校前の朝の境内に入ると、いつもの形に、大いなる違和感があった。

みなそれぞれに決めてある立ち位置で、いつもの通り動いている。

生きて、この境内に立って動けるうちは、その位置を移ることも譲ることもないと、気が荒くて頑固で、でも真っ直ぐな関口たちは口々に言った。

違和感は、一同に何気なく加わっている、ひとりの青年だった。

細い目、小さな顔、細い鼻に薄い唇。

黒髪の蛍原カットなど現実には、観月は生まれて初めて見た。

裾まくりのコットンパンツにざっくりした麻のシャツ。

それだけだと太くも細くも見えないが、とにかく動きの軽やかさを見れば、驚くほどのバネとしなやかさを持っているようだった。

ただし、周りと一緒に動いているようで、動いていない。かといってズレているかと言えば、ズレてもいない。

柔らかく、大きく、大気を包み込むような、不思議な動きだった。

それでいて、呼吸だけは見事に合っていた。

関口流古柔術ではない。

その男がひとり混じっているだけで、境内がテレビで見た上海の朝の公園になった気がした。

では、太極拳かなにかの、中国拳法ということか。

取り敢えず、観月は自分の場所に入った。

青年が観月を気にしているようなのは気配でわかったが、気にならなかった。

爺さん連中の朝の体操に、女子高生がひとり混じると、そんな反応はいかにも普通だった。

やがて一連の形が終わった。

観月は登校すべく、自転車にまたがった。

――パチン。

いきなり耳元で音がした。

青年の指がすぐ近くにあった。

「へえ」

青年はさも面白そうに、観月に顔を寄せた。

咽《むせ》るような甘い匂いがした。

杏仁《あんにん》、に似ていた。

「不思議な目をしている。いや、心かな」

「え、あ、なに」

初めてだった。

しかも初見で、観月は内側を覗き込まれた。

ドキリとした。

甘い匂いが、際立った。

「ほいほい。青年」

爺ちゃんが寄ってきた。

「今のは、数に勝る楊式《ようしき》じゃないね。陳家《ちんか》太極拳とは珍しい。本式だ。なんか、体操に負けてるってとこが、俺らと似てるねえ」

爺ちゃんが余所者《よそもの》を認めた瞬間だった。

一発でというのは滅多にないが、たしかに青年は細い目をさらに細めてニコニコと優しげだった。

ただ、このときすでに爺ちゃんは、

「その、なんか裏に危ない匂いを隠した笑顔も、いいねえ。この辺じゃ滅多にお目に掛かれるもんじゃない。いい刺激だ」

なにかに気付いていたようだった。

青年は、大仰に腰を反らせて天を仰いだ。

「おやおや。お目が高い。それもわかりますか。こりゃあ、ビックリだ」

これが青年、磯部桃李と、観月や有本の面々の出会いだった。

磯部は、和歌山製鉄所に仕事を求めてやってきた男ということだった。アパートも市の方にあるという。

歳は、観月のひと回り上ということだった。この年で二十八歳になるようだ。

流れ流れの非正規労働者と自分のことを笑ったが、本当かどうかは怪しいところだ。

磯部は中性的で捉えどころのない男だったが、あるとき、境内の湧水で上半身を拭く磯部を観月は見た。

鋼のような身体だったが、おそらく弾痕がいくつもあった。

昔、誤って散弾銃で撃たれたことがあると磯部は笑ったが、鵜呑《うの》みにはしないし、出来なかった。

ただ、
散弾銃で撃たれるということさえ、そもそも雑談で話せる普通のことではないのだ。

「それでも、悪い奴じゃないんだな。ありゃあ、天性かね」

関口の爺ちゃんの言葉は、いみじくも観月の真情でもあった。

磯部は毎朝、若宮八幡の境内にやってきた。製鉄所への就職は上手くいったようだ。

上手くいったから境内に来るのか、その逆かは観月にはわからない。

ただ就職に当たり、口を利いたのは第二高炉長である関口のおっちゃんのようだった。

――パチン。

朝の境内で、気がつくと磯部が観月の耳元で指を鳴らした。

初めて内面を言い当てられて以降、観月は、なぜか磯部が気になった。

気になって仕方なかった。

後で思えば、淡い恋心、という笑い話であったようだ。

あるとき、

「お嬢は、短い髪型が似合うと思うよ。僕みたいな」

そんなことを言われた。

桃李もみんなに倣《なら》って、観月をお嬢と呼んだ。

「え、蛍ちゃんカットが」

「ううん。違うよ。て言うか、そんな風に思ってたの。傷つくなぁ」

「ゴメン」

「まあ、僕はいいけど。でも、ミィちゃんはヘア・サロンでそんな注文しちゃだめだよ。マッシュボブ。せめてショートマッシュって言って切らないとね」

実は観月のトレードマークであるマッシュボブは、この頃からであり、この桃李の勧めがきっかけだった。

ただ、やってみたら女子学園内でなぜか格好いいと、王子様だと大評判になり、以降変えられなくなったという余談もつくが。

桃李は和歌山にも、製鉄所にも、若宮八幡の境内にも根付いたようだった。

桃李は体操の一環として、陳家太極拳も自分のアレンジで組み込んでくれた。

観月にとってこの二〇〇〇年から二〇〇一年にかけては、すべてにおいて充実した一年になった。

学業では初めて全国でトップテンに入り、特に両親を狂喜させた。

両親は後遺症のことをいつも心配してくれた。学問は、ある側面でしかないが、たしかにひとつのバロメータではあった。

そして、部活では念願の高校総体連覇を果たした。このときついたあだ名が、〈アイス・クイーン〉だった。

ひのくに新世紀総体。

ソフトテニス女子ダブルス。

その決勝戦。

桃李は、爺ちゃんたちを連れて見に来てくれた。

驚いた。

感覚はなかったが、このときたしかに、自分は驚いた、らしい。

「あれ。ミィちゃん。笑ってる？」

パートナの若竹淳奈《わかたけじゅんな》は、そう言ってラケットで脇腹を突いた。

すべてがすべてが、本当に充実していた。

二〇〇一年、セブンティーン。

世界が転変したのは、その秋だった。

過去——四

新世紀・みやぎ国体、少年女子の部もまた連覇で飾り、帰った若宮八幡神社の、境内でのことだった。

山から下りてくる赤とんぼが、やけに多い年だった。

学園への結果報告を終え、胸を張って向かった夕陽の境内には、誰もいなかった。

本殿の階《きざはし》に桃李だけが座って、夕陽を浴びて赤かった。

——パチン。

と、桃李は目を細めて指を弾いた。

「やあ。おめでとう」

現実感は、乏しかった。

「あれ。なに？　みんなは？」

「そう。それなんだけどね」

桃李はゆらりと立ち上がった。

「間に合ったね。いや、みんなが、お嬢を待っていたのかな」

柔らかな笑顔の細い目の、奥。

鈍色の光。

剣呑。

杏仁の匂い。

「難しいけど、話しておこうか。いや、お嬢なら理解できるだろう」

桃李は自分のことを、卓越したノウハウと中国をつなぐ、エージェントだと言った。

「今回の目的はね。KOBIX和歌山製鉄所の優れた技術者の、ヘッドハンティングだ。彼らにぜひ、海を渡ってもらいたいと思ってね」

「えっ！　海！　でも、それって」

観月の脳裏に浮かんだのは、〈拉致《らち》〉の二文字だった。

先を読んだか、桃李は静かに首を振った。

「僕はね。橋渡しだよ。もちろん、それでお金を稼ぐ。大きなお金をね」

世界シェア九十パーセントを誇る、油田・天然ガス用シームレス鋼管の設計。

火入れ以来、吹き止め無しに操業を続ける高炉のメンテナンスノウハウ。

金型加工における、ミクロン単位の仕上げ及びチェック。

「僕はこの一年、見てきた。素晴らしい技術だよ。誰も追随の出来ないテクニックだ。――それが悲しいことに工場の片隅に追いやられている。場合によってはリストラの対象だ。実際に首切りも、もう何人も見てきた」

夕陽を浴びた桃李は、別人のようだった。

世界を口にした瞬間から、異世界の住人にも見えた。

「あれだけの技術を持った人たちは、もっと幸せにならなければいけない」

「――幸せって、なによ。ここからいなくなっちゃうこと？」

パチンと桃李が指を鳴らした。

心が疼《うず》いた。

甘い匂いはしない。

哀しい、そう、心はきっと奥底で泣いている。

「お嬢。それは明日の朝、自分で聞いてみるといい。その場でお嬢は、みんなからプレゼントをもらうことになる」

観月の肩に手を置き、桃李は去った。

観月はしばらく、動けなかった。

気が付けば、夕陽が和歌浦に残照を残すだけだった。

家に帰っても、気分は上がらなかった。

国体の優勝も、とても小さなことに思えた。

父、義春も寡黙《かもく》だった。敢えてなにも聞いてこない。

静かに、重い夜が更け、明けた。

朝食もそこそこに、いつもより三十分以上早く家を出た。

夕陽しか覚えていなかった。

それが朝陽に変わっただけだった。

けれど――。

夕陽の中には磯部桃李がいた。

朝陽の中には、小さな旅行鞄を持った、照れくさそうな顔の爺ちゃんたちがいた。

「本当に、みんな行っちゃうの？」

関口のおっちゃんもいた。とっちゃんもいた。兄ちゃんも、新ちゃんも、川益さんもいた。

「行っちゃうんだなあ。お嬢。ゴメンな」

爺ちゃんが本当にすまなそうに頭を下げた。

「そんな。謝らないでよ」

心の中でなにかが動く。

でも、動かせない。

動かせるのは怒り、だけ。

「けどなあ。どうにもまだ、国を売るようでなあ」

「おい。爺ちゃん。話し合ったはずだぜ。とことんよ。それに、頭下げるなら、俺だ。

高炉長を辞めてまで行くんだ」

おっちゃんだった。

「どうしてよ。みんな、どうして」

怒りでもいい。

怒りでもエネルギーだ。

それでみんなを止められるなら。

「なあ、お嬢」

穏やかに、とっちゃんが前に出た。

「儂《わし》らもな、もうひと旗な。——ここに居ても、ただの老残でしかないんだなあ」

「そう。俺もよ、若いオペレータに怒鳴られてよ」

苦笑いは新ちゃんだった。川益さんも頷いた。

「誰も見向きもしてくれない。それ以上に、汚い物でも見るような目で、邪魔者を追い払うような仕草で……。必要としてくれるなら、わしらはどこにでも行くんだよ」

「私がいるじゃない。私は必要だよ。どうしてよぉっ」

心の中で怒りが蠕動《ぜんどう》し、巻き上がり、そして、哀しみと喜びがひび割れる。

——パチン。

背後で指が、鳴った。

「それが、プレゼントだよ。今はひびくらいだろうけど、喜びも哀しみも、溜め込めばいい。いずれ奔流となるだろう」

桃李が現れた。

甘い匂いがした。

桃李は観月を追い越し、爺ちゃんたちに並んで立った。

「僕は、彼らを中国に連れて行く。なんの問題もない。優れた技術は共有すべきだし、秘したいのなら大事にすべきだ。それを怠ったのは日本だ。僕はね、きちんとした待遇を約束する。それを、とあるフランス人は守銭奴ともドライとも言うけれど、気にもならない。僕は誰かにしわ寄せの行く商売はしたことがないよ」

桃李は朝陽に目を細め、じゃあ行きましょうかと一同に告げた。

観月は手を挙げかけ、止めた。

淡い恋心も、関口の爺ちゃんたちも、もうこのハーメルンの笛吹き男もどきが連れてゆくのだ。

「なあ。磯部君よ。ちょっと、外で待っててくれんかね。お嬢に、最後に頼みたいことがあるんだ」

唐突に爺ちゃんが言った。

「えっ。待ってますよ」

て行った。

いや、と爺ちゃんは首を振った。

「こればっかりは、お前ぇには見せたくねぇし、聞かれたくもねぇんだな」

桃李は虚を突かれた形になりながら、それでもわかりましたと、ひとりで境内から出て行った。

少し、胸の苦しさが減じたようだった。

関口の兄ちゃんが観月を本殿の階に誘った。

関口の爺ちゃんとおっちゃんと、川益さんが境内の真ん中に並んで立った。

「悪いけどな、お嬢。これから俺らがすること、見てくれな。これは、みんなで話し合ったことなんだ」

爺ちゃんが三人の真ん中で、代表するように言った。

「俺らぁ、持ってくもんは全部持っていく。置いてくもんは全部置いてく。どっちも出来ないもんは捨ててく。それは覚悟した。けどなあ、お嬢。どうしても、捨て切れないものも、あるんだなあ」

古柔術、と爺ちゃんは告げて、毛のほとんどなくなった頭を掻いた。

「伝承なんておこがましいことは言わないよ。けどなあ、研磨の技術、金型の技術は教えても、こればっかりは駄目だよ。だから置いて行きたい。置いて行きたいんだ」

昇る朝陽の中で、爺ちゃんたちは輝くようだった。

「お嬢。頼りはお嬢だ。お嬢の超記憶だ。出来なくていい。いや、言えば古流柔術なんざ、人殺しの技だ。そんなもん、逆にな、使っちゃ駄目なんだ。――ただ。覚えておいて欲しいんだなあ。誰かに、わしらがここで生きた証に」

観月は頷いた。

頷くしかなかった。

有り難うよ、と三人は口々に言って、広く散った。

「いいかな、お嬢。柔術はな、形より入り、形を修めて形を離れ、乱取りを以《も》って終局とするというんだな。その乱取りは、師の許可を以て行う以外、決して行ってはならないともな。だから、いつも体操なんだ。今日は、特別なんだよ」

爺ちゃんの背中に、立ち揺らめくなにかが見えた。

「そう。形は手形。形は理《ことわり》ってね。まあ、こんなのはわからなくていいよ、お嬢」

おっちゃんが腰を落とし、両手を大きく左右に開いた。

「まったくだなあ。天地陰陽の合一。俺は、今でもよくわからんがね」

川益さんも、目に白々とした光が宿っていた。

朝陽ではない。

自らの光だ。

「お嬢。よく、見といてくれな」

爺ちゃんがゆっくりと動き出した。

庭に出るような風情だった。

おっちゃんも川益さんも同じだった。

日向ぼっこに寄り集まるかのようだった。

けれど――。

すべては山だった。

山を響動《どよ》もす雷《いかずち》だった。

走る雷は地を割り木々を鳴らし、巻き上がる風を起こして天に駆け上がった。

爺ちゃんたちが見せる組手はまさに大自然そのものの理であり、天に挑むものだった。

ゆったりとなにごとにも動じることなく、その代わり、一変すれば逆巻く怒濤《どとう》となって郷すら飲み込む。

まるで、紀ノ川の流れだ。

よくはわからない。深くも理解できない。けれど、観月にはそう見えた。

美しく雄々しく、舞い踊るようでもあった。

やがて、笑いながら爺ちゃんたちは乱取りを収めた。

みんな、旅行鞄を手に持った。

「じゃあな」

誰が言ったのかはわからない。

みんなだったか、ひとりだったか。

観月は動けなかった。

境内の朝陽が、いつもの高さまで昇った。

誰もいなかった。

そのとき、

「持って行かれたなあ。なにもかも」

現れたのは父、義春だった。

観月の隣に腰を下ろした。

「けれどなあ。怒る気も、絶望感もわかないんだ。我が社は何人かの早期退職者を喜びこそすれ、彼らに感謝の念もなく、花束のひとつすらなかった。わかっているのは、あの国が得難い優秀な技術者を得、高炉やシームレスの技術を、一気に三十年は進歩させるだろうということだ」

ワールドワイドな駆け引き、引き抜き。

老人になっても、夢と希望をもって海を渡る日本人。

観月の中に、強烈に世界というものが芽吹いたのはこのときだった。

そういうこともあるのか。

世界に向けられる漠然とした意識は、やがて高校三年の夏、インターハイで三連覇の偉業を成し遂げた後に、明確な目標としてひとつに収斂《しゅうれん》していった。

外務省。

それまでは距離的に近いということで京大志望だったが、どうせなら外務省のある東京、東大を志してみた。

父母も学園も、誰も否は口にしなかった。

特に父は逆のことを言った。

「行ってきなさい。世界を見たいなら。東京は、世界につながっている」

みんなに後押しされ、観月は東大受験を決めた。

年が変わって、運命の一月だった。

有本の観月の家に、中国から一通のエア・メールが届いた。

差出人は磯部桃李だ。

〈受験だね。心より、エールを送る。僕の仲間たちからもね〉

一枚の写真が同封されていた。

爺ちゃんたちだった。

見知らぬ薄汚れた作業着姿で、顔中を煤《すす》で汚してはいたけれど、間違いなく爺ちゃんたちだった。

立膝で肩を組み、人として極上の、見たことのない生き生きとした笑顔で、それぞれに写っていた。

その後ろに、寄せ書きのような衝立《ついたて》があった。

〈頑張れ、負けるな。ファイト　お嬢!〉

観月の身体が震えた。

「みんなこそっ」

観月はこの年、東京大学に現役で合格した。

現在──四

深く潜行して表面上は静かだけれど広く濃い、後に警視庁内で密《ひそ》かに、〈多連装ランチャー〉、あるいは〈クイーンズ・イージス・システム〉、QASと呼ばれることになる、およそ二週間が過ぎた。

そうして、十五日目の夜だった。

「じゃ、行きますがね」

ダークグレーのスーツを着込んだ高橋が、一歩下がった観月に声を掛けた。

「どうぞ。これは係長の職分ですから」

渋谷区松濤《しょうとう》の、とある邸宅の前だ。

星影の中には、高橋と観月と、捜二の刑事たち数人が立っていた。

高橋が同行するのは、この一連の捜査の中心として勝呂刑事総務課長が捜二に強くアピールしたからであり、監察の観月が同行するのは、案件に最初から関わっていることを自身でねじ込んだからだ。

だから、牧瀬たちもいない。この夜は、捜二の車両に便乗してここまで来た。

「なら、よろしく」

高橋が見回すと、ひとり前に出る男があった。

この夜の責任者だ。捜二の係長、及川《おいかわ》と言った。

チャイムを押す。

反応はすぐにあった。

――はい。

「夜分申し訳ありません」

及川は門柱のカメラに真っ直ぐ証票を出した。

「警視庁刑事部、捜二特捜八係の及川と申します。少々、込み入ったお話があって参りました。よろしいでしょうか」

素性を詳細に告げたのは、おそらく告げた方がわかる相手だったからだ。

家の主、狙う的は、津山清忠《つやまきよただ》という男だった。

元は警視庁や警察庁で要職を歴任した警視監で、現在はR大大学院でリスクマネジメント分野の教授、都下K市では危機管理アドバイザーとして顧問を務めている。

加えて言うなら、キング・ガードの名誉相談役のひとりに名を連ね、一番大事なこととして、刑事司法制度の未来を考える諮問特別部会の会員であり、なおかつ、都議会常任委員会のオブザーバでもある。

しばらく待つと、オートロックが解錠される重々しい音がした。

すべてが始まり、すべてが終わる、ゴングだと観月は聞いた。

津山は警察機構に精通した男だ。何人もの刑事が、しかも捜二が家の前に並んだことの意味は、誰よりもわかっているだろう。

及川と男女ひとりずつの刑事、それに高橋と観月が敷地内に入った。

あとは門前に待機だ。

すでに別の二人が、裏口の前にも詰めている。

玄関口で、一行に射込むような視線を注ぐ女性がいた。

男女ふたりの子供は独立し、この家にはいないと調べはついていた。通いのハウスキーパーはいるが、今は夜だ。

細君の君江《きみえ》で間違いない。こちらは祖父から三代続く都議会議員であり、常任委員会のメンバーだった。

及川を先頭に、一行は居間に通された。

観月は邪魔にならないよう、入ってすぐの壁際に寄り掛かって全体を眺めた。

溜息が出るほど豪華な、広い居間だった。

シャンデリアはボヘミアン・クリスタルの三十六灯で、各所のスタンドランプもベネチアンガラスなのは間違いない。

白々とした明かりの真下の、これも上質な革張りのソファに、恰幅《かっぷく》のいい部屋着の老人が座っていた。

津山清忠だった。

「茶など出さん。手短にしてもらおうか」

低い声だった。

嗄《しわが》れているのは、顔には出さないが緊張からか。

「我々がなにをしに来たか、おわかりだと助かりますが」

まず及川が口火を切った。

「さてな。そう思うなら、わからせてみればいい」

「了解しました」

及川が高橋に顔を向けた。

ここからは、高橋の出番だった。

「では、長いので省略しますが、あなたは諮問特別部会の会員でいらっしゃる。奥様は都議会常任委員会のメンバーだ。そして、どちらもずいぶん頻繁に、所轄や本庁に視察に訪れている。証拠品保管庫にも。〈ブルーボックス〉にも」

「当たり前だろう。そもそも、開かれた警察のための特別部会だ。保管庫や取調室の様子を視察するのが目的なのだ。俺だけではない。みんなで行った。なんの文句がある」

君江が津山の隣に立った。

「いえ。文句などありません。ただあなたは、いえ、あなた方は、それでどこになにが、どのくらい保管されているかまで知った。知って、手を出した。――あなた方が、〈トレーダー〉ですね。正確には、〈トレーダー〉の首魁《しゅかい》、金庫番」

津山は腕を組むだけで、肯定も否定もしなかった。

「〈ブルー・ボックス〉に集まってきた収蔵品の段ボール箱のうち、不審な物はすべて洗い出し、鑑定に回しました。そうしたら不審な箱からは必ず、データベースに登録されている警官の指紋も出ましてね。ただし、絶対触るはずのない奴の指紋が。なので全員、徹底的に調べました。全員が、〈トレーダー〉と関わりを持っていました。そして、他の指紋も照合すると」

高橋は一歩前に出た。

「出ましたよ。ちょっとした違反で登録されていた、何人かの指紋。だから、照合ができました。段ボール箱の外だけでなく、中からも。それが〈ブルー・ボックス〉で触れたときかどうか。私は送られてくる前の所轄にあったときだと思ってますが。油断でしょうか」

津山の眉根に一瞬だけ深いしわが寄った。

「諮問特別部会の会員さんからふたり。再審・冤罪《えんざい》連絡会の代表さんとK大の教授さん。ふたりとも道路交通法ですね。それと、奥様の都議会常任委員会からはひとり」

さらにもう一歩高橋が出ると、その後ろに及川が続き、高橋係長、と声を掛けた。

「ん？　ああ。遠回りしたかな。――ご存じないでしょうが、今お話しした三人の身柄は、すでに確保させてもらいました。ここに来たのは、そういうことです」

ほうと、吐息だかノイズだかわからない音を津山は出した。

「誰がなにを言っているのかは知らないが、私もワイフも敵は多い。そういう類のことではないのかね。証拠があるとでも言う――」

言うんですよ、と高橋は津山の言に先回りした。

「言い忘れましたが、あなたの個人事務所を管理している息子さん。あなたの代理で視察に出てますよね。本来なら認められるものではないでしょうが、まあ、とある所轄では外部清掃員の八割が登録と別人だったなんてニュースもあります。強くは咎《とが》められませんがね」

「――あいつ、か」

津山が小さく、拳を握ったようだった。

「はい。息子さんの指紋も出ました。なので、息子さんのところということで、事務所も捜索させてもらいました。おそらくあなたの指紋、奥さんの指紋、出ました」

「それは――出るだろう」

「はい。なので、照合しました」

「照合？　なにとだ」

「C4、金田。おわかりですよね」

ひっ、と喉を鳴らしたのは君江だった。

「彼がいずれ人定の際の、証拠補完用に所持していたバッグ、一万円札、現金封筒から、あなた方のものと思われる指紋が出ました」

「で、でもそれだって！」

君江の金切り声が、広い分、いやな感じで居間に響いた。

「そうですね。ですからまず事情聴取と、指紋照合にご協力いただきましょうか。すべてはそれからです。息子さんや他の〈トレーダー〉との擦り合わせも、留置場の金田との擦り合わせも」

津山が高橋を睨み、睨んでから目を閉じた。

「わ、私は行かないわよ。今は都議会の会期中でっ」

「よせ。——無様だ」

ふたたび開いたとき、彼の目は赤かった。

「葛西に、あんな委託倉庫が出来なければ、そこまでわからなかったかもしれんな。指紋、か。いや、油断ではないだろう。断じて、油断ではない」

津山は一同を見渡した。

口元には、歪《ゆが》んだ笑みがあった。

「知っているか。視察のとき、気をつけなければならないのは同行者の方だった。警察の人間は、鍵だけ開けて、たいがい喫煙所に消えた。関係のない同行者の気さえ逸《そ》らせば、段ボール箱などどれも開け放題、見放題だった」

君江が隣で両腕をさすりながら、口中でなにかを呟いていた。

高いプライド・家柄と、今の現実に折り合いをつけるための呪文・呪詛《じゅそ》の類だろうか。

津山は、天井を睨んだ。

「〈ブルー・ボックス〉か。——油断ではないが、そっちは広大になる分、同行者の目すら気にしなくてよくなると思ったのは事実だ。監視システムも、キング・ガードから部会に上げさせた。あれは間違いなく、未来永劫《えいごう》〈トレーダー〉の倉庫のはずだった」

「そりゃあ、無理だ。なんたって」

高橋は口調を砕けたものにして、観月を見た。

「そうね。お生憎様《あいにくさま》。私が、ちょっと作り替えましたから」

観月はゆっくり、壁際を離れた。

津山の眉が寄った。

観月は高橋より前に出て、津山に証票を示した。

「――警視。捜二のキャリアか。――いや、作り替えたと言ったな」

「はい。警務です。監察官室」

「監察？　ほう。〈ブルー・ボックス〉は、監察の手に落ちたということか」

「あら、人聞きの悪い。監察というより私が任されたと、――ま、でも、同じことです」

「ハッキリものを言う。だが、その若さであんなものを任されるほどだ。相当優秀なのだろうな」

「どうでしょう」

「私らは、パンドラの箱を開けたということか」

「パンドラの箱？　いえ、そんなおもちゃ箱ではありません」

「――では、なんだね」

「私の、城です」

暫時互いを見遣り、フンと鼻を鳴らして津山は立ち上がった。

「ずいぶん、無骨な城だ」

及川が寄ってきた。

津山は着替えると告げた。

「それでは、申し訳ありませんが、部下がご同行を。おい」

及川が呼ぶと男の刑事が進み出、津山の居室があるという二階にあがった。

君江も女性の方に付き添われ、同様にして階段に向かう。

辺りが静かになった。

静かで、どうにも居心地の悪い豪華な空間だ。

「じゃ、帰るわね」

観月が動き出すと及川が頭を下げた。

玄関から出ると高橋が追ってきた。

妙な顔をしていた。

「なに?」

「いや。本当にいいのかと思いましてね」

「だから、なに?」

「これ、俺の手柄、ですか」

「ああ。そんなこと。言った通りよ。いいんじゃない」

「って、あっさり言ってくれますがね」

「いいのよ。論功行賞って、信賞必罰と対なのよね。悪いこともいいことも、地面を穿《うが》ってでもキチンとしようって。大きな組織になると、そっちの方が落ち着くみたい」

観月は門に向かった。

待機の刑事たちが道を開けた。

「ここまでの〈ブルー・ボックス〉のことは、係長でいいんじゃない？　うちが出るのもおかしな話だから」

高橋は顎をさすり、月なき空を見上げ、けれど、最後には諦めたように頭を下げた。

「管理官。借りときます」

「あっそ。じゃ、そうして」

門から出た。

「あれ。歩きでいいんですか」

高橋が聞いてきた。

ここまでは捜二の車だったが、この夜はもともとの予定が渋谷にあった。

「そう。渋谷に用事があってね。まだ間に合うから。タクシーでも拾うわ」

「渋谷。お、彼氏ですか」

観月は高橋を睨んだ。

睨むのは簡単に出来る。

見詰めるだけで、いつもの表情でも睨んでいるように見えなくもない。

「そう思う？」

「――いえ」

高橋は一歩引いた。

「今日はね、うちの係長風に言えば、妖怪のお茶会よ」

「え。妖怪の茶会、ですか」

「そう。赤坂署の加賀美署長とか生安総務の増山課長とか、愛知県警から玲愛とか来るけど。――あ、後でいいけど、誰か来る？」

高橋だけでなく待機の刑事たちも全員が一歩引き、観月はじゃあねと片手を上げた。

現在――五

証拠品・押収品の売買に絡む〈トレーダー〉の一件は、この津山夫妻の逮捕・立件によって根を刈ることは出来たようだった。

横流しの組織を始めたのは、どうやら津山君江の方だった。

正確には君江の父、故津山敬太郎《けいたろう》だ。君江の夫、津山清忠は才覚を認められた、婿養子ということだった。

君江は、その組織を都議会の地盤ごと父から引き継いだようだ。ただ、従来は仲間も少なく、もっと密やかに、言うならばコソ泥に近いレベルでやっていたと供述した。

〈トレーダー〉の名称を付け、刑事司法制度の未来を考える諮問特別部会や都議会常任委員会をも巻き込んで大きな組織にしたのは、清忠の方だった。

警視庁や警察庁でのキャリアで得た繋がりを始めとした、ありとあらゆる人脈を駆使して需要と供給を整えたようだ。

遣り手、と言っていいかもしれない。それまでの売り上げも、少なくとも毎年、年で十億は堅かったという。

〈ブルー・ボックス〉も手中に収めたら桁はさらに変わっただろうが、その甘過ぎる汁に仕掛けられた、小田垣観月というトラップに気がつかなかったのがまさに、〈トレーダー〉たちの運の尽きだった。

芋蔓、で大量の逮捕者が出るのは週をまたいで、六月にも入るだろうが、それは捜二の仕事だ。

監察官室は〈ブルー・ボックス〉の管理運営にはこれからも当然関わっていくが、

〈トレーダー〉に関する捜査は、ここまでで手離れだった。

「乾杯」

牧瀬の声が、監察官室として贔屓《ひいき》にしている狭い居酒屋の中に響いた。

有楽町から新橋に向かう、ガード下の居酒屋だ。狭い分、小上がりの座敷はひと部屋しかない。予約しないと使えないが、開けっ放せば店内全部が見渡せるのがよかった。

本庁では各課の係ごとに、そんな居酒屋を持っている。係から外に出せない話も結構多いからだ。

今小上がりでビールジョッキを掲げるのは牧瀬班の四人と、今回手を貸してもらった他の班から、特に普段から牧瀬班と仲のいい何人か。ひっそりと控えるように、なんと藤田監察官もいた。

もうじき、六月一日付で藤田は千葉県警の警備部長になる。

〈トレーダー〉の一件でバタついた分、思えばあっという間だった。

色々な案件にようやく筋道が付いたということで、今日は牧瀬が音頭を取って人を集めた。

多少強引ではあったかもしれない。時間は十時に近かった。

隣でジョッキに口をつけながら、こんな時間から始めなくてもと馬場はいつも通り快調にぶつぶつと言っている。

そんなことは、気にしない。

いちいち気にしたり人の都合を聞いていては、未来永劫、本庁で呑み会など開けない。ただこの日、牧瀬は藤田の都合だけは聞いた。

これは牧瀬たち現場の慰労会でありながら、なんとしても開くつもりでいた、藤田の送別会も兼ねていた。

「いや。嬉しい限りです。〈ブルー・ボックス〉が監察官室の担当になったのは、本当に。まあ、私は関わりませんけど」

ジョッキを傾け、藤田はそんなことを言った。

「おっとっと。監察官。それ、自分が関わらなくていいからってなふうに、暗に言ってませんか」

茶化すように野太い声を掛けたのは、別班の係長、横内《よこうち》だった。

叩き上げで、たしか歳は時田と同じだったと牧瀬は記憶していた。

「まあ、そうも言い、そうも言わず、ですかね」

「なんですね」

「役回りがあるというのは、実は嬉しいことなんですよ。大きな声じゃ言えませんがね。このなかでは」

藤田は全員の顔を見た。

「うん。時田主任と松川君《まつかわ》かな。前職は一課と二課だったね」

呼ばれたふたりは頷いた。

松川は横内の部下で、牧瀬と同期だった。

前職の二課は、公安二課だ。前年九月に異動になってやってきた。

「そっちは今や、職務のほとんどが外事にシフトしている。特に一課は、人員削減中だったよね」

「えっ。ああ。――そうみたいっすね」

前職でも、思い入れはあるのだろう。時田は苦そうにビールを呑んだ。

「時代の趨勢《すうせい》ってやつだろうがね。必要な部署と、そうでもない部署。肩で風も切れば、腐りもする。光と影。監察官室だって、不祥事がなければ消えてなくなる。各課の総務に吸収されても同じことだ。〈ブルー・ボックス〉はね、警察の未来だ。その、ある部分の形だ。それを任されるってことは、まだまだ頑張れって、頼りにしてるよって、組織からのメッセージだよね」

「深いっすね。深すぎて、なにをどうすればいいかわかんねっすが」

横内はビールを干し、次を頼んだ。今度は酎ハイのメガジョッキだ。

「ま、叱咤激励、くらいに考えておけばいいんじゃないかな。あまりに考えないと脇が甘くなる。考えすぎると動けなくなる。なんでもど真ん中。監察は、わかりやすいくらいど真ん中が、私は極意だと思うよ」

ううっすと、濁声《だみごえ》がいくつか尾を引いた。

「ダラダラだね。もっとも、緩急は大事だけど」

藤田は声にして笑った。

笑って、表情をやや引き締めた。

「横内係長。牧瀬係長。来月から私はいなくなるけど、監察官室を、特に、小田垣管理官をよろしく。後ろ盾というにはなんだが、長官官房の長島首席もいる。本人の資質も十分過ぎるほどだ。だから、問題はないと思うが、手代木さんという参事官、いや、監察官が、ご自身が持つ杓子定規と原理原則を、どう発揮しようとするのかは私にもわからない。吉と出るか、凶と出るか。小田垣との相性、これも未知数だ。私は――大きな声では言えないがね」

藤田は、少し前屈みになって声を本当に落とした。

「〈ブルー・ボックス〉が未来なら、私は、それを運用する小田垣観月というキャリアも、監察の未来、いや、警察の未来、そのある部分の担い手だと思っている」

藤田は背を起こした。

「頼むよ」

牧瀬と横内を順番に見る。

顔は少し赤らんでいたが、藤田の声も目も芯ははっきりと強かった。

さすがに警視正、警務部首席監察官の貫禄だった。

「おっと。そういえば」

横内が思い出したように手を叩いた。

「そんな俺たちのクイーンは、どこかね」

「ああ。今日は〈ブルー・ボックス〉で、警備の方との打ち合わせだそうです。キング・ガードが、まあ、関係はなかったんですが、〈トレーダー〉の絡みで腰が引け加減だとかで、急遽」

「へえ。働くねぇ。どっかの誰かさんは、うちのカイシャをブラックブラック騒ぐけどな」

うへぇと、馬場が首をすくめる。

「それにしても」

牧瀬は時計を見た。十時半に近かった。

「ちょっと遅めですね。でもまあ、そのあと、来《こ》れれば来《く》るって言ってたんで。あの人の来れれば来るは、絶対来るってことですから」

「けど、牧瀬」

声を掛けてきたのは、松川だった。テーブルに身を乗り出している。

「打ち合わせったって、こんな時間に、ひとりにしといていいのか」

「なんすか？」

「こう言っちゃなんだが、〈ブルー・ボックス〉の周辺は、ちょっと物騒だぞ。それによ、なんだ」

歯切れが悪かった。

同期だ。こういうとき遠慮はしない。

「含むところがあるなら言え。気持ちが悪い。今夜は、藤田監察官の送別会でもあるんだぞ」

だからだよ、と前置きし、本人も来てると思ったからよと弁明し、松川はジョッキを呷った。

「さっき出掛けに、捜二の連中から聞き込んだ噂だが、管理官をよ、結構恨んでるのがいるらしいんだ」

「ふうん。恨んでるのがね」

牧瀬は通り掛かった店員に、自分と松川と森島のジョッキを頼んだ。

「うちのカイシャの中の連中ばかりじゃないぞ。この一連でシノギを失ったあっちとかは、大打撃で恨み骨髄とかでよ。札びらちらつかせてまで、チンピラを焚《た》き付けてるって話もあるくらいだ」

た。


「ふうん。チンピラがね」

牧瀬は特に動じない。

といういうか、耳から聞いてなんとなく、ジョッキを運んできた店員にきんぴらを注文し
ああ、すまないとジョッキを受け取りながら、松川は眉をひそめた。

「なんだよ。牧瀬、心配じゃないのかよ」

「心配ねぇ」

ひと口呑んでから、牧瀬は顔を隣の時田に向けた。

「どうですかねえ、トキさん」

「ん?」

真っ赤な顔で、時田が勢いよく顔を上げた。

「ああ?　なんだって!」

すでに寝ていたに違いない。

トーンの合わない、場違いに朗々とした声が狭い店内に響いた。

案の定、不思議そうに辺りを見回し、大欠伸《おおあくび》で目を擦った。

時田はもともと、酒にはあまり耐性がない。

「トキさん。松川がね、管理官を夜遅くにひとりにして、心配じゃないのかって聞いて

ますが」

「なんだ。そんなことか」

時田は手近に水の入ったコップを見つけ、一気に呷り、

「馬鹿馬鹿しい」

とテーブルに突っ伏し、今度は本格的に、寝た。

「――とな、これが返事だわ」

「なんだよ。牧瀬、よくわからねえ」

松川は藤田に顔を向けた。

「監察官もなんか言ってくださいよ」

「そうだねえ。――じゃあ」

藤田は店員に手を挙げ、私も酎ハイのメガジョッキをひとつ、と自分で注文した。

現在――六

「じゃ、よろしくね」

観月はまだ残るという真紀に声を掛けた。

夜間警備の態勢をＯＪＴで形にするという。

「ほぉい。そんなに掛からないかもだから、そんときは連絡する。行けたら行くわ」

「あんたの行けたら行くは、絶対来るってことでしょ」

どっちもどっちの会話をして、観月は〈ブルー・ボックス〉から外に出た。

「うわ。遅くなっちゃった」

辺りはすっかりと夜だった。

星の瞬きが綺麗に見えた。

夜空は晴れていた。

「今からでも、間に合うわよね」

時計を見た。

夜の十時半を回っていた。

観月たちの女子会ならまだまだ序の口の時間だが、男たちの呑み会だとさて、どうだろう。

最近の男どもは老いも若きも引っくるめて、どうにも軟弱で〈呑んだくれる〉こともせず、すぐに終電を気にする。

「でも、今日は呑んでるわよね」

藤田の送別会だとは牧瀬から聞いていた。

だから絶対に行くし、藤田がいるうちを当然目指す。

それがなかったら、真紀を待って終電またぎで〈食いだくれる〉方が実際には気が楽だった。

〈ブルー・ボックス〉からメトロの駅へ急ぐ。

ショートカットのつもりで新田の森公園に入った。

細長い、森の小道のような公園だ。

いい季節の昼間は木漏れ陽がカーテンを作って雰囲気があるが、今は人気すらない夜だ。

街灯の明かりはあるが、空には月は、もう出ていない。

か弱い女子ならこの時間は避ける道だ。いや、大の男でも、本音で言えばおそらく怖い。

木々の梢だけがかすかに鳴り、風が小道に沿って抜けた。

公園を中ほどまで来てふと、観月は急いでいた足を止めた。

前方からゾロゾロと、姿を現す男たちがいた。

四人、いや、両サイドの樹木の陰からもひとりずつ。

合計、六人。

間違いなく、通りがかりではない。

剣呑《けんのん》な気を漂わせ、男たちは明らかに観月を狙っていた。

「危ねぇなあ。こんな夜道、女ひとりってのはよ。危ねえ危ねえ」

先頭の男が、街灯の中でいやらしく笑った。

全員がこの男を気にしているようだった。リーダーなのだろう。

そいつがまず、ゆっくり距離を縮めてきた。

観月は動かなかった。

「へっへっ。姉さん。夜道ってなあ、いろんな狼が出るんだぜぇ。遣り過ぎた女に、鉄《てっ》槌《つい》を下す狼とかよ。高慢チキな女ぁ、メッタメタにする狼とかよ」

リーダーの動きに合わせるように全員が動き、包囲の輪を縮めた。

正面から来る男たちのうち、ふたりの手にバタフライ型のナイフがあった。

右サイドの男の手にも刃が光った。

左サイドの男がブラつかせるのは、ブラックジャックの類か。

「姉さん。夜道にゃあ気をつけるこった。もっとも、気をつける明日があればの話だけどよ」

低く、男どもが全員で笑った。

空気を響《どよ》動もす、下卑た笑いだった。

「声もなしで、動けねえか。まあ、その方が早ぇ分、楽かもしれねえけどな」

リーダーと観月の距離が五メートルになった。

そのとき、ようやく観月が動き始めた。

片手を上げ、マッシュボブの頭を掻く。

溜息、ひとつ。

「まったく。急いでるってのに」

「——ああ？」

「邪魔臭いって言ってるの」

今度はリーダーの方が、怪訝な顔をして足を緩めた。

溜息、ふたつ。

「引き締めストッキング、高かったのに」

観月はおもむろにスリムタイを緩め、鞄を脇に置いてパンプスを脱いだ。


「なんだなんだなんだ。ぜんっぜん、わからねぇぞ」

松川が膝立ちになり、牧瀬を睨むようにして吼《ほ》えた。

どの客もいい加減出来上がり始める時刻のようで、店内から小上がりに向け、うるせぇぞと呂律《ろれつ》の怪しい声も掛かった。

「んだと」

まともに受けようとする松川の肩を牧瀬は押さえた。

「まあまあ。松川、お前、そんな怒り上戸だったたっけか」

牧瀬は松川を強引に座らせ、ジョッキを宛がった。

「だからよ。俺らなんか、かえって管理官には足手まといなんじゃねえかってな」

松川が斜めに見上げた。

「なんだよ。ますますわからねえ。足手まといって、お前、元国際強化選手だろうが。七十三キロ級だったたか？」

「ん？　ああ」

「それはお前、相当強いってことだぞ」

「それでも。――ねえ」

牧瀬は藤田に顔を向ける。

藤田は面白そうに呑んでいた。

首をかすかに動かすだけでなにも言わない。

いい酒の肴にされているようだ。

「松川。あれだ。うちの管理官はよ、たぶん、本当はひとりが一番動きやすいんだ。部下の手前ってぇか、管理官だからな。なんとか俺らを使ってくれようとしてるんだな」

「ああ？　なんだそりゃ。ひとりが一番ってお前、あの噂の、組対の秘蔵っ子じゃあるまいし」

組対の秘蔵っ子。東堂絆のことだろう。

「けどよ、その秘蔵っ子にも、言われてんだな」

「なにを」

「あの秘蔵っ子をして、うちの管理官の前に立つのは怖えってよ」

五条国光との会見の帰り道だった。

しながわ水族館へ続く遊歩道での、大立ち回りの後だ。

――管理官の、見ようとするときの目の光。輝くような青白い光。あれはまるでブルー・レイだ。俺にはそう〈観《み》〉えます。

〈観〉える。

正しくは〈観《かん》〉。

研ぎ澄まされて突き抜けた五感の感応力のことだ。

――あの人の前で、手の内を晒《さら》すのは恐いですね。それに、部長に聞いてます。剣道三倍段って言いますから、普通に負けるとは思わないですけど、徒手空拳なら、触れあった状態では、あるいは。

東堂は観月を見抜き、そんな感想を言った。

牧瀬は東堂という男の観察力にも舌を巻いた。

感想はおそらく、的を射ている。

「はあ？　あるいは、だ？　あの、秘蔵っ子が？」

「つまりな、そういうことなんだ」

牧瀬はジョッキのビールを呑み干した。

「俺が相当強いって、お前は言ってくれるがな」

「ああ。言ったな。俺は警察学校の頃から、組手でお前に勝ったためしがない。だからわかってる。お前は、やっぱりずば抜けて強い」

松川もジョッキを傾けた。

「ありがとよ。でもな、松川。そんな俺がどれだけ本気の本気出してもよ、勝ったことなんかねぇぞ。うちの管理官に」

松川はジョッキのビールを噴いた。

噴いて咽《むせ》ながら、落ち着いてからは笑った。

「へへっ。おい牧瀬、冗談もたいがいー」

口の周りをぬぐいながら松川は一同を見回した。

森島も馬場も、なにも言わずに呑み食いに忙しそうだった。

牧瀬は取り敢えず、乾き掛けの刺身をつまんだ。

藤田が今度は、自分でモツの煮込みを注文した。

いたって普通の、呑み会だった。

「魂消《たまげ》た。本当かよ、おい」

時田がとうとう、軽い鼾《いびき》をかき始めていた。

観月は小さくひとつ、呼気を吐いた。

右足を前に進め、少し膝を緩めて右手を乗せる。

それで観月は、形より入り、形を修めて形を離れた。

静中の動、動中の静を自得し表す、即妙体の完成だ。

小道を吹き流れる風が、自身の身体に巻き付いて浮揚させる感じがあった。

体勢も不動心も、十分だった。

「さっさと済ませるわよ」

リーダーが軽口を止め、手を振った。

五人が観月を取り囲むように動く。

全員、それなりの心得はあるようだった。

というか、場慣れしているのだろう。

六人は六通りの処し方で、もう観月を侮ることはやめたようだった。

殺気が冷たい針のように感じられた。

「ふうん」

それでも観月にとっては、チンピラ以上にはなり得ない。抑え切れない殺気は、未熟の証だ。

「おらっ！」

リーダーの掛け声が合図だったか。殺気が波となり、六方から観月を飲み込もうと襲い来る。

観月は俯瞰《ふかん》の意識で気を読み、読んだ隙間に身体を滑らせた。

ブラックジャックを振り回す男の動きが少し遅かった。

「んのアマッ」

罵声の終《しま》いを、観月は男の後ろで聞いた。

「お生憎様」

男には観月の動きはわからなかっただろう。

観月の動きは松籟《しょうらい》を呼ぶ風であり、止めどない流水だった。

愕然として振り返る男の顔面に掌底を叩き込む。

鼻が潰れる感触は慣れるものではなかったが、立ち止まってもいられなかった。

白目を剝いて倒れゆく男の後ろから、街灯を撥ねるナイフが突き出されてきた。

見えていた。

手首で押さえて前に崩し、大きくひねってやれば男は勝手に宙を舞った。

柔に力はいらない。

剛を制し、滅す柔。

それが、関口流古柔術だ。

幼い頃から体操として馴染み、関口の爺ちゃんに手解《てほど》きを受け、爺ちゃんとおっちゃんと川益さんの乱取りに見た妙幻の技だ。

「オラッ」

「しゃっ！」

左右に光るナイフの輝きは、ほぼ同時だった。

飛んで引き、流れるように出た。

それで、ふたりのチンピラの伸びきった腕が目の前だった。

拍子を合わせ、折るつもりで蹴り上げた。

「ぐあっ」

あり得ない角度に肘から先を曲げ、悲鳴を上げたのは左からの男だったが、右の男も戦意喪失は間違いなかった。

肘を押さえてうずくまった。

高く飛んだ二本のナイフが、街灯に煌《きら》めきながら地に落ちる。
最初にナイフを突き出してきた男が力無く立ち上がるのが見えた。
並ぶように残るふたりが動いた。
三対一にして、観月は自在だった。気負いも衒《てら》いもない。
軽く呼吸を整え、観月は両手をゆったりと広げた。
観月は山だった。
「ふ、ふざけやがって！」
リーダーが吼えた。
手下のふたりがそろって突っ掛けてきた。
観月は動じない。殺気は合気で押し返せばいい。
目に冴えた光を灯し、ヒュッと小さく気合いをつけた。
観月は山から入り、山を響動もす雷となった。
男たちの拳と足が観月を襲うが、走る雷を止められるわけもない。
おそらく一番若い、痘痕《あばた》面《づら》が振り出す足が雑だった。
雷は地を割り、木々を鳴らす。
観月は躊躇なく先に仕掛け、軸足の膝を蹴り抜いた。
「げぁっ」

呻く男を見もせず次に、右方から迫る拳を眼前十センチに見切り、腕ごとつかんで一瞬揺すった。

人は本能的に耐えようとする。

その瞬間が、隙だった。

股の間に足を差し入れ、掌底を突き出して顎先を打つ。

それだけで男は、宙に飛んだ。一度宙に飛んだ男だった。

後頭部からアスファルトに落ちた。鈍い音がした。

ここまで、寸瞬の出来事だった。

リーダーは信じられないものを見るような表情をしていた。

目を見開き、真っ赤な顔をしていた。

殺気はあったが、薄く感じられた。

観月は無造作に歩を進めた。

けれど、無造作であって無造作ではない。

緩急と斜の歩行は、これこそが関口流古柔術の玄妙の技だった。

人の意識の隙、死角から死角に自在を得るのだ。

リーダーは見て、見えていないだろう。

小道にまた、一陣の風が起こった。

梢が鳴った。

観月はリーダーの襟を取った。

目に炎が燃えた。

炎は巻き上がる風を自ら起こし、天に駆け上がる。

誰にも防ぐすべのない必殺の背負いだった。

古柔術は実戦の技だ。

本来なら人を弑《しい》す技だ。

観月から発し、大地に対して逆しまになったリーダーは、そのまま落とせば首の骨を折ることも出来る。

観月は最後で手の内を緩めた。

リーダーは背中から大地に落ちた。

衝撃に一瞬、気息が途絶えたのだろう。

気を失って、リーダーはもうそのまま動かなくなった。


「はい。おしまい」

観月はひと息つきながら手を叩いた。

まるで、日常を逸脱することなどなにもなかったかのような風情だ。

ただし、付近の地面にはチンピラたちの無様が転がり、観月にしても実際、なにもなかったとはならない。

「あーあ」

見なくてもわかったから、ただ溜息で肩を落とした。

買ったばかりの引き締めストッキングは、無惨に破けていた。

そのまま、鞄とパンプスに寄った。

素足にパンプスを履き、鞄を肩に掛ける。

すぐには動かなかった。

マッシュボブに指を差し入れ、掻き上げる。

「ねえ。全然手伝ってくれなかったんだから、この後始末くらい、お願いしていいのかしら？」

観月は、虚空に文句を言って振り返った。

街灯の淡い光を受け、苦笑の東堂絆が立っていた。

見ていることはわかっていた。

柔術の即妙体を得た状態ならそのくらいはわかる。

「おや。バレバレでしたか」

それにしてもわかったのは、東堂が本気ではないからだ。

「バレバレにしてくれたんでしょ」

「ああ。そっちがバレバレですか。やっぱり、怖いなあ」

東堂は笑った。

男臭い、いい笑顔だ。

陽光の下、なら。

街灯の下で陰影がつくと、感じとしては肌寒い。

東堂は軽く挙手で敬礼をし、辺りの男どもを見回した。

「後始末、了解です。もともと、こいつらは俺の追ってる方の関係ですから」

観月は頷いた。

ピンときた。

「ああ。それでわかってて、来てくれたわけ？」

「まあ。上司の送別会ってことも聞きましたし」

「優しいのね」

褒めたつもりだが、東堂は肩をすくめた。

「真顔で言われても、あまり嬉しくありませんが」

そう、こういう手合いは多い。

ちょっと褒めると、すぐつけ上がる。
「優しい顔は苦手よ」
ぶっきらぼうによろしくと言って、観月は返事も待たずその場を離れた。
そもそも、先を急ぐ身だった。
公園を出て都道沿いの道を歩く。
百メートルほど進み、交差点を曲がったところでまた観月は足を止めた。
腰に手を当て、夜空を見上げる。
星が雲間に隠れていた。
そう言えば、空気が少し湿っているようだった。
明日は、雨かもしれない。
「なんだか、今日はモテるわね」
呟きを投げ上げてから、顔を前方に戻す。
街灯がありバス停があり、青いベンチがあった。
ベンチには、銀のペーパーウェイトが載っていた。
印象的な青と赤線の縁のある、伝統的なエア・メールを押さえていた。
他に通り掛かる人はいない。
それに、敢えてまったく隠し立てもしない、気配もあった。

だからそれは、観月のための郵便だった。

ゆっくり近づいた。

街灯の光の輪の中に足を踏み入れた。

「それ、預かっちゃってね」

小日向純也の声がした。

どう考えても背後からだが、声は降るようだった。

「普通、女性に夜道でそれやったら、悲鳴を上げて逃げられますよ」

「そうだろうね。でも、預かっちゃった物が物なんでね」

「なんです」

「この間、とある人にちょっとしたことを手伝ってもらった。そうしたら、それを君にと頼まれた」

声がわずかに冷えていた。

いつにない、純也の嘘のない声。

闇に片足を踏み込んだ声、か。

誰から、と聞く気にはならなかった。推測は出来た。

観月は街灯の下に進んだ。

ペーパーウェイトの下からエア・メールを取った。

印字のシールに書かれた国立《くにたち》の住所の下に、〈小日向純也　収〉の文字があった。

差し出し人は知らない住所で知らない名前だったが、間違いなく中国からのエア・メールだった。

ドキリとした。

かすかに指先が震えた。そんな自覚はあった。

封を切った。

中に入っていたのは、一枚の写真だった。

いや、一枚の写真だけだった。

「わあ」

関口の爺ちゃんたち、十六年齢《よわい》を重ねた男たちが慣れない燕尾服《えんびふく》に身を包み、行儀よく並んで笑っていた。

どこかのビルの玄関先だった。

〈祝十五　永山鋼鉄股份有限公司〉という横断幕の下だった。

関口の爺ちゃんは、だいぶ背中が丸まっていた。杖をついていた。真一文字に引き結んだ口元を見るに、歯は少し減ったかもしれない。

ビックリするくらい真っ白な頭になったおっちゃんは、爺ちゃんを労《いたわ》るように右隣に立って手を添えていた。

とっちゃんはおっちゃんとは反対側で真反対の綺麗な禿頭《とくとう》で、姿勢を正して堅く、真っ直ぐカメラを見詰めていた。

新ちゃんと兄ちゃんなどは真っ黒に日焼けして、手首と燕尾服の境目がわからなかったけれど、白い歯が満面の笑みに印象的だった。

川益さんは、一番変わらないように見えたが、少し太ったか。

取り敢えずみんな、元気そうだった。

誰もがみんな、幸せそうだった。

「おや。小田垣、それ、本気の笑顔かい」

純也の声が、実に意外そうだった。

「え」

頬に手を当ててみた。

たしかに暖かく、緩んでいた。

「本当だ。笑ってるのかもしれない」

「いい笑顔だ。少しずつ大人になる。いや、子供に帰る。あの日に帰る、かな」

「――それって、褒めてます？」

純也からの返事はなかった。

振り返ってみる。

周りの気配を探ってみる。

誰もどこにもいなかった。

湿り気を帯びた風だけが流れる。

「まったく。相変わらず、格好いいけど、不思議で不気味な先輩だわ」

写真にもう一度、目を落とした。

「なんだろ。みんな、表彰？」

少しの緊張、大いなる喜びが写真には見て取れた。

総じて、この上なく楽しげに見えた。

「幸せなんだね。――なら、ぜんぶＯＫだ」

一念発起して渡った、遙かなる大陸。

万里波頭を越え、漕ぎ出した海の向こう。

それが世界。

広くて狭くて、近くて遠い、異国。

「行ってよかったね。爺ちゃんたち」

噛みしめながら、観月は何気なく写真を裏返した。

裏返して、固まった。

思い掛けず目に飛び込んできたのは、〈再見〉の文字だった。

忘れ得ぬ磯部桃李の、リー・ジェインの文字だ。

簡単な文章も付記されていた。

〈近々、日本に行くよ〉

「ふうん」

観月は夜空に星影を探した。

「あのハーメルンの笛吹きもどき。今度は、なにを奪いに来るの。——私？　まさかね」

雲間から姿を現した星々は答えることなく、ただ吹き抜ける強い風が、観月の髪を大いに揺すった。

警視庁監察官Q《けいしちょうかんさつかんキュー》

朝日文庫

2017年９月30日　第１刷発行
2020年５月10日　第６刷発行

著　　者　鈴《すず》峯《みね》紅《こう》也《や》

発 行 者　三宮博信
発 行 所　朝日新聞出版
〒104-8011　東京都中央区築地5-3-2
電話　03-5541-8832（編集）
03-5540-7793（販売）

印刷製本　大日本印刷株式会社

Published in Japan by Asahi Shimbun Publications Inc.
定価はカバーに表示してあります

ISBN978-4-02-264858-7

吉田　修一
悪人（上）（下）
《大佛次郎賞・毎日出版文化賞受賞作》

いったい誰が悪人なのか――。殺人を犯した男と共に逃げつづける女。事件の果てに明かされる殺意の奥にあるものとは？　著者の最高傑作。

久坂部　羊
糾弾
まず石を投げよ

現役医師でもある著者が描く渾身のミステリー長編。医療過誤を糾弾する者と糾弾される者の救いがたき対立の闇を描く。《解説・野崎六助》

横山　秀夫
震度0《ゼロ》

阪神大震災の朝、県警幹部の一人が姿を消した。失踪を巡り人々の思惑が複雑に交錯する。組織の本質を鋭くえぐる長編警察小説。

今野　敏
TOKAGE《トカゲ》
特殊遊撃捜査隊

大手銀行の行員が誘拐され、身代金一〇億円が要求された。警視庁捜査一課の覆面バイク部隊「トカゲ」が事件に挑む。《解説・香山二三郎》

今野　敏
天網《てんもう》
TOKAGE《トカゲ》2　特殊遊撃捜査隊

首都圏の高速バスが次々と強奪される前代未聞の事態が発生。警視庁の特殊捜査部隊が再び招集され、深夜の追跡が始まる。シリーズ第二弾。

今野　敏
連写
TOKAGE　特殊遊撃捜査隊

バイクを利用した強盗が連続発生。警視庁の覆面捜査チーム「トカゲ」が出動するが、なぜか犯人の糸口が見つからない……。《解説・細谷正充》

梶永　正史
組織犯罪対策課　白鷹雨音

白昼の井の頭公園に放置されたピエロ姿の遺体。その頬には謎の英数字が……。〈鷹の目〉の異名を持つ女刑事・白鷹雨音が連続殺人鬼に挑む！

宮部　みゆき
理由
《直木賞受賞作》

超高層マンションで起きた凄惨な殺人事件。さまざまな社会問題を取り込みつつ、現代の闇を描く宮部みゆきの最高傑作。《解説・重松　清》

仙川　環
人工疾患

ミステリー作家のさおりが出会った、七歳の少年ユウキ。その面影に既視感を覚え、その言動に疑念を深めたさおりは、彼の生い立ちを調べ始める。

福田　和代
オーディンの鴉《からす》

議員の自殺の真相を追う特捜部の湯浅は、彼の個人情報がネットで晒されていた事実を摑む。やがて、差出人不明の封筒が届き……。《解説・竹内　薫》

石持　浅海
身代わり島

人気アニメーションの舞台となった島へ集まる仲間五人。しかしその一人が、アニメのヒロインと同じ服装で殺されてしまう……。《解説・村上貴史》

山口雅也／麻耶雄嵩／篠田真由美／二階堂黎人／法月綸太郎／若竹七海／今邑彩／松尾由美
名探偵の饗宴

凶器不明の殺人、異国での不思議な出会い、少年の謎めいた言葉の真相……人気作家八人による、個性派名探偵が活躍するミステリーアンソロジー。